Alex Beer

Unter Wölfen

Autorin:

Alex Beer, geboren in Bregenz, hat Archäologie studiert und lebt in Wien. Nach »Der zweite Reiter«, ihrem preisgekrönten Debüt, das den Auftakt gibt für die hochspannende Reihe um Kriminalinspektor August Emmerich, »Die rote Frau«, nominiert für den Friedrich-Glauser-Preis 2019, und »Der dunkle Bote«, Gewinner des Krimi-Publikumspreises des deutschen Buchhandels MIMI 2020, erschien zuletzt »Das schwarze Band«. Die ersten drei Bände der vielgerühmten Reihe wurden zudem mit dem Österreichischen Krimipreis 2019 ausgezeichnet.

Daneben hat Alex Beer mit Isaak Rubinstein eine weitere faszinierende Figur erschaffen, die während des Zweiten Weltkriegs in Nürnberg ermittelt. Mit dem ersten Band von »Unter Wölfen« steht sie bereits auf der Longlist des Crime Cologne Awards 2020. Um es mit den Worten der Jury des Leo-Perutz-Preises zu sagen: »Was Alex Beer erzählt, betrifft auch die heutige Zeit, aber wie sie erzählt, lässt die ferne Vergangenheit lebendig werden.«

Mehr Informationen unter: www.alex-beer.com

Die August-Emmerich-Reihe von Alex Beer im Limes Verlag:

Der zweite Reiter · Die rote Frau · Der dunkle Bote · Das schwarze Band

Die Isaak-Rubinstein-Reihe von Alex Beer im Limes Verlag:

Unter Wölfen · Unter Wölfen – Der verborgene Feind

ALEX BEER

UNTER WÖLFEN

Kriminalroman

blanvalet

Sollte diese Publikation Links auf Webseiten Dritter enthalten,
so übernehmen wir für deren Inhalte keine Haftung,
da wir uns diese nicht zu eigen machen, sondern lediglich auf
deren Stand zum Zeitpunkt der Erstveröffentlichung verweisen.

MIX
Papier aus verantwortungsvollen Quellen
FSC® C014496
FSC
www.fsc.org

Penguin Random House Verlagsgruppe FSC® N001967

1. Auflage

Dieses Werk wurde vermittelt durch die
Literaturagentur Kai Gatheman
Redaktion: Margit von Cossart
Umschlaggestaltung und -motiv: © Johannes Wiebel | punchdesign,
unter Verwendung von Motiven von Shutterstock.com
(Gordan; photomaster; IVASHstudio; Ysbrand Cosijn)
und Insane.J/photocase.de
KW·Herstellung: wag
Satz: KompetenzCenter, Mönchengladbach
Druck und Bindung: GGP Media GmbH, Pößneck
Printed in Germany
ISBN: 978-3-7341-0984-3

www.blanvalet.de

Dies ist eine fiktionale Erzählung.
Obwohl sie in reale Rahmenbedingungen eingebettet ist,
sind sämtliche Figuren, Ereignisse und auch
einige der Schauplätze frei erfunden.
Nähere Informationen dazu im Nachwort.

Donnerstag,
19. März 1942

1

»Heil Hitler!«

Die Worte hallten von den massiven Steinmauern der alten Kaiserburg wider und blieben in der klirrend kalten Abendluft hängen.

Zwei eher unscheinbare Männer folgten dem Gruß. Mit gelassenen Schritten gingen sie zur Pförtnerloge, die vor dem Durchgang zum inneren Burghof errichtet worden war, und starrten den Portier schweigend an. Nichts an ihrem Aussehen erlaubte Rückschlüsse auf ihre Identität. Die dunklen Anzüge waren von der Stange, das Haar trugen sie akkurat gestutzt, so wie man es dieser Tage an jeder Straßenecke sah. Weder Schmuck noch Abzeichen lieferten einen Hinweis auf ihre Herkunft oder den Grund ihres Erscheinens. Sie hätten alles Mögliche sein können: Handelsvertreter, Reporter, Soldaten auf Fronturlaub …

Trotzdem traten dem Portier bei ihrem Anblick Schweißperlen auf die Stirn. Das Selbstverständnis, das sie an den Tag legten, die Souveränität, die sie umwehte – das alles schrie förmlich nach Gestapo.

»Heil Hitler!« Der Portier, ein kriegsversehrter junger Mann, dem der rechte Arm fehlte, atmete schwer. »Was kann ich für Sie tun?« Er sprach zögerlich, befangen, so als wäre er nicht sicher, ob er die Antwort wirklich hören wollte.

»Obersturmbannführer Nosske erwartet uns«, sagte der Größere der beiden mit ausdrucksloser Miene. »Er ist vergangene Woche hier eingezogen.«

Tatsächlich hatten die Nazis begonnen, im inneren Teil der Burg, einst die Residenz der Könige und Kaiser, einen Wohntrakt für ranghohe Offiziere einzurichten.

Der Portier nickte, sichtlich erleichtert darüber, dass die Visite nicht ihm galt. »Dürfte ich bitte Ihre Namen und einen Ausweis …«

Er deutete auf ein Gästebuch, das vor ihm auf dem Tresen lag, doch die Blicke, die er dafür erntete, ließen ihn sofort wieder verstummen. Die Männer rührten sich nicht, bewegten sich keinen Millimeter. Schweigen machte sich breit, dehnte sich aus, als wäre die Zeit stehen geblieben.

»Verzeihung«, sagte der Portier, als ihm endlich dämmerte, was sie von ihm wollten. »Sie müssen in den inneren Burghof, dann gleich links zur Tür hinein, die Treppe hoch in den oberen Stock und dann ganz nach hinten.«

Ohne ein weiteres Wort zu verlieren, durchschritten die Gestapobeamten das Tor.

Aus der Ferne erklang das Läuten einer Kirchturmuhr, und in der Pförtnerloge setzte sich die Zeit wieder in Bewegung.

»Obersturmbannführer.« Sturmscharführer Gerhard Bade klopfte an die Tür, hinter der Fritz Nosske, der stellvertretende Gestapochef und Leiter des Judenreferats, seit Neuestem residierte. »Scharführer Oberhausner und ich …«

»Es ist offen«, kam es von drinnen.

Bade betätigte den Türknauf, und die beiden SS-Männer betraten den Vorraum, der mit einem schiefergrauen

Spannteppich ausgekleidet war. Die Luft, die ihnen entgegenschlug, roch nach frischer Farbe, doch sie hatte zugleich einen schweren metallischen Unterton.

»Irgendetwas stimmt hier nicht.« Bade fasste an seine Pistole und beschleunigte seine Schritte.

Theodor Oberhausner folgte ihm und reckte die Nase in die Höhe. »Es stinkt nach Tod.«

Vor einer offenen Tür hielten sie inne. Nosske stand mit dem Rücken zu ihnen in einer elegant eingerichteten Suite und schaute durch ein Fenster, das einen wunderschönen Blick über Nürnberg bot. Erhaben und friedlich lag ihm die Kaiserstadt zu Füßen. Ein Meer aus Dächern, Baumwipfeln und Turmspitzen.

»Die Reichskleinodien werden in dieser Stadt aufbewahrt«, murmelte er. »Die Goldene Bulle wurde hier erlassen, das Blutschutz- und Reichsbürgergesetz verabschiedet, die Reichsparteitage wurden abgehalten. Doch man darf sich von so viel Würde und Glorie nicht täuschen lassen. Auch in Nürnberg lauert das Böse.«

Als er sich endlich umdrehte, schlugen Bade und Oberhausner die Hacken zusammen. »Heil Hit…«, setzten sie an. Der Rest des Grußes wurde von einer Mischung aus Überraschung und Bestürzung verschluckt.

Nosske war ein stattlicher Mann, groß gewachsen und breitschultrig, mit einem markanten Kinn und einer senkrechten Narbe auf der Oberlippe, die ihm einen spöttischen Ausdruck verlieh. Wie gewöhnlich war seine Kleidung akkurat gebügelt, das Haar streng nach hinten gekämmt und sein Hemd bis oben zugeknöpft. Ein normaler Anblick, wären seine Hände nicht blutbesudelt gewesen.

Doch nicht nur sie. Wie die beiden Gestapooffiziere erst

jetzt erkannten, waren auch die Möbel und die Wände voller bräunlich roter Blutspritzer, selbst das Balkenwerk, das die Decke zierte, hatte etwas abbekommen.

»Was ist passiert? Sind Sie verletzt?« Bade kniff die Augen zusammen, um in dem diffusen Gegenlicht besser sehen zu können. »Ist außer Ihnen noch jemand hier?« Er zog seine Walther PPK und ließ den Blick umherwandern.

Nosske schwieg.

»Obersturmbannführer.« Oberhausner setzte an, zu ihm zu gehen, blieb dann doch stehen. Offenbar wusste er nicht, wie er sich verhalten sollte. »Geht es Ihnen gut?«

Nosske starrte regungslos durch seine Untergebenen hindurch. »Ich war es nicht«, sagte er schließlich.

Ohne ein weiteres Wort zu verlieren, verließ er das Zimmer.

Der Hauch des Todes, der drückend schwer im Raum hing, blieb.

Bade und Oberhausner sahen dem Obersturmbannführer hinterher und anschließend einander fragend an. Keiner sprach ein Wort. Als das Brummen einer grün schimmernden Fliege die gespenstische Ruhe durchbrach, ergriff Bade die Initiative und folgte Nosske.

Nach wenigen Schritten blieb er abrupt stehen und sah entsetzt auf den Boden. »Scheiße.«

Oberhausner trat neben ihn und sog die Luft scharf durch seine Zähne, als er sah, was sein Kollege gerade entdeckt hatte: Hinter einem beigen Ledersofa, auf dem blank gewienerten Dielenboden, lag keine Geringere als die berühmte Lotte Lanner.

Im vergangenen Jahr hatte die Schauspielerin sich in der Rolle der unschuldigen Sennerin Marie in die Herzen des

Volkes gespielt und war bald darauf zu einem der gefragtesten Filmstars des Reiches avanciert. Obwohl an ihrem Hals eine tiefe Wunde klaffte und ihre Augen leblos an die Decke starrten, machte sie ihrem Beinamen, »die schöne Lanner«, alle Ehre. Das kräftige Rot ihrer blutgetränkten Bluse brachte das elfengleiche Weiß ihres Teints zum Leuchten, die zerzausten blonden Locken, die ihr Gesicht umspielten, verliehen ihr die Anmut einer nordischen Kriegerin.

»Ich habe sie so gefunden.« Nosske war zurückgekommen und blieb neben seinen Männern stehen. In der einen Hand hielt er einen gut gefüllten Cognacschwenker, in der anderen eine Zigarette. »Der Tod steht ihr gut.«

Bade nickte. »Fräulein Lanner und Sie ... Sie beide ...?«

»Schon seit einer Weile.« Nosske zog an der Zigarette und ließ den Rauch durch seine Nase entweichen. »Ich hatte einen Termin bis gegen sechs. Danach bin ich hergekommen und habe sie tot vorgefunden.« Oberhausner betrachtete Nosskes Hände. Dieser hatte den Blick bemerkt. »Natürlich habe ich sie angefasst«, blaffte er. Der aggressive Unterton in seiner Stimme war nicht zu überhören. »Ich wollte feststellen, ob ihr Herz noch schlägt.« Er stürzte den Rest des Cognacs hinunter und strich sich eine Haarsträhne aus dem Gesicht. »Ich glaube, jemand will mir was anhängen.«

»Wer?«

»Was weiß ich.« Nosske sprach jetzt lauter, ungehalten. »Die Kommunisten, die Juden, der Widerstand. Suchen Sie sich jemanden aus. Gibt ja genügend. Irgendwer war auf jeden Fall hier und hat Lotte ... hat Fräulein Lanner ... die Kehle aufgeschlitzt.« Er ließ sich auf die Couch fallen und lehnte sich zurück. »Vielleicht hatten die feigen Mörder es auch auf mich abgesehen. Vielleicht war sie einfach nur zur falschen Zeit am falschen Ort.« Er wandte sich Bade und Oberhausner zu. »Sie waren früher bei der Kriminalpolizei, nicht wahr? Haben Kapitalverbrechen aufgeklärt?«

»Wir waren die Besten«, sagte Oberhausner.

»Gut. Finden Sie heraus, wer dahintersteckt.«

»Werden wir«, murmelte Bade, ohne den Blick von der Toten abzuwenden.

»Seien Sie so diskret wie möglich.« Der Obersturmbannführer stand auf, trat wieder ans Fenster und starrte hinaus. Dunkelheit zog auf, senkte sich wie ein Leichentuch über die Stadt. »Irgendetwas an der Sache stinkt«, murmelte er. »Irgendetwas schreit nach Ärger. Nach großem Ärger.«

2

Die Küchenuhr tickte. Regelmäßig und unaufhaltsam erinnerte sie Isaak Rubinstein daran, dass die Welt sich weiterdrehte. Gleichgültig und unbarmherzig schritt die Zeit voran – sie ließ sich nicht von menschlichen Schicksalen beirren, ganz gleich, wie tragisch diese auch sein mochten.

Den ganzen Tag lang hatte er in Zwangsarbeit Munition hergestellt. Munition für einen Krieg, den die Nazis nicht nur gegen die Alliierten, sondern auch gegen ihn und seinesgleichen führten. Gegen angebliche Minderwertige, Volksverderber und Reichsfeinde – gegen Juden. Damit nicht genug, machte in der Fabrik seit Neuestem ein Gerücht die Runde: Die Nazis wollten sie ganz loswerden, sie alle aus dem Reich verjagen.

»Nicht nur aus dem Reich«, hatte der alte Herr Baruch gemeint. »Vom Antlitz der Erde wollen sie uns tilgen.«

»Ach was«, hatte Isaak entgegnet. »Sie brauchen uns doch noch. Wenn wir fort sind, wer soll denn dann die Munition fertigen?«

Er war sich sicher gewesen, dass Baruch und die anderen falschlagen, aber dann war er nach Hause gekommen. Seitdem waren Stunden vergangen, doch noch immer starrte er auf die Benachrichtigung in seinen Händen. Auch Rebekka, seine Eltern und die anderen Juden, mit denen sie sich die Wohnung teilten, hatten eine erhalten.

An Herrn
Isaak Israel Rubinstein
Nürnberg
Guntherstraße 61 *Nürnberg, 16. März 1942*

Evakuierungsbescheid

Sie haben sich ab **Samstag, dem 21. März 1942, 13 Uhr** in Ihrer Wohnung aufzuhalten und dürfen diese nicht mehr verlassen.

Sie haben einen Koffer (keine sperrigen Kisten und dergleichen) mit Bekleidungs- und Ausrüstungsstücken wie Anzüge, Mäntel, Wäsche, Bettzeug mit Decken (ohne Federbett) zu packen und bereitzuhalten …

Es folgte eine lange Liste mit Vorschriften und Richtlinien. Welches Gepäck zugelassen war, welche Gegenstände nicht mitgeführt werden durften, wie mit Wohnungsschlüsseln und gültigen Lebensmittelkarten zu verfahren war … All das war penibel aufgelistet. Was nicht angegeben wurde, war das Ziel der Reise.

Wohin würden sie gebracht werden? Was würde dort mit ihnen geschehen? Er wusste nur, dass es nach Osten ging. In ein Ghetto oder Arbeitslager. In eine ungewisse Zukunft, von der nur eines sicher war: Es würde keine gute sein.

So leise wie möglich erhob er sich, trat ans Fenster und starrte voller Zorn nach draußen, wo die Nacht bereits hereingebrochen war.

Während die selbst ernannten Herrenmenschen gut lebten, wurden Juden wie Aussätzige behandelt. Erst waren sie enteignet worden. Die Nazis hatten die Rubinsteins aus ihrem Zuhause gejagt und Isaak sein Antiquariat genommen, in dem er so gern gearbeitet hatte. Als wären sie schmutziges Ungeziefer, hatte man sie in Judenhäuser gepfercht, wo sie mit wildfremden Leuten auf engstem Raum zusammenleben mussten. Dann waren die antisemitischen Bestimmungen gekommen: Die Lebensmittelrationen wurden verknappt, sie durften nicht ins Theater, nichts ins Kino, durften kein Radio hören und auch nicht telefonieren …

Isaak presste die Zähne aufeinander und schluckte den Kloß, der sich in seinem Hals gebildet hatte, hinunter.

Sein Vater war alt, seine Mutter krank, und Rebekka, seine jüngere Schwester, war verwitwet und hatte zwei kleine Kinder, um die sie sich kümmern musste. Er war somit das stärkste Mitglied der Familie. Er war es, dem es oblag, sie zu beschützen. Er war derjenige, der dafür zu sorgen hatte, dass ihnen nichts Schlimmes widerfuhr. Doch wie? Wie sollte er das bewerkstelligen?

Mit jeder Sekunde, die verstrich, wurde Isaaks Ruhelosigkeit größer. Als sie schließlich ein unerträgliches Maß erreicht hatte, schlich er auf Zehenspitzen in den Nebenraum. Dort zündete er ein Streichholz an und ließ dessen schwachen Schein über die dünne Matratze gleiten, auf der Rebekka gemeinsam mit dem sechsjährigen Elias und der zwei Jahre jüngeren Esther lag.

»Bekka«, flüsterte er.

Noch bevor er ihren Namen ganz ausgesprochen hatte, schlug sie die Augen auf und sah ihn vorwurfsvoll an.

Was ist?, formten ihre Lippen lautlos.

Isaak betrachtete die tiefen Sorgenfalten, die sich in ihr Gesicht gegraben hatten. Sie war vor Kurzem dreißig geworden, sah aber um Jahre älter aus.

»Wir müssen reden.«

Behutsam bettete Rebekka die Kinder um, erhob sich von dem harten Lager und folgte ihm auf den Flur.

»Was ist?«, wiederholte sie, nachdem sie die Tür hinter sich geschlossen hatte.

Sie nahm ihm die Streichhölzer aus der Hand, zündete eine Kerze an und hielt sie so, dass die Flamme ihre Gesichter anleuchtete.

»Wir müssen etwas unternehmen«, flüsterte Isaak. »Diese Evakuierung … ich fürchte, das ist keine einfache Umsiedlung. Die haben möglicherweise Schlimmes mit uns vor. Herr Baruch meinte, die Nazis wollen uns Juden ausrotten.«

»Ach, der alte Baruch, der fürchtet sich doch vor seinem eigenen Schatten.« Rebekka strich eine störrische Locke hinters Ohr. »Und selbst wenn er recht hätte … Was sollen wir denn machen? Du hast doch gelesen, was ganz unten in dem Bescheid steht. Wenn wir uns nicht fügen, wird das staatspolizeiliche Folgen haben. Dann kommen wir in die Ludwigstraße oder gleich nach Dachau. Du weißt, was sie dort mit Querulanten machen.«

Isaak dachte an die zugenagelten Särge, die der Israelitischen Kultusgemeinde in regelmäßigen Abständen zugestellt wurden, und nickte. »Trotzdem, wir können nicht einfach nach Osten gehen wie die Lämmer zur Schlachtbank. Ich habe ein schlechtes Gefühl bei der Sache.«

»Baruch will dir nur Angst einjagen. Ich bin mir sicher, Baruch will dir nur Angst einjagen.«

»Ich möchte das gern glauben.« Isaak atmete schwer. »Aber überleg doch mal. Was wurde aus den Menschen, die im November weggebracht wurden? Den Kohns, den

Sterns, den Löwenbergs? Von keinem von ihnen hat man jemals wieder etwas gehört. Und hast du gesehen, was den Bescheiden beigelegt war? Durchnummerierte Paketanhängezettel. Für jeden von uns einen. Die Nazis wollen, dass wir sie gut sichtbar an unseren Jacken befestigen. Verstehst du? Wir sind keine Menschen mehr für die, nur noch Dinge, Gegenstände. Wir sollten deshalb nicht …«

»Wir sollten nicht?!«, unterbrach Rebekka ihn. Aus ihrer Furcht war Zorn geworden. »Was bleibt uns denn anderes übrig? Für uns Juden gilt striktes Ausreiseverbot, und auch wenn wir uns dem widersetzen würden … Wo sollen wir hin? Niemand will uns haben. Spanien, die Schweiz, Australien, die USA … Sie lassen uns nicht rein. Wir sind ein gehasstes Volk.« Die Kerzenflamme warf unruhige Schatten auf ihr Gesicht und verlieh ihm einen gehetzten Ausdruck. »Außerdem haben wir kein Geld. Wenn wir alles zusammenkratzen, das die verfluchten Schweine uns gelassen haben, könnten wir nicht einmal die Reise für einen von uns bezahlen geschweige denn für die ganze Familie.« Wut und Verzweiflung trieften aus ihren Worten, und Isaak konnte erkennen, wie schwer es seiner Schwester fiel, nicht laut zu werden.

»Ich dachte …«, setzte er an.

»Du dachtest …«, zischte sie, noch ehe er den Satz beenden konnte. »Dein ewiges Denken bringt uns nirgendwohin.«

»Was, wenn ich um Hilfe bitte?«

»Wen? Wen willst du denn fragen?«

»Aaron Glasscheib hat Gerüchte gehört. Clara … Sie hat offenbar Kontakt zum Widerstand. Vielleicht kann sie ein Versteck für uns finden.«

»Clara Pflüger? Deine Verflossene?« Rebekka schnaubte. »Der kann man doch nicht trauen.« Gedankenverloren betrachtete sie das heiße Wachs, das auf ihre Finger tropfte und dort erstarrte. »Außerdem würde sie, wenn überhaupt, doch nur dir helfen. Uns konnte sie ja nie ausstehen.«

»Ach Rebekka, das waren doch alles nur Missverständnisse.«

Sie schüttelte den Kopf. »Es stimmt schon, was man sagt: Liebe macht blind.« Ihre Stimme bebte. »Wie auch immer. Es ist an der Zeit, der Realität ins Auge zu sehen. Für uns gibt es kein Entrinnen. Alles was uns bleibt, ist, uns zu fügen und das Beste zu hoffen.«

Isaak drückte seine Schwester an sich. »Unsinn. Noch ist nicht alles verloren.«

Sie wand sich aus seiner Umarmung. »Doch, das ist es. Die Nazis …« Ein leises Schluchzen hinter der Tür brachte sie zum Verstummen. »O nein«, stieß sie ächzend aus. »Nicht schon wieder die alte Herzl.«

»Im Osten werden wir alle sterben«, tönte Frau Herzls Stimme durch die Tür. Auch sie hatte einen Transportbescheid erhalten. »Am besten wär's, wir würden uns selbst umbringen. So wie unsere Leute es damals in Masada gemacht haben, um den Römern zu entgeh'n.«

»Pssst!«, zischte Rebekka. »Seien Sie doch still. Denken Sie an die anderen. Denken Sie an die Kinder!«

Als wäre dies ihr Stichwort gewesen, fing die kleine Esther an zu weinen. »Mama? Mama, wo bist du?«

»Ruhe!«, rief Herr Kronenberg, der mit seiner Frau das Kabinett am Ende des Flures bewohnte. »So nehmen Sie doch gefälligst Rücksicht.«

Rebekka wandte sich wieder ihrem Bruder zu und

schnaubte. »Zufrieden? Du hast es tatsächlich geschafft, diese schreckliche Nacht für alle noch schlimmer zu machen.«

Isaak wusste, dass ihr Groll nicht ihm galt, sondern dem grausamen System, das ihnen seit Jahren das Leben zur Hölle machte. Trotzdem trafen ihn die Worte seiner Schwester. Ohne lange nachzudenken, griff er nach seinem abgewetzten braunen Sakko, das an der Garderobe neben der Wohnungstür hing.

»Was tust du denn?« Rebekka packte seinen Arm, als er begann, an dem handtellergroßen Stern herumzunesteln, der leuchtend gelb auf der Brusttasche prangte.

»Ich muss zu Clara, muss versuchen, eine Alternative für uns zu finden.«

Rebekka wurde so blass, dass Isaak es selbst in dem spärlichen Licht erkennen konnte. »Du weißt, dass das verboten ist«, flüsterte sie. »Wir Juden haben nächtliche Ausgangssperre. Und außerdem darfst du dich nicht ohne Stern in der Öffentlichkeit zeigen.« Sie krallte ihre Fingernägel in seine Haut und trat so nah an ihn heran, dass er ihren Atem an seinem Hals spüren konnte. »Wenn sie dich erwischen, dann bringen sie dich in die Ludwigstraße. Selbst in der Hölle soll es barmherziger zugehen als dort.«

Isaak wand sich aus ihrem Griff. »Ich kann nicht einfach tatenlos abwarten.« Er löste die Fäden und nahm den Stern ab.

»Kann das nicht bis morgen warten?«

Er fasste Rebekka an den Schultern und pustete die Kerze aus. »Die Uhr tickt. Nichts kann mehr warten.«

3

»Ich kann hier nicht bleiben«, sagte Nosske.

»Natürlich.« Oberhausner starrte auf die Leiche. »Sie haben sie sicher sehr gelie…«

»Das ganze Blut«, redete Nosske weiter. »Der Geruch ist unerträglich.«

Bade betrachtete den Boden und fuhr mit den Fingerspitzen über die Wand. »Die Dielen sind hinüber, und es muss neu gestrichen werden.«

»Der Bauherr wird keine Freude haben«, murmelte Nosske und ging in den Vorraum. »Es hat Monate gedauert, die Räume zu restaurieren. Das Holz ist original aus dem Mittelalter.«

Tatsächlich hatte der Architekt des Umbaus, Horst Westinger, versucht, den Einfluss der vergangenen Jahrhunderte zu eliminieren und das Gebäude zurück auf seine ursprüngliche germanische Bauweise zu reduzieren. Er wollte das deutsche Wesen herausarbeiten, das er als rustikal und schnörkellos, einfach und hehr bezeichnete.

»Was für eine Schande, dass das jetzt alles durch die infame Tat eines Barbaren beschmutzt wurde.« Nosske kam mit einem Koffer zurück und verschwand damit im Schlafzimmer. »Tun Sie, was Sie tun müssen«, rief er durch die offene Tür. »Ich weiß, Sie beide sind gerade an wichtigen Operationen beteiligt, aber dieser Fall hat oberste Priorität.«

Oberhausner warf Bade einen vielsagenden Blick zu.

Dieser zuckte mit den Schultern, ging in die Hocke und hob den linken Arm der Toten an. Er beugte das Gelenk, was noch mit geringem Kraftaufwand möglich war, und kontrollierte anschließend ihre Lider. »Ich schätze, sie ist seit zirka zwei Stunden tot. Vielleicht kürzer. Es ist gut geheizt hier drinnen. Die Wärme beschleunigt den Verwesungsprozess.«

»Ich weiß. Rommels Jungs können ein Lied davon singen.« Oberhausner schaute auf seine Uhr. »Es ist jetzt zwanzig vor sieben. Das heißt, es ist irgendwann zwischen halb fünf und der Ankunft des Obersturmbannführers passiert.«

Bade nickte.

»Ich befrage den Pförtner. Der Kerl führt Buch. Vielleicht hilft uns das weiter.«

Bade betrachtete eine Fliege, die sich auf dem Augapfel der Toten niedergelassen hatte und nun hektisch darauf herumtrippelte. »Machen Sie das. Ich suche in der Zwischenzeit nach der Tatwaffe.«

»Heil Hitler!« Der Pförtner stand stramm.

Oberhausner musterte den jungen Mann. Er schätzte ihn auf Ende zwanzig, ein hochgewachsener Bursche mit wachen Augen und roten Wangen. »Wie lautet Ihr Name?«

»Hildebrandt. Werner Hildebrandt.«

Oberhausners Blick blieb am rechten Arm des Pförtners hängen, oder besser gesagt an der Stelle, wo dessen rechter Arm hätte sein sollen.

»Schlacht um Kiew.«

»Ein großer Sieg.« Er betrachtete das Eiserne Kreuz

1. Klasse, das auf der linken Brustseite von Hildebrandts Jacke angebracht war – eine hoch angesehene Kriegsauszeichnung. »Seit wann verrichten Sie heute hier Dienst?«

»Seit zwölf Uhr mittags.«

Nervös wischte Hildebrandt seine Hand an der Hose ab, während Oberhausner wortlos nach dem Gästebuch griff, das auf dem Empfangstresen lag.

»Sie haben sämtlichen Personenverkehr gewissenhaft notiert?«

»Aber ja, natürlich. Dafür bin ich hier. Was ist denn passiert? Ist etwas mit Herrn Nosske? Oder Fräulein Lanner?«

»Beantworten Sie einfach nur meine Fragen. Sie haben alle Personen erfasst, die heute hier ein und aus gegangen sind?«

Hildebrandt schluckte. »Ja, ich bin da sehr penibel. Ich habe lange in einer Heeresmunitionsanstalt Dienst geschoben. So etwas prägt.« Er tippte auf die aufgeschlagene Seite, die mit kleinen krakeligen Buchstaben beschrieben war.

»Sind das alle?«, gab Oberhausner sich unbeeindruckt.

»Die Fliesenleger waren hier, die Maler und der Elektriker. Die ehemalige Kemenate wird ja noch immer umgebaut. Die Handwerker haben den letzten Feinschliff vorgenommen, damit die übrigen Bewohner am Montag hier einziehen können.«

»Wer war gegen halb fünf im Haus?«

Hildebrandt fuhr mit dem Finger über die Seite. »Um 16:25 Uhr hat Fräulein Lanner uns beehrt. Abgesehen vom Elektriker, war zu der Zeit keiner mehr hier. Die anderen Handwerker waren mit ihrer Arbeit bereits fertig, und außer Obersturmbannführer Nosske ist bisher noch niemand eingezogen.«

»Der Elektriker …« Oberhausner nickte wissend, doch dann nahm sein Gesicht plötzlich einen fragenden Ausdruck an. Er drehte das Buch zu sich herum. »Warum steht hier ein zweites Mal der Name von Fräulein Lanner? Eine Stunde später?«

»Sie hatte wohl etwas vergessen und darum die Burganlage noch einmal verlassen, zeitgleich mit dem Elektriker. Das war um 17:01 Uhr, um genau zu sein. Hier, sehen Sie? Ich trage die Ausgänge hinter den Namen ein. Um 17:38 Uhr kam sie wieder zurück.«

»Vor etwas mehr als einer Stunde«, sinnierte Oberhausner.

»So ist es. Um 18:05 Uhr kam dann Herr Nosske, um 18:31 Uhr Sie und Ihr Kollege.«

Oberhausner starrte auf das Blatt.

EIN UHRZEIT	NAME (FIRMA)	AUS UHRZEIT
08:00	Erich Ilg & Max Wieser (Fliesen Wieser)	16:10
08:00	Robert Wallner, Siegfried Nauber (Maler Hess)	16:03
15:30	Hubert Bauer (Elektro Mayer)	17:01
16:25	Frl. Lotte Lanner	17:01
17:38	Frl. Lotte Lanner	
18:05	Ostubaf Fritz Nosske	
18:31	2 Herren Gestapo	

»Wer war zwischen Fräulein Lanner und dem Obersturmbannführer hier? Wer könnte in diesen siebenundzwanzig Minuten die Wohnung betreten haben?«

»Niemand.« Ein dicker Schweißtropfen rann über Hildebrandts Oberlippe. »Ist mit Herrn Nosske und Fräulein Lanner alles in Ordnung?«, versuchte er noch einmal herauszufinden, was los war. »Kann ich bei irgendetwas behilf…«

»Fräulein Lanner war also ab 17:38 Uhr völlig allein in der Burg«, sinnierte Oberhausner laut.

»So ist es«, bestätigte Hildebrandt. »Ganze siebenundzwanzig Minuten lang, bis um 18:05 Uhr Herr Nosske eintraf.«

»Gibt es einen Hintereingang? Hätte sich jemand unbemerkt einschleichen können?«

Hildebrandt schüttelte den Kopf. »Nie und nimmer. Diese Anlage wurde zu dem Zweck erbaut, dass niemand sie unbemerkt und unbefugt betreten kann. Der einzige Weg führt an mir vorbei und da hindurch.« Er zeigte auf das schmale Tor, das in den inneren Burghof führte. »Was ist denn passiert?«

»Und Sie waren die ganze Zeit hier?«, ignorierte Oberhausner die Frage. »Sie haben keine Pause gemacht?«

Hildebrandt schaute ihn entgeistert an und streckte den Rücken durch. »Aber nein. Wo denken Sie hin? Ich nehme meine Arbeit sehr ernst.« Oberhausners Blick blieb erneut an dem Eisernen Kreuz auf Hildebrandts Brust hängen. Man bekam diesen Orden für besondere Tapferkeit vor dem Feind. Der junge Mann musste an der Front etwas äußerst Mutiges geleistet haben. »Ich schwöre bei allem, was mir lieb und teuer ist, dass meine Aufzeichnungen stimmen.« Hildebrandt fasste sich ans Herz. »Zwischen 17:38 Uhr und 18:05 Uhr war Fräulein Lanner völlig allein in der Burg.«

Oberhausner schwieg, schnappte sich schließlich das Gästebuch und ging, ohne ein weiteres Wort zu verlieren, zurück in den Wohntrakt. Er durchschritt die Eingangshalle, stieg die Treppe hoch und blickte aus einem der Fenster im Flur auf die Stadt. Die letzten einsamen Lichter, die der Nacht noch trotzten, würden in wenigen Minuten der Verdunkelungspflicht zum Opfer fallen und alles in mondkalte Schwärze tauchen.

Er überlegte. Als der Mord stattgefunden hatte, war es noch hell gewesen. Die Burg stand frei auf einer Anhöhe, völlig exponiert. Beim Umbau hatte man großen Wert darauf gelegt, sämtlichen Zierrat zu entfernen – auch den von der Fassade. Nun war alles glatt und reduziert, nüchterne deutsche Moderne, so wie der Führer es mochte. Selbst für einen erfahrenen Bergsteiger wäre es unmöglich gewesen, unbemerkt in die Wohnung des Obersturmbannführers zu klettern.

Ein Schauer kroch über Oberhausners Rücken. Nosske hatte recht. Irgendetwas an der Sache stank. Und zwar gewaltig.

»Was soll das heißen, es ist eigentlich nicht möglich?«, schimpfte Nosske, nachdem Oberhausner ihn über die neuesten Erkenntnisse informiert hatte.

»Werner Hildebrandt sitzt in seiner Pförtnerloge wie Zerberus vor dem Tor zur Unterwelt. Er hat akribisch jeden notiert, der heute ein und aus gegangen ist.« Oberhausner zeigte auf das Gästebuch, das auf dem Couchtisch lag. »Hildebrandt schwört, dass in der kurzen Zeitspanne zwischen Fräulein Lanner und Ihnen niemand die innere Burganlage betreten oder verlassen hat. Der Kerl war bei der

Wehrmacht, wurde bei Kiew schwer verwundet und hat ein Eisernes Kreuz 1. Klasse ...«

»Niemand? Niemand soll zwischen mir und Lotte die Burganlage betreten haben?« Nosske lief vor lauter Zorn rot an. »Wollen Sie damit etwa andeuten, dass ich ...«, brüllte er so laut, dass Oberhausner zusammenzuckte.

»Natürlich nicht. Ich wollte damit ausdrücken, dass wir es mit einem sehr ausgefuchsten ...«

»Wenn ich Lotte hätte umbringen wollen, dann wäre ich wohl nicht so dämlich, es selbst zu machen, und schon gar nicht in meiner eigenen Wohnung.« Speicheltropfen segelten durch die Luft. »Glauben Sie, dass ich von allen guten Geistern verlassen bin?«

Oberhausner blieb regungslos stehen. »Ich glaube weder, dass Sie von allen guten Geistern verlassen sind, noch glaube ich, dass Sie Fräulein Lanner umgebracht haben.«

Nosske schnaubte, setzte sich auf die Couch und zündete sich eine Zigarette an. »Reden Sie weiter.«

»Wer auch immer es getan hat, war äußerst perfide. Wir haben es mit einem ausgeklügelten Vorgehen zu tun. Ich denke, dass jemand Ihnen etwas anhängen will, jemand, der weiß, was er tut.«

»So weit bin ich auch schon gekommen.« Nosske schaute zu Bade, der mit regungsloser Miene die Szene beobachtet hatte. »Was haben Sie herausgefunden?«

»Die Tatwaffe steckte im Messerblock in der Küche. Frisches Blut zwischen Klinge und Heft. Der Griff war aber gründlich abgewischt. Keine Fingerabdrücke.«

»Und sonst?«

»Keine Einbruchspuren an der Tür oder den Fenstern. Keine sonstigen Zugangsmöglichkeiten.«

»Wir haben es also mit jemandem zu tun, der unsichtbar ist und durch Wände gehen kann.« Nosskes Stimme triefte vor Zynismus.

»Auf jeden Fall haben wir es mit einem sehr gefährlichen Täter zu tun.« Bade verschränkte die Arme und ließ seinen Blick durch das Zimmer wandern. »Irgendetwas übersehen wir.«

Nosske schnaubte erneut. »Sind Sie denn beide auf den Kopf gefallen? Die Lösung liegt ja wohl auf der Hand. Dieser Hildebrandt muss es gewesen sein. Wenn Ihre Ausführungen stimmen, ist er der Einzige, der infrage kommt.«

Oberhausner zeigte auf die Tote. »So wie es aussieht, hat der Täter Fräulein Lanner von hinten gepackt, sie mit einer Hand festgehalten und ihr mit der anderen die Kehle durchgeschnitten.« Er vollführte die Bewegung in der Luft. »Hildebrandt hat aber nur einen Arm.«

Nosske fasste sich an den Kopf. »Und Sie wollen einer der besten Kriminalisten der Truppe sein? Dieses Schwein hatte natürlich Komplizen. Ich wette, dass der Widerstand hinter der ganzen Sache steckt. Das waren bestimmt die Schweine von der Fränkischen Freiheit.« Er stand auf und ging ins Vorzimmer. »Worauf warten Sie?«, rief er. »Kümmern Sie sich gefälligst um dieses Subjekt.«

4

Es war beängstigend, mitten in der Nacht im Freien zu stehen, noch dazu ohne Davidstern. Isaak, der sich den antijüdischen Bestimmungen bisher widerstandslos unterworfen hatte, ließ seinen Blick erst die Straße hinunter und schließlich hinauf ans Firmament wandern. Der Mond war noch ganz jung, nicht mehr als eine schmale Sichel, und da seit geraumer Zeit Verdunkelungspflicht herrschte, um dem Feind bei einem möglichen Angriffsflug kein Ziel zu bieten, waren dies gute Voraussetzungen, um unbemerkt von A nach B zu gelangen. Er kontrollierte den Sitz seiner Mütze und versuchte, seine Nervosität in den Griff zu bekommen. Sollte er es wirklich wagen?

Isaak schluckte trocken. Er musste los, bevor die Furcht ihn zurück in die Wohnung scheuchte. »*Verdunkelung ist erste Pflicht, wenn Luftgefahr und Feind in Sicht*«, murmelte er eines jener Gedichte, mit denen die Nazis versuchten, Kindern die Regeln an der Heimatfront einzubläuen. »*Er darf aus tausend Meter Höh'n auch nicht den kleinsten Schimmer seh'n.*« Auch er durfte nicht gesehen werden. Nicht, wenn ihm sein Leben lieb war.

Mit hochgezogenen Schultern huschte er davon, eilte durch die Finsternis die Guntherstraße entlang in Richtung Steinbühl, wo Clara lebte. »*Ob er nun hoch, ob niedrig fliegt, wenn alle Welt im Finstern liegt …*«, zitierte er leise und überlegte, wovor er sich mehr fürchtete. Von den Nazis erwischt zu werden oder Clara wiederzusehen.

Ein knappes Jahr lang waren sie ein Paar gewesen, damals, vor dem Krieg. Wegen der Rassegesetze hatten sie ihre Liebe geheim halten müssen und darauf vertraut, dass die Herrschaft der Nazis irgendwann vorübergehen würde – so wie die Bayerische Räterepublik oder die Weimarer Reichsregierungen. Doch der Schrecken war nicht vergangen, sondern hatte an Kraft gewonnen, hatte sich von einem leisen Bach in einen reißenden Fluss verwandelt.

Clara hatte gewollt, dass sie zusammen fortgingen. Nach Wien, nach London oder New York. Irgendwohin, wo sie das sein durften, was sie waren. Zwei Menschen, die sich liebten.

»*… dann kann er kein Ziel zum Angriff seh'n und lässt das Bombenschmeißen geh'n.*«

Mit eiligen Schritten passierte Isaak Häuserfronten und Parkanlagen, verdrängte die Erinnerungen, die ihn zu überwältigen drohten. Er atmete die kühle Nachtluft ein, die nach nassem Asphalt roch, und besann sich auf das Gute, das es noch in seinem Leben gab. Er war kurz davor, den Hauch von Freiheit zu genießen, als sich plötzlich ein Druck in seiner Brust breitmachte. Wie von Geisterhand erzwungen, wandte sich sein Kopf nach rechts, und er hielt inne.

Seltene Bücher aus aller Welt, alte Drucke, antike Landkarten, wissenschaftliche Abhandlungen, versprach ein Aushang in einem Schaufenster. Er musste die geschwungenen Buchstaben aus schwarzer Tusche nicht lesen, um zu wissen, was dort stand. Immerhin hatte er sie selbst geschrieben. Damals, als der kleine Laden noch ihm gehört hatte.

Mit einem Mal hatte Isaak den Geruch von Druckerschwärze in der Nase. Er hörte das Knacken der hölzernen Regale, das Surren der Deckenleuchte, und spürte die Wohligkeit, die sprödes Papier in ihm auslöste, wenn er mit seinen Fingerkuppen darüberfuhr. Eine Woge von Ruhe und Geborgenheit umspülte ihn, doch das Gefühl hielt nicht lange an. Wie eine Seifenblase zerplatzte es, als er den Namen des Geschäftes sah.

JOHANN MÜLLER & SÖHNE hieß sie jetzt, seine kleine Welt. Mächtig groß und auf Hochglanz poliert, prangte ein Schild genau dort, wo früher, kleiner und bescheidener, *Antiquariat Rubinstein* gestanden hatte.

Die Zeit heilt alle Wunden, so sagte man, doch er wusste es besser. Seine Schätze, die er in jahrelanger Arbeit zusammengetragen, das Unternehmen, das er mit so viel Liebe und Bedacht aufgebaut hatte … Alles war von den Nazis konfisziert worden. Sie nannten das Entjudung. Er nannte es Raub. Seine Verzweiflung über diese Ungerechtigkeit – sie würde nie vergehen.

Plötzlich erklangen Schritte, kamen näher, bewegten sich zielstrebig auf ihn zu, doch Isaak konnte sich nicht losreißen. Wie gebannt, starrte er in die Auslage.

Vielleicht sollte er sich einfach verhaften lassen, dem Elend ein Ende setzen und widerstandslos zugrunde gehen …

Er dachte an seine Familie, blinzelte die Tränen fort und schlüpfte in eine Hauseinfahrt. Dort presste er sich mit dem Rücken gegen die Mauer, hielt den Atem an und stellte entsetzt fest, dass die Passanten – wer auch immer sie waren – stehen blieben. Hatten sie ihn etwa bemerkt?

»Haben Sie schon mal im Dunkeln geküsst, ja? Wissen Sie

denn auch wie schön so was ist, nein? Wenn man wirklich einmal alles vergisst …«, hörte er plötzlich einen Mann nur wenige Meter von ihm entfernt völlig schief singen.

Eine Frau kicherte. »Hören Sie auf, Sie Schlimmer.«

»Jetzt seien Sie doch nicht so prüde.«

Stoff raschelte, leises Stöhnen ertönte.

»Nicht!«, sagte die Frau plötzlich. »Jetzt geh'n Sie aber zu weit.«

Sie stöckelte davon. Der Mann folgte ihr, Beschwichtigungen und Beteuerungen rufend.

Isaak atmete auf und wartete, bis die beiden außer Hörweite waren. Dann setzte er seinen Weg fort.

Als er sein Ziel endlich erreichte, war er trotz der Kälte schweißgebadet. Er wischte sich übers Gesicht, stellte sicher, dass außer ihm niemand in der Nähe war, schlich durch einen Vorgarten und klopfte gegen eine Fensterscheibe. Hoffentlich hatte Aaron recht gehabt. Hoffentlich lebte Clara noch immer in der kleinen Wohnung im Erdgeschoss.

Nichts geschah.

Er wiederholte die Prozedur. Drei Jahre hatte er sie nicht gesehen. Drei lange Jahre, in denen er täglich an sie gedacht hatte. *Leb wohl, Isaak,* hallte ihre Stimme in seinen Ohren wider. Es waren die letzten Worte, die er von ihr gehört hatte.

Endlich waren aus dem Inneren des Hauses Geräusche zu vernehmen. Eine Kerze wurde angezündet, ein Gesicht erschien im Fenster, und Isaaks Herz setzte für ein paar Schläge aus.

»Clara …«

Ihre Augen weiteten sich. Sie starrte ihn an – den Geist aus der Vergangenheit.

Isaak, formten ihre Lippen nach einigen langen Sekunden. Sie öffnete das Fenster.

»Bist du allein?«, flüsterte er. Sein Mund war plötzlich staubtrocken. »Kann ich reinkommen?«

Sie nickte und deutete zur Eingangstür.

Er huschte hinüber, wartete, fühlte, wie die Zeit plötzlich stehen blieb und anfing rückwärtszulaufen. Wie oft hatte er hier gestanden, hatte darauf gewartet, dass sie die Tür öffnete. Verloren geglaubte Erinnerungen stiegen an die Oberfläche seines Bewusstseins. Verstohlene Blicke, herzliches Lachen, der erste Kuss …

»Was tust du hier?« Sie öffnete die Tür, streckte den Kopf heraus, schaute nach links und rechts die Straße hinunter und hinauf und trat schließlich zur Seite. »Herrscht für euch Juden denn keine Ausgangssperre?«, flüsterte sie, während er in den Hausflur schlüpfte.

»Ja, schon, aber …«

»Aber?«

Sie sah noch genauso aus wie früher. Ihr blondes Haar fiel in sanften Wellen auf ihre Schultern, ihre Augen strahlten, und ein trotziger Ausdruck lag um ihren Mund.

»Ich brauche deine Hilfe.«

Clara schloss die Eingangstür. »Bist du sicher, dass dir keiner gefolgt ist?« Als er nickte, schob sie ihn in ihre Wohnung. »Schnell«, drängte sie.

Er atmete auf und sah sich um. »Es sieht anders aus, als ich es in Erinnerung habe.«

Clara sah ihn an. Durchdringend. Fragend. »Vieles hat sich verändert.« Sie musterte ihn. »Nicht nur die Möbel sind neu.« Sie kontrollierte die Vorhänge, vergewisserte sich, dass sie ganz zugezogen waren. »Du hast mich vielleicht erschreckt«, sagte sie schließlich, machte das Licht an und ließ sich auf das Sofa fallen. »Wenn um diese Zeit jemand anklopft, heißt das normalerweise nichts Gutes.«

»Tut mir leid.« Isaak nahm die Mütze ab und setzte sich auf einen Stuhl.

Clara sagte nichts, sah ihn nur an. Stumm. Unergründlich.

»Wir haben einen Bescheid erhalten«, erklärte er. »Die Nazis … Sie jagen uns aus der Stadt … wollen uns abtransportieren, keine Ahnung, wohin. Übermorgen werden sie uns abholen.«

Clara hob den Deckel einer kleinen silbernen Schatulle, die vor ihr auf dem Tisch stand, holte eine lange dünne Zigarette daraus hervor, zündete sie an und begann schweigend zu rauchen.

»Ich hab ein schlechtes Gefühl dabei«, sprach Isaak weiter. »Die Menschen, die im November weggebracht wurden … niemand hat mehr von ihnen gehört.«

Clara blies Rauch aus. »Und was hat das mit mir zu tun?« Noch immer war ihre Miene ausdruckslos.

»Kannst du dich an Aaron erinnern? Aaron Glasscheib? Wir haben gemeinsam Zwangsarbeit verrichtet. Eines Tages hat er so eine Andeutung gemacht … hat durchblicken lassen, dass du Kontakt zum Widerstand hast.«

Claras Kiefermuskulatur spannte sich an. »Das ist nur ein Gerücht, und zwar ein gefährliches. Sag Aaron, er soll gefälligst den Mund halten. Solche Andeutungen können mich Kopf und Kragen kosten.«

Isaak deutete auf die Schatulle, Clara nickte, und er nahm sich eine Zigarette. »Keine Sorge. Aaron kann niemandem mehr etwas erzählen. Sie haben ihn dabei erwischt, wie er versucht hat, unter falschem Namen auszureisen. Haben ihn erschossen.«

Es war schwer zu sagen, ob Clara betroffen oder erleichtert darüber war. Wahrscheinlich beides. »Nur mal angenommen, ich hätte tatsächlich Verbindungen. Was dann?«

»Dann finde ein Versteck für uns. Ich weiß, das ist viel verlangt, aber wir würden uns irgendwie erkenntlich …«

»Uns? Wir?« Ihr Gesicht nahm einen schmerzlichen Zug an. Es war das erste Mal, dass sie Gefühle zeigte. »Noch immer …«

»Clara …«

»Schon gut«, winkte sie ab. »Ich weiß. Deine Familie ist das Wichtigste für dich. Wichtiger als dein eigenes Leben. Wichtiger als …« Sie hielt inne.

»Clara …«, setzte Isaak noch einmal an.

»Schon gut«, wiederholte sie.

Es war, als wären die letzten drei Jahre nie vergangen. Als wäre die Zeit einfach stehen geblieben. Sie hatte denselben Gesichtsausdruck wie damals bei ihrem letzten Treffen. Ihre Augen waren voller Unverständnis, ihre Stimme klang vorwurfsvoll, und er fühlte sich so zerrissen wie eh und je.

»Meine Entscheidung damals – ich habe es auch für dich getan.«

Sie blickte zu Boden.

»Wir hätten niemals zusammenbleiben können. Nicht hier in Nürnberg. Nicht hier im Deutschen Reich.« Noch immer hatte er das Bedürfnis, sich zu rechtfertigen. »Die Trennung war das einzig Richtige. Sie hätten dich sonst fertiggemacht.«

»Du kannst nicht bestimmen, was für andere Menschen

das Richtige ist. Wir hätten gehen können. Vor dem Krieg. Bevor alle Grenzen dicht waren.«

»Und meine Familie einfach im Stich lassen? Mutter war krank, Rebekka frisch verwitwet mit zwei kleinen Kindern. Glaub mir, ich wollte nichts mehr, als mit dir fortzugehen«, beteuerte er. »Aber sie alle hier zurückzulassen ... Ich hätte mit der Schuld nicht leben können.«

»Und? Hat dein Opfer irgendjemandem genutzt?« Der Zynismus in Claras Stimme war nicht zu überhören. Sie schürzte die Lippen. »Dieses Gespräch führt zu nichts«, sagte sie schließlich. »Hat es schon damals nicht.«

Isaak rauchte still.

»Sechs Personen beim Untertauchen zu helfen ist unmöglich«, durchbrach Clara die Stille. »Einer allein ist schon eine Herausforderung. Wie stellst du dir das vor?«

Isaak zog die Schultern hoch. »Ich weiß nicht.«

»Du weißt nicht? Weißt du denn wenigstens, was die Gestapo mit Leuten tut, die Juden unterstützen?« Sie wartete nicht auf eine Antwort. »Sie werden aufgrund der Volksschädlingsverordnung, manchmal sogar wegen Hochverrats angeklagt. Sie landen in den Folterkellern oder werden gleich nach Dachau geschickt. Wenn sie Glück haben, kommen sie ein paar Monate später als gebrochene Menschen wieder zurück. Und wenn nicht ...« Sie ließ die schreckliche Wahrheit unausgesprochen in der Luft hängen. »Niemand will sich freiwillig so einem Risiko aussetzen.«

Isaak drückte die Zigarette im Aschenbecher aus und starrte auf seine Hände. »Verstehe.« Er erhob sich und ging in den Vorraum. »Tut mir leid. Ich will niemanden in Gefahr bringen oder mit meinen Problemen belästigen.«

Clara betrachtete ihn lange und stand auf. »Ich werde mich umhören. Wenn mir etwas zu Ohren kommt, melde ich mich. Wohnt ihr noch immer in Gostenhof? In der …«

»Nein«, unterbrach er. »Wir mussten in ein Judenhaus ziehen.« Er schluckte seine Verbitterung hinunter und nannte die genaue Adresse.

»Es tut mir sehr leid. Alles.« Clara machte einen Schritt auf ihn zu, blieb so nah vor ihm stehen, dass er die Wärme ihres Körpers spüren konnte. Sie sah zu ihm hoch.

Isaak verlor sich im Grün ihrer Augen, spürte ihren Atem an seinem Hals.

»Auf Wiedersehen«, sagte sie und öffnete leise die Tür.

Isaak küsste sie auf die Stirn. »Leb wohl.«

5

»Ich schwöre auf mein Leben, auf das meiner Mutter! Ich weiß von nichts.«

Werner Hildebrandt rannen Tränen übers Gesicht, sie hinterließen salzige Schlieren, die unangenehm juckten, doch er konnte sie nicht fortwischen. Die Gestapoleute hatten ihn gezwungen, sich auszuziehen und sich in die Mitte eines Raumes zu stellen. Es war ihm verboten, sich zu setzen oder irgendwo anzulehnen, und auch bewegen durfte er sich nicht.

Bade kaute auf einem Zahnstocher herum und ließ seinen Blick über Hildebrandts nackten Körper wandern. »Wer sind deine Komplizen?«, fragte er ohne den Hauch einer Regung in der Stimme.

Hildebrandt keuchte, kalter Schweiß vermischte sich mit seinen Tränen. »Ich habe keine. Ich habe nichts getan. Ich weiß ja noch nicht einmal, was passiert ist.«

Er schaute seinem Peiniger direkt ins Gesicht, wunderte sich über dessen harmlose Erscheinung. Man hätte ihn für einen freundlichen Mann halten können, einen netten Nachbarn, einen fürsorglichen Familienvater. Nichts an seinem Aussehen ließ auf das schließen, was er hier und jetzt tat.

Bade zuckte mit den Schultern. »Selbst schuld«, murmelte er und schlug mit einem Ochsenziemer auf Hildebrandts rechten Oberschenkel.

Die Rute durchschnitt die Haut des jungen Mannes. Warmes Blut lief an seinem Bein hinunter und tropfte auf den schmutzigen Boden. Hildebrandt biss die Zähne zusammen und starrte, da er Bades gleichgültigen Blick nicht länger ertrug, auf die unverputzte Ziegelwand. Das fensterlose Gemäuer war feucht und verströmte einen modrigen Geruch. Die nackte Glühbirne, die die schmale Zelle mit schwachem Licht versorgte, flackerte nervös, das Gekrabbel von Ungeziefer drang aus den dunklen Ecken.

»Ich bin unschuldig«, stieß er hervor. »Ich weiß von nichts, ich habe Ihnen alles gesagt.«

»Spar dir die verdammten Lügen.« Erneut ließ Bade den Ziemer durch die Luft sausen. »Du glaubst, dein Arm fehlt dir? Versuch mal, dir vorzustellen, wie es sich ohne Augen lebt.« Er trat mit dem Fuß gegen Hildebrandts Schienbein. *»Die Fahne hoch! Die Reihen fest geschlossen! SA marschier, mit ruhig festem Schritt. Kam'raden, die Rotfront und Reaktion erschossen, marschier'n im Geist in unser'n Reihen mit«*, sang er, während er langsam einmal um Hildebrandt herumging.

Als er wieder am Ausgangspunkt angekommen war, zog er das rechte Lid des jungen Mannes nach oben und hielt die Spitze des Ochsenziemers vor den Augapfel. »Du hast den Führer verraten, das Volk und das Vaterland.«

»Nein, nicht, bitte … Ich war an der Front … war in Kiew … Wir stehen auf derselben Seite, kämpfen für dieselbe Sache …« Hildebrandt wollte das Gesicht wegdrehen, doch Bade packte seinen Kopf und hielt ihn fest.

»Von wegen. Gute Männer haben ihr Leben gelassen, wegen Verrätern wie dir. Ein Auge ist das Mindeste …«

In diesem Moment wurde die massive Holztür aufgerissen. Schmerzensschreie und gedämpftes Wimmern waren von draußen zu hören. Hildebrandt war nicht der Einzige, der hier unten festgehalten wurde.

»Sie werden gebraucht«, ertönte eine Stimme.

»Kann das nicht warten?«, fragte Bade. Sein Tonfall war trocken und geschäftsmäßig.

»Leider nein. Es eilt. Obersturmbannführer Nosske hat Razzien angeordnet. Sämtliche Personen, die unter Verdacht stehen, der Fränkischen Freiheit anzugehören, sollen noch heute Nacht verhaftet werden.«

»Schon heute?« Bade zog eine Augenbraue hoch. »Ist das nicht noch zu früh? Soweit ich informiert bin, wollten die Kollegen, die sich um die politischen Gegner kümmern, damit aus taktischen Gründen noch abwarten.«

»Wie auch immer. Der Obersturmbannführer besteht darauf, dass die Aushebungen augenblicklich beginnen.«

»Glück gehabt«, zischte Bade in Hildebrandts Ohr. »Aber lass dir eins gesagt sein: Aufgeschoben ist nicht aufgehoben.«

6

Das Klopfen war so heftig, dass das Türblatt vibrierte. »Aufmachen!«, verlangte ein Mann lautstark. Die Aufforderung war sicher im ganzen Haus zu hören. »Aufmachen«, wiederholte er, noch bevor irgendjemand in der Lage gewesen wäre, der Forderung nachzukommen.

Ein kurzer stiller Augenblick wurde von aggressivem Hundegebell durchbrochen.

Sie waren gekommen. Hitlers Schergen.

Es war Teil ihrer Taktik, plötzlich und unerwartet aus dem Nichts aufzutauchen. Sie brachen ein, nahmen mit, was sie wollten, und verschwanden so schnell, wie sie gekommen waren. Der einzige Unterschied zu gewöhnlichen Dieben bestand darin, dass es Menschen waren, die sie raubten.

»Öffnen Sie sofort, oder wir brechen das Schloss auf!« Der Unterton, der in seinen Worten mitschwang, ließ keinen Zweifel daran, dass der Mann es ernst meinte.

»Moment. Einen kleinen Moment!«

»Sofort, hab ich gesagt!«

»Ich komme ja schon.«

Er zog sich ein Hemd über und öffnete.

»Arthur Krauss?«

Ein schmaler, unscheinbarer Kerl stellte sich so nah vor ihn, dass sich ihre Nasen beinahe berührten. Sein Atem roch nach Zigarettenrauch, sein gescheiteltes Haar glänzte ölig.

»Ja?« Krauss trat einen Schritt zurück, musterte sein Gegenüber und wandte seine Aufmerksamkeit schließlich den drei anderen Männern zu, die wie menschliche Türme hinter ihm aufragten. Sie waren in Zivil gekleidet und wirkten auf den ersten Blick gar nicht mal so furchterregend. Genau das war es aber, was Arthur Krauss einen kalten Schauer über den Rücken jagte. Wenn die vergangenen Jahre ihn eines gelehrt hatten, dann war es die Tatsache, dass die tiefsten Abgründe meist hinter den banalsten Fassaden lauerten. »Ich wollte gerade zu Bett gehen. Was …«

»Das erfahren Sie noch früh genug.« Der Mann deutete ins Treppenhaus.

»Ich verstehe nicht.« Krauss strich eine Strähne seines braunen Haars hinters Ohr und sah ihn fragend an.

»Das tun Sie sehr wohl.« Er machte eine kurze Pause. »Ich verhafte Sie aufgrund der Verordnung des Reichspräsidenten zum Schutze von Volk und Staat. Kommen Sie mit!«

»Zum Schutze von Volk und Staat?« Krauss riss die Augen auf. »Das muss ein Missverständnis sein, eine Verwechslung. Ich habe nichts Schlimmes getan.«

»Wenn es so wäre, dann wären wir wohl kaum hier.«

Der Mann steckte sich einen Zahnstocher zwischen die spröden Lippen und packte Krauss am Oberarm.

Dieser wand sich aus dem Griff. »Was erlauben Sie sich? Ich bin ein rechtschaffener Bürger, dem Vaterland und dem Führer treu ergeben.«

»Dann haben Sie ja nichts zu befürchten.« Der Mann grinste.

Arthur Krauss knöpfte sein Hemd zu und verschränkte die Arme vor der Brust. »Darf ich mir wenigstens noch eine Hose anziehen?«, bat er und erschrak darüber, wie viel Panik in seiner Stimme mitschwang.

»Von mir aus.« Der Mann entblößte zwei Reihen strahlend weißer Zähne und lachte hämisch. »Los«, sagte er, schob Krauss unsanft zur Seite und nickte den drei anderen zu.

Diese marschierten wortlos in die Wohnung. Schwere Schritte hallten durch den schmalen Flur, kurz darauf wurden Schränke aufgerissen, Türen schlugen, und Geschirr fiel klirrend zu Boden.

»Was soll das?« Arthur Krauss wollte ihnen nacheilen. »Sie können doch nicht einfach …«

Der Mann, dessen Namen er noch immer nicht kannte, hielt ihn zurück. Ein Blick genügte, um ihm klarzumachen, dass sie sehr wohl konnten. Das und noch viel mehr.

Dabei hatte er doch so gut aufgepasst. Jeden seiner Schritte genau abgewogen. Alle Spuren akribisch verwischt. Wie waren sie ihm bloß auf die Schliche gekommen?

Er fühlte sich plötzlich so verwundbar wie noch nie. War dies eines jener viel zitierten Ereignisse, die das Leben in ein Vorher und ein Nachher teilten? Oder würde sich alles als harmlos herausstellen? Als ein simples Missverständnis?

Nein. Die Gestapo machte keine Fehler. Nie. Ihre Beamten waren die Herren über die Wahrheit. Was auch immer sie sagten, war Gesetz.

Doch was hatte diese Männer zu ihm geführt? Oder besser gesagt: wer? Oft genug wurden unbescholtene Bürger denunziert. Von argwöhnischen Nachbarn, missgünstigen

Arbeitskollegen … Das vorherrschende Regime brachte das Schlechteste im Menschen zum Vorschein.

Er hoffte, betete, dass es sich nur um eine Verwechslung handelte oder zumindest um eine Lappalie. Hatte er versehentlich Grüß Gott gesagt anstatt Heil Hitler? Hatte er einem Juden oder Zwangsarbeiter ein freundliches Wort geschenkt? Hatte er sich vielleicht zu wenig euphorisch ob der Triumphe der Wehrmachtstruppen geäußert? Zu wenig Geld bei der Sammlung des Kriegshilfswerks gespendet?

Irgendetwas davon musste es sein. Alles andere war undenkbar.

Alles andere wäre sein Todesurteil.

Seines und das Millionen anderer Menschen.

Freitag,
20. März 1942

7

»Ich hab mein Bein gegeben für den Kaiser, hab mein Blut vergossen für die Republik, hab immer Steuern gezahlt, bin ein anständiger Bürger«, erklärte ein alter Mann im Nebenzimmer so laut, dass jedes Wort gut verständlich war. »Sogar eine Tapferkeitsmedaille hab ich im letzten Krieg erhalten. Und jetzt werd ich behandelt wie ein Unmensch, weniger wert als ein Tier. Wie können Sie das zulassen?«

»Herr Rubinstein? Haben Sie gehört?«, riss Benjamin Gelb, der Sekretär der Israelitischen Kultusgemeinde, Isaak aus seinen Gedanken.

Isaak seufzte und rieb mit den Händen über seine müden Augen.

»Wir können leider nichts machen.« Gelb zeigte auf den unteren Teil des Evakuierungsbescheids. *Es ist zwecklos, Rückstellungsanträge bei der Behörde einzureichen, da sie nicht berücksichtigt werden können*, stand dort geschrieben. »Sie sind nicht der Erste, der heute bei uns vorspricht.«

Isaak spürte, wie ihn große Beklommenheit überkam. »Können Sie mir denn wenigstens sagen, wohin wir gebracht werden und was uns dort erwartet? Sie sind doch mit dem Judenreferat der Gestapo in Kontakt, nicht wahr?«

»Fast jeden Tag.« Gelb nickte traurig. »Fast jeden Tag zitieren sie mich in die Ludwigstraße, um mir neue Anweisungen zu erteilen.« Er holte einen Atlas aus einer Schublade und schlug ihn auf. »Sie werden umgesiedelt. Die Nazis wollen Deutschland judenfrei haben. Deshalb werden Sie und Ihre Familie nach Osten gebracht.« Er blätterte, bis er die passende Seite gefunden hatte. »In einen Ort namens Izbica.« Mit zusammengekniffenen Augen suchte er nach der Stelle. »Hier«, sagte er schließlich. »Südöstlich von Lublin.«

»Polen? Aber was sollen wir denn dort? Wir sprechen noch nicht einmal die Sprache.«

»Das tun viele nicht.« Gelb nickte in Richtung Wand, hinter der der alte Mann noch immer sein Schicksal beklagte. »Sie und Ihre Familie sind nicht die Einzigen, die verschickt werden. Insgesamt wird der Transport eintausend Menschen aus ganz Franken umfassen.«

»So viele?«

»Sie werden in Izbica eine Siedlung errichten. In Nürnberg bleiben nur diejenigen zurück, die nicht arbeitsfähig sind. Sie werden mit der nächsten Evakuierungswelle nach Theresienstadt gebracht.«

Die große Standuhr neben der Tür tickte laut und regelmäßig.

»Könnten Sie uns vielleicht offiziell bei der Kultusgemeinde beschäftigen?«, überlegte Isaak laut. »Soweit ich gehört habe, sind deren Mitarbeiter doch von der Verschickung ausgenommen. Wir würden auch kein Geld …«

»Ach, mein lieber Herr Rubinstein.« Gelb seufzte. »Das geht leider nicht. Die Synagogen sind zerstört, unsere Einrichtungen geschlossen, und sobald die Alten und Arbeitsunfähigen in Theresienstadt sind, gibt es niemanden mehr, um den wir uns kümmern können. Dann gibt es keine

Zurückstellungen mehr, keine Immunität. Für niemanden.« Er lächelte traurig und stand auf. »Ist es Absicht, dass Sie Ihren Judenstern nicht tragen?«, fragte er, als Isaak seine Jacke anzog.

Isaaks Blick wanderte auf seine Brust. »Oh, nein«, murmelte er. »Ich habe ganz vergessen, ihn wieder anzunähen.« Er seufzte. »Das muss ich daheim gleich nachholen.«

»Tun Sie das. Sie wissen, was geschieht, wenn Sie ohne den Stern erwischt werden.« Gelb streckte Isaak seine Hand entgegen. »Alles, was wir jetzt noch tun können, ist, unser Schicksal in die Obhut des Herrn zu geben. Ich werde Sie und Ihre Familie in meine Gebete einschließen. Shalom Aleichem. Friede sei mit Ihnen.«

»Und mit Ihnen. Aleichem Shalom.«

Mit einem Kloß im Hals verließ Isaak das unscheinbare Gebäude in der Oberen Kanalstraße und ging mit schwerem Herzen Richtung Rochusfriedhof. Er hatte zwar nicht wirklich daran geglaubt, dass die Israelitische Kultusgemeinde etwas für ihn und seine Familie tun konnte, trotzdem fühlte er sich hundeelend. Der letzte kleine Hoffnungsschimmer war erloschen. Alles, was ihm nun übrig blieb, war, heimzugehen und sich mit dem Unabwendbaren abzufinden.

Er setzte seine Mütze auf, verschränkte die Arme vor der Brust und lief durch die nebelverhangene Stadt, die so vertraut und doch so fremd war. Überall wehten große Hakenkreuzfahnen aus den Fenstern, Plakate mit dem Wortlaut HUNDEN UND JUDEN IST DER EINTRITT VERBOTEN hingen in den Auslagen der Geschäfte.

»So schön wie heut', so müsst' es bleiben«, tönte ein Schlager aus einem offenen Fenster. *»So müsst' es bleiben für alle Zeit!*

Dann könnte nichts das Glück vertreiben. Es müsste bleiben in Freud und Leid!«

Isaak kam nicht dazu, sich über die Ironie des Textes Gedanken zu machen, da er auf dem Plärrer plötzlich von einer Horde Hitlerjungen umzingelt wurde. Sie trugen braune Uniformen, Schiffchenmützen in derselben Farbe, dazu schwarze Halstücher und rote Armbinden.

»Würdigen Sie das Heldentum der Sanitätssoldaten«, rief einer von ihnen und hielt ihm eine Sammelbüchse vors Gesicht. »Spenden Sie für das Kriegshilfswerk des Deutschen Roten Kreuzes.«

Verlegen kramte Isaak in seiner Hosentasche nach ein paar Münzen.

»Das ist ja ein Jud, ein Saujud«, schrie plötzlich einer der Burschen und zeigte auf Isaaks Jacke, wo anstelle des Sterns eine dunkle Stelle prangte.

»Was tut denn der hier?«, rief eine ältere Dame und schlug die Hand vor den Mund, als wäre sie mit einer schrecklichen Monstrosität konfrontiert worden. »So tu doch einer was!«

»Der glaubt, er kann hier einfach so ohne Kennzeichnung herumspazieren.« Einer der Halbwüchsigen bückte sich und versuchte, einen Pflasterstein aus dem Boden zu lösen. »Der führt sicher was im Schilde.«

»Haltet ihn fest!«, rief einer seiner Kameraden, während er ein kleines Messer hervorzog. Es war wie ein Bajonett geformt, in seine Klinge war »Blut und Ehre« eingeätzt worden.

»So schön wie heut', so müsst' es bleiben«, sang Marika Rökk unbeirrt weiter.

»Was fällt dir ein, dich hier einfach so herumzutreiben?«

Der Junge mit dem Messer richtete die Klinge auf Isaaks Gesicht. »Und wo ist dein Stern?«

»Ja, genau. Glaubst wohl, du kannst uns täuschen. Dabei sieht man an deiner verschlagenen Visage, welcher Rasse du angehörst.«

Isaak hob abwehrend seine Hände, während sich eine Traube von Gaffern um sie scharte.

»Stich's ab, das Schwein!«, hörte er eine Männerstimme. »Mach ihn alle, den Drecksjud.«

Isaak sah sich um, suchte nach einem Ausweg, doch die Leute hatten ihn eingekreist. Immer mehr sammelten sich um ihn, lachten, grölten, skandierten judenfeindliche Parolen.

»Bitte …«, setzte er an, sprach jedoch nicht weiter.

Flehen hatte keinen Sinn. Sie würden ihn nicht davonkommen lassen. Er schloss die Augen, senkte den Kopf, versuchte irgendeine Lösung zu finden, wartete auf den ersten Schlag, den ersten Stich.

Nichts geschah.

Langsam blickte er auf, sah, dass die versammelte Menge wie gebannt nach oben starrte, und tat es ihnen gleich.

Der Anblick, der sich ihm bot, war verstörend und wunderschön zugleich. Hunderte, vielleicht sogar Tausende weißer Blätter segelten vom wolkenverhangenen Himmel, wiegten sich im Wind, wirbelten durch die Luft und tanzten langsam in Richtung Erde. Sanft, beinahe anmutig, schwebten sie auf die Hände zu, die sich ihnen entgegenreckten.

Endlich wurde ersichtlich, worum es sich handelte: um Flugblätter, dicht bedruckt mit schwarzen Wörtern, von denen einige rot unterstrichen waren. Jemand musste sie aus dem nahen Spittlertorturm geworfen haben, von wo aus der Wind sie nun in alle Himmelsrichtungen trug.

»Ach herrje!«, rief die ältere Dame, die sich eben noch so echauffiert hatte. »Ist das wirklich wahr?«

»Wenn, dann ist es ein Skandal!«

Ein Raunen ging durch die Menge, Aufregung machte sich breit.

Isaak scherte sich nicht darum. Ohne noch einen Moment zu zögern, rannte er los. Er hastete über den Frauentorgraben bis zum Bahnhof, durch die Fußgängerunterführung und auf die Allersberger Straße. Er ignorierte das Stechen in seiner Seite und das Brennen in seiner Lunge und rannte, als wäre ihm der Leibhaftige auf den Fersen.

Erst als er im Judenhaus in der Gunthergasse ankam und die Wohnungstür hinter sich schloss, hielt er inne und rang nach Atem. Er hatte es geschafft. Er war dem Mob entkommen, war in Sicherheit.

Nein, wurde ihm da plötzlich bewusst. Für ihn gab es so etwas wie Schutz und Obhut nicht. Nicht in diesem Haus, nicht in dieser Stadt, nicht auf dieser Welt.

8

»Was gibt es Neues?« Nosske nickte Oberhausner zu, der in der offenen Tür wartete. »Hat dieser Hildebrandt endlich gestanden?«

»Nein, er beteuert noch immer seine Unschuld.«

»Und die mutmaßlichen Widerstandskämpfer, die in der Nacht verhaftet wurden? Können wir denen eine Verbindung zu dem Mord nachweisen?«

»Noch nicht, aber Bade ist an der Sache dran.«

»Sehr gut. Halten Sie mich auf dem Laufenden. Ich will die Schweine persönlich zum Schafott führen – und zwar lieber gestern als morgen.« Nosske stand auf und trat an die Wand hinter dem Schreibtisch, an der eine große Landkarte hing. Kleine Fähnchen dokumentierten den Vormarsch der Wehrmacht an den verschiedenen Kriegsschauplätzen. »Was tut sich an der Front?« Er deutete auf die Zeitung, die Oberhausner in den Händen hielt.

Oberhausner betrat das großräumige Büro des Obersturmbannführers und schlug sie auf. *»Das Oberkommando der Wehrmacht gibt bekannt, dass der Gegner an der Ostfront achtundsechzig Flugzeuge und hunderteinunddreißig Panzer verloren hat«*, las er vor, während Nosske seine Finger über Russland gleiten ließ.

»Und im Westen?«

»An der amerikanischen Küste versenkten deutsche Untersee-

boote fünf feindliche Handelsschiffe und ein Küstenschiff der Kriegsmarine.«

»Ausgezeichnet. Hat sich die Frontlinie dadurch irgendwo verlagert?«

»Leider nein.«

Nosske setzte sich wieder an seinen massiven Teakholzschreibtisch und nahm einen Schluck aus seiner Kaffeetasse. »Lesen Sie weiter.«

»Blutordensträger, Träger des Deutschen Kreuzes in Gold und Inhaber des Eisernen Kreuzes, Josef Fleischmann ist in einem Feldlazarett seiner schweren Verwundung erlegen.«

»Guter Mann«, sagte Nosske. »Den Heldentod fürs Vaterland gestorben. Seine Familie kann stolz sein. Steht auch was über die Lanner drin?«

Oberhausner blätterte weiter. *»Die schöne Lanner ist tot«*, las er die Überschrift vor. *»Das Reich und der Führer trauern.«* Er hielt inne.

»War das alles?«

Oberhausner schüttelte den Kopf. »Nein ...«

»Na, dann lesen Sie weiter!«

»Durch einen tragischen Zwischenfall wurde die allseits beliebte Schauspielerin viel zu früh aus dem Leben gerissen. Zu ihrem Andenken werden sämtliche Lichtspieltheater der UfA-Kinokette in den kommenden Tagen ihr Programm ändern.« Oberhausner ließ die Zeitung sinken. »Mehr steht da nicht. Die Presse wurde angewiesen, die Sache so diskret wie möglich zu behandeln.«

Nosske stellte die Tasse ab und wandte sich einem Stapel Papieren zu. »Danke, Oberhausner, Sie können jetzt gehen.«

Anstatt sich zu entfernen, blieb der Scharführer stehen

und räusperte sich. »Hören Sie … Es gibt da … Es gibt da ein kleines Problem.«

Er fasste in seine Brusttasche und zog ein Flugblatt daraus hervor. Schweigend legte er es auf den Tisch und trat einen Schritt zurück.

Nosske griff nach dem Zettel und überflog ihn. Zornesröte stieg ihm ins Gesicht. »Was soll der Blödsinn?« Er schlug mit der Faust so fest auf den Tisch, dass Kaffee auf die Untertasse schwappte. »Wo haben Sie das her?«

Oberhausner atmete einmal tief ein und wieder aus. »Hunderte von denen wurden in der Stadt verteilt. Sie liegen auf Parkbänken, in Hauseinfahrten und Briefkästen.«

Nosske schnappte nach Luft. »Verleumdung!«, schrie er. »Eine elende Diffamierung ist das.«

»Natürlich. Das weiß ich ja. Alle wissen das. Trotzdem, Brigadeführer Mer…«

»Lasst euch nicht hinters Licht führen«, begann Nosske, den Text des Flugblatts vorzulesen. *»Ein unschuldiger Kriegsheld leidet in den Folterkellern der Gestapo. SS-Obersturmbannführer Fritz Nosske höchstpersönlich hat die schöne Schauspielerin ermordet. Glaubt den Lügen der Schergen nicht! Begehrt auf! Gerechtigkeit für Lotte Lanner! Gerechtigkeit für Werner Hildebrandt!«*

»Ich bin sicher, diese leidige Sache wird in kürzester Zeit aufgeklärt werden«, beschwichtigte Oberhausner und schaute auf seine Armbanduhr. »Bri…«

Nosske zerknüllte das Flugblatt und warf es quer durch den Raum. »Ich will wissen, wer hinter dieser Ungeheuerlichkeit steckt«, brüllte er. »Ich will Köpfe rollen sehen.«

»Aber ja, natürlich.«

»Bringen Sie diesen verdammten Hildebrandt endlich

zum Reden. Intensivieren Sie die Befragung der Widerständler. Finden Sie den verdammten Mörder.«

»Ich werde mich sofort darum kümmern.«

»Worauf warten Sie dann noch? Los! Gehen Sie!«

»Brigadeführer Merten möchte mit Ihnen sprechen«, konnte Oberhausner endlich sein Anliegen vortragen. »Er hat sich für neun Uhr angekündigt.«

Die Erwähnung des Polizeipräsidenten und Gestapochefs brachte Nosske zur Raison. Er hielt inne und strich sein Haar nach hinten. »Wie spät ist es jetzt?«

»Zwei Minuten vor neun.«

Nosske stand auf und schlüpfte in seine Uniformjacke. »Hat er gesagt, was er will?«

»Das können Sie sich wohl denken«, schallte eine Stimme durch den Raum.

Nosske und Oberhausner schnellten herum.

SS-Brigadeführer Georg Merten, ein groß gewachsener Mann mit eleganten Zügen und etlichen Schmissen im Gesicht, stand breitbeinig in der offenen Tür. »Es geht natürlich um die Lanner.« Er trat in das Zimmer und schaute sich um. »Schick. Sie haben sich aus dem Nachlass der Deportierten wohl ein paar schöne Möbelstücke unter den Nagel gerissen. Imposant. Man könnte fast glauben, Sie wären hier der Chef.«

Nosske lief erneut rot an. Er nahm Haltung an.

Merten fasste wortlos in die Brusttasche seiner Jacke und zog eine Flugschrift daraus hervor.

»Sie glauben doch wohl kein Wort von dem, was auf diesen Schmierblättern geschrieben steht«, sagte Nosske.

»Was ich glaube, tut nichts zur Sache. Das Einzige, was zählt, ist die Meinung des Führers.«

Nosske riss die Augen auf. »Unser geliebter Führer hat doch wohl wichtigere Dinge zu tun, als sich mit einer toten Schauspielerin zu beschäftigen.«

»Die Lanner war nicht nur irgendeine Schauspielerin. Sie war eine Ikone, der Liebling des Volkes. Und dieser Hildebrandt hat anscheinend bei Kiew einer ganzen Kompanie das Leben gerettet. Sein leitender Offizier nennt ihn einen strahlenden Helden, einen Ausbund an Mut und Tapferkeit.« Merten beugte sich vor und lehnte sich auf die Tischplatte. »Die Leute beginnen, Fragen zu stellen. Sie wollen wissen, was wirklich passiert ist.«

Nosske fühlte sich in der Anwesenheit seines direkten Vorgesetzten sichtlich unwohl. »Umso wichtiger, dass wir den Mörder so schnell wie möglich finden. Sturmscharführer Bade und Scharführer Oberhausner sind …«

Merten hob die Hand. »Die beiden werden von dem Fall abgezogen.«

»Was? Aber warum? Das sind gute Männer. Die haben früher bei der Kriminalpolizei gearbeitet. Ihre Aufklärungsquote ist hervorragend. Sagen Sie's ihm, Oberhausner.«

»Bade und ich waren tatsächlich …«

»Alle Augen sind auf uns gerichtet – inklusive der des Führers. Es gilt daher besonders besonnen und professionell mit der Sache umzugehen. Der Unmut des Volkes muss um jeden Preis verhindert werden. Reichsminister Goebbels hat mich deswegen extra angerufen. Seine Anweisungen waren klar.«

»Der Führer … Goebbels …« Nosske schien von der Tragweite der Situation überrascht zu sein.

»Der Sieg der Roten Armee vor Moskau hat die Euphorie des Volkes gebremst.« Merten deutete auf die Landkarte hinter Nosske. »Der Krieg zieht sich in die Länge. Die Eroberung Russlands ist nicht der Sonntagsspaziergang, den alle erwartet haben. Die Leute werden ungeduldig.«

»Ungeduldig«, murmelte Nosske. »Es gibt doch täglich eine Vielzahl an Erfolgen zu vermelden.« Er zeigte auf die Zeitung.

»Aber leider auch viele Gefallenenmeldungen. Das Feuer muss am Lodern gehalten werden. Das Vertrauen, das die einfachen Leute in uns setzen, darf nicht ins Wanken geraten.«

»Ich verstehe nicht, warum Sie dann die fähigsten Beamten von dem Fall abziehen.« Nosske legte seine Stirn in Falten und starrte seinen Vorgesetzten verständnislos an.

»Weil es ein schlechtes Bild auf uns wirft, wenn die Untergebenen eines Verdächtigen in einem Mordfall ermitteln. Bade und Oberhausner sind befangen wie jeder andere Gestapobeamte und jeder Polizist hier in der Stadt. Vergessen Sie nicht Ihre Position. Sie sind nach mir der ranghöchste Offizier.«

Nosske setzte sich und verschränkte die Arme vor der Brust. »Wer?«, fragte er. »Wer soll die Untersuchung dann leiten? Sie etwa?«

»Ein gewisser Adolf Weissmann wird das übernehmen.« Mertens Tonfall war völlig neutral. Es ließ sich nicht sagen, ob er erfreut oder ungehalten über diesen Auftrag war.

»Adolf Weissmann«, wiederholte Nosske den Namen und schaute zu Oberhausner.

Dieser zuckte mit den Schultern und schüttelte den Kopf. »Wer soll das sein?«

»Ein Sonderermittler aus Berlin. Kriminalinspektor. Angeblich der beste im ganzen Reich.« Merten streckte den

Rücken durch und ging zur Tür. »Hören Sie, Nosske, mir wäre es anders auch lieber, aber der Befehl kommt direkt aus dem Führerhauptquartier. Dieser Weissmann macht sich in Kürze auf den Weg, er wird bald in Nürnberg eintreffen. Bis zur endgültigen Klärung der Sache haben Sie sich vollkommen aus den Ermittlungen herauszuhalten.« An der Tür blieb er kurz stehen. »Außerdem haben Sie mit der bevorstehenden Deportation doch sowieso alle Hände voll zu tun. Kümmern Sie sich lieber darum, dass am Dienstag alles reibungslos über die Bühne geht. Sie wollen doch nicht, dass Ihre Kompetenz infrage gestellt wird, oder?«

Nosske öffnete den Mund, wollte etwas sagen, doch es war zu spät. Merten hatte den Raum bereits verlassen.

»Verdammt!«, zischte Nosske, griff nach der Kaffeetasse und schmiss sie gegen die Wand, wo sie in tausend Scherben zersprang.

9

Regen prasselte gegen die Scheibe, der Wind pfiff durch die verdunkelten Gassen. Im Judenhaus in der Guntherstraße trat Isaak ans Fenster, berührte das kalte Glas und sah hinaus in die Welt, die nicht mehr die seine war.

»Da, wo wir hinfahren … Muss dort in der Nacht auch alles schwarz sein?«, vernahm er eine Kinderstimme.

Er drehte sich um, kniete sich neben die Matratze, auf der Elias und Esther lagen, und strich seinem Neffen und seiner Nichte über den Kopf. »Das werden wir sehen.«

»Dürfen wir dort endlich ins Schwimmbad gehen? Und in den Park?«

»Und endlich wieder Radio hören? Und mit der Straßenbahn fahren? Und vielleicht eine Katze haben?«

»Das werden wir sehen«, wiederholte er. Wie gern hätte er gelogen, ihnen eine schöne Zukunft versprochen – oder wenigstens eine normale. Doch er wollte den Kindern keine falschen Hoffnungen machen. »Schlaft jetzt. Damit ihr ausgeruht seid für die lange Reise.« Er bemühte sich, fröhlich dreinzuschauen – mehr als die Mundwinkel hochzuziehen gelang ihm jedoch nicht.

Er war müde, am Ende seiner Kräfte. Das Wiedersehen mit Clara, Benjamin Gelbs Unvermögen, ihnen zu helfen, die Anfeindungen der Passanten … Dazu die dunkle Vorahnung, dass ihnen etwas Schlimmes bevorstand.

Beinahe wünschte er, der Tag wäre bereits gekommen, die Deportation durchgeführt, das unbekannte Ziel erreicht. Ganz gleich, was ihn und seine Familie am Ende ihrer Verschickung erwartete – es konnte kaum schlimmer sein als die Angst, die er derzeit durchlebte.

Oder etwa doch?

Isaak konnte Elias' und Esthers Anblick nicht länger ertragen. Ihre Unschuld erfüllte ihn mit Verzweiflung, ihr unsicheres Schicksal mit Wut. Er richtete sich auf und ging ins Nebenzimmer, wo die anderen Familienmitglieder bereits auf ihn warteten.

Staub und Schatten, ging es Isaak durch den Kopf. Das war alles, was von ihnen übrig geblieben war. Seine Mutter saß schwer atmend im Bett neben seinem Vater, der leise im Tanach las, während Rebekka auf dem Boden hockte und einen Fleck an der Wand anstarrte.

»Frau Herzl heult schon wieder«, sagte sie mit unverhohlenem Zorn. »Sie versucht nicht einmal mehr, sich zusammenzureißen.«

»Lass sie.« Ihr Vater beugte sich vor und tätschelte ihre Hand. »Sie meint's ja nicht böse. Sie hat bloß Angst. So wie wir alle. Ungewissheit ist die grausamste aller Qualen.«

Rebekka seufzte und nickte. »Lange wird dieses Elend ja zum Glück nicht mehr dauern. Morgen holen sie uns, verschleppen uns, wer weiß wohin.«

»Es geht nach Izbica«, warf Isaak ein. »Das hab ich dir doch schon gesagt.«

»Izbica.« Sie spuckte das Wort aus wie einen giftigen Käfer. »Izbica kann alles sein. Alles oder nichts. Himmel oder Hölle. Ich tippe eher auf Letzteres.«

»Die Furcht vor etwas ist oft schlimmer als die Sache

selbst.« Ihr Vater fasste seine Frau und seine Tochter an den Händen. »Lasst uns beten.«

Isaak setzte sich neben Rebekka und tat es seinem Vater gleich. Sie schlossen die Augen und senkten die Häupter.

»Höre, Israel, der Herr ist …«

»Was war das?« Rebekka riss den Kopf hoch. »Habt ihr das gehört? Jemand ist im Treppenhaus.«

Isaak runzelte die Stirn und hielt den Atem an. »Ich kann nichts …«

Ein lautes Klopfen an der Wohnungstür ließ alle zusammenzucken.

»Das sind sie. Sie sind hier.« Rebekka schlug die Hand vor den Mund.

»Wir sollen uns ab Samstag bereithalten, stand in dem Schreiben«, sagte ihre Mutter. »Das ist erst morgen.«

»Als ob sie sich jemals an irgendetwas gehalten hätten. Außerdem: Wer sollte es denn sonst sein?«

»Oh, nein, wir Armen«, drang Wehklagen aus Frau Herzls Zimmerchen. »Sie kommen schon jetzt. Kommen, uns zu holen. Herrje.«

Die Kronenbergs schwiegen.

»Dann ist es nun wohl so weit.« Vater Rubinstein stand mit stoischer Würde auf und strich seine Hose glatt.

Isaak legte ihm eine Hand auf die Schulter. »Ich sehe nach. Fangt ihr schon mal an, die Sachen, die wir rausgelegt haben, einzupacken.« Mit weichen Knien trat er hinaus in den Flur. Sein Herz schlug ihm bis zum Hals, als seine Finger den Knauf umschlossen und ihn langsam nach rechts drehten.

»Schnell!« Die Tür wurde plötzlich so kraftvoll aufgedrückt, dass Isaak strauchelte und beinahe hingefallen wäre.

Eine schwarz gekleidete Gestalt schlüpfte in die Wohnung und schaute sich hektisch um. »Wo ist deine Familie?«

Es dauerte einen Augenblick, bis Isaak verstand, mit wem er es zu tun hatte. »Clara.«

»Wo ist deine Familie?«, wiederholte sie.

Isaak, noch immer völlig überrumpelt, deutete wortlos auf eine Tür zu seiner Rechten.

Ohne eine weitere Silbe zu verlieren, stürmte Clara in das kleine Zimmer, ignorierte die Anwesenden und stellte sich neben das Fenster. Langsam schob sie den Vorhang einen Spaltbreit zur Seite und spähte auf die Straße. »Wir haben nicht viel Zeit.«

»Clara?«, fragte Rebekka. »Clara, bist du das?« Sie stellte sich vor Isaaks ehemalige Freundin und funkelte sie aus ihren dunklen Augen misstrauisch an. »Was willst du hier um diese Zeit?«

»Macht schnell«, ignorierte Clara sie. »Packt eure Sachen. Nur das Allernötigste. Nicht mehr, als ihr tragen könnt.«

»Was …«, setzte Rebekka an, doch Clara legte eine Hand auf ihren Mund.

»Tu einfach, was ich gesagt habe.«

»Was ist denn los? Sind es gar nicht die …« Frau Herzl streckte den Kopf zur Tür herein. Ihre Augen waren verquollen, ihre Wangen gerötet. Als sie Clara sah, runzelte sie die Stirn. »Wer ist das?«

Clara drehte sich herum und tat so, als ob sie etwas in ihrer Tasche suchen würde. Sie warf Isaak einen kurzen stechenden Blick zu.

»Das … das ist eine alte Freundin«, stammelte er, noch immer völlig perplex. »Sie ist gekommen, um sich zu verabschieden. Alles ist gut. Gehen Sie wieder schlafen.«

Frau Herzl zögerte.

»Sagen Sie den Kronenbergs, dass es nicht die Nazis sind, dass nur eine Bekannte hier ist«, bat Vater Rubinstein.

»Aber …«

»Denken Sie an Frau Kronenbergs Herz«, warf Isaak ein.

Endlich nickte die alte Dame und verschwand.

Clara wartete, bis ihre Schritte sich entfernt hatten. »Ich habe ein Versteck für euch aufgetrieben«, flüsterte sie. »Ihr könnt bei einem Bekannten unterkommen. Dessen Großvater war im letzten Krieg Schwarzmarkthändler und hat damals ein verborgenes Warenlager angelegt. Darin könnt ihr fürs Erste bleiben.«

Die Rubinsteins sahen sich an.

»Ich traue ihr nicht«, zischte Rebekka Isaak zu. »Warum sollte sie uns helfen wollen?«

»Rebekka.« Isaak nahm seine Schwester zur Seite.

»Sie hat dir nie verziehen, dass du nicht mit ihr abgehauen bist. Vor allem aber hat sie *uns* nie verziehen. Ich glaube nicht, dass sie uns wohlgesonnen ist.«

»Doch, das ist sie. Komm. Fang an zu packen.«

Rebekka zögerte. »Untertauchen, in einem alten Warenlager leben, in ständiger Furcht, entdeckt zu werden. Vielleicht wäre es doch besser, wenn wir uns umsiedeln lassen.«

Isaak schüttelte den Kopf. »Mein Gefühl sagt, dass im Osten etwas Schlimmes wartet, noch Schlimmeres als das Leben hier. Ich bin dafür, dass wir mit ihr gehen.« Demonstrativ trat er zu Clara und umarmte sie. »Danke, dass du dieses Risiko auf dich nimmst.« Er warf seiner Schwester einen vielsagenden Blick zu.

»Vielen Dank«, fielen auch seine Eltern ein. »Vielen …«

»Ihr könnt euch später erkenntlich zeigen.« Clara löste

sich aus Isaaks Armen. »Holt die Kinder, und lasst uns von hier verschwinden. Schnell.«

Rebekka schaute noch immer skeptisch drein, huschte dann aber doch ins Nebenzimmer, während Isaak einen Koffer für seine Eltern packte und einen für sich. Kurz darauf kam Rebekka mit den Kindern und ihrem Gepäck zurück.

»Unten wartet ein Wagen«, fing Clara an zu erklären. »Der bringt euch fünf hinaus aus der Stadt. Stellt dem Fahrer keine Fragen. Alles Weitere erfahrt ihr vor Ort.«

»Sechs.« Isaaks Vater hielt inne. »Wir sind zu sechst. Meine Frau und ich, Isaak und Re…«

»Ich weiß.« Clara gab ihm durch eine Handbewegung zu verstehen, dass er weiterpacken sollte. »Drei Erwachsene, zwei Kinder. Mehr haben in dem Versteck keinen Platz.«

Betretenes Schweigen erfüllte den Raum. Niemand rührte sich. Wie erstarrt schauten sie einander an.

»Dann bleibe ich hier«, durchbrach Isaaks Mutter die Stille. »Um meine Gesundheit steht es nicht gut. Ohne mich werdet ihr es leichter haben.« Ihr Mund lächelte, doch ihre Augen sagten etwas anderes.

»Auf keinen Fall.« Isaaks Vater nahm ihre Hände in seine. »Ich werde …«

»Spart euch die Diskussion«, unterbrach Clara. »Isaak bleibt.«

»Isaak? Aber wieso? Warum ausgerechnet …«

»Ich habe Papiere für ihn besorgt. Einen deutschen Pass, einen Ariernachweis und eine Ausreiseerlaubnis. Damit kann er sich gleich morgen früh in Richtung Türkei aufmachen.«

»In die Türkei?« Isaaks Mutter schlug die Hände vors Gesicht.

»Von dort geht ein Schiff nach Palästina.«

Isaak selbst schwieg, versuchte das eben Gehörte zu verarbeiten. »Nicht weinen, Mutter«, bat er.

»Mehr war auf die Schnelle nicht zu machen. Seid froh, dass ich überhaupt etwas habe arrangieren können.«

»Aber ja, aber ja, das sind wir«, beteuerte Isaaks Vater. »Wir wollen auf keinen Fall undankbar erscheinen, aber Fräulein Clara, könnten Sie nicht vielleicht noch mehr falsche Pässe organisieren? Dann könnten wir zusammen fortgehen.«

Clara schüttelte den Kopf. »Papiere sind teuer und schwer zu beschaffen.« Sie legte ihre Hand auf die von Isaaks Vater. »Es grenzt an ein Wunder, dass ich so schnell etwas für Ihren Sohn habe auftreiben können. Für Sie und die anderen Familienmitglieder sind meine Kameraden auf der Suche.« Sie blickte auf ihre Uhr. »Macht schneller. Wir müssen los«, drängte sie. »Die Zeit läuft.«

»Gibt es denn gar keine Möglichkeit zusammenzubleiben?« Die Stimme von Isaaks Mutter bebte, dicke Tränen rannen über ihr bleiches Gesicht.

»Die Nazis werden nach euch fahnden, wenn sie euch morgen nicht hier antreffen. Sie werden euch suchen, werden euch jagen. Ein Mann allein kann mit ein bisschen Glück davonkommen, aber eine ganze Familie? Niemals! Schon gar nicht eine, die aus Alten, Kranken und Kindern besteht. Es ist besser, wenn ihr getrennt ausreist, und zwar zeitversetzt.«

Clara fasste sie an den Schultern und schaute ihr in die Augen. »Ihr könnt auf mein Angebot eingehen oder es sein lassen. Entscheidet euch, schnell«, flüsterte sie.

»Schon in Ordnung.« Isaak reichte seiner Mutter ein

Taschentuch. »Wir werden uns bald wiedersehen.« Er versuchte, so hoffnungsfroh wie möglich dreinzublicken.

»Ihr werdet euch alle in Dachau oder dem Gefängnis wiedersehen, wenn ihr euch nicht beeilt.« Clara sah auf ihre Uhr. »In fünf Minuten bin ich hier raus. Wer nicht mitkommt, bleibt sich selbst überlassen.«

Die Rubinsteins packten schweigend weiter.

»Und du vertraust ihr wirklich?«, flüsterte Rebekka Isaak ins Ohr.

»Clara würde niemals etwas tun, das euch schadet«, flüsterte er zurück. »Sie ist ein guter Mensch.«

»Nun denn«, entgegnete sie und starrte ihren Bruder eindringlich an. »Ich hoffe, du weißt, was du tust.«

»Los jetzt, los!«, zischte Clara.

Mit hektischen Gesten deutete sie nach draußen.

»Kommt. Gehen wir.« Isaak half seiner Mutter auf.

»Schön leise.« Clara legte einen Finger auf die Lippen und beobachtete mit wachsamem Blick, wie die Familie das Zimmer verließ. »Was soll das?«, flüsterte sie, als die Rubinsteins ihre Jacken anzogen. Sie zeigte auf die Davidsterne. »Runter damit. Schnell.«

Mit zitternden Fingern nestelten sie daran herum.

»Hier.« Clara reichte Isaak ein Taschenmesser.

»Was wird hier gespielt?«

Alle fuhren herum.

Frau Herzl war auf den Flur getreten. Fassungslos starrte sie auf das Gepäck. »Wohin gehen Sie? Wollen Sie etwa fliehen? Oder untertauchen?« Sie drängte sich an ihnen vorbei, stellte sich vor den Ausgang und streckte ihre Arme links und rechts aus, versuchte so, die Tür zu versperren. »Nehmen Sie mich mit! Ich bitt' Sie.«

Clara blickte zu Isaak und schüttelte den Kopf.

»Von mir aus. Gehen Sie packen«, sagte er zu Frau Herzl. »Nur das Allernötigste. Nicht mehr, als Sie tragen können.«

Der Atem der alten Dame ging schwer. Sie wirkte unsicher und versuchte Blickkontakt zu Isaaks Eltern herzustellen, die betreten zu Boden starrten.

»Worauf warten Sie?«, zischte Rebekka. »Machen Sie! Wir haben nicht viel Zeit.«

Frau Herzl nickte und hastete in ihr Zimmer.

Clara wartete, bis sie verschwunden war, öffnete leise die Tür, scheuchte die Familie durch das Treppenhaus und hinaus auf die Straße. Dort stellte sie sicher, dass die Luft rein war und pfiff eine kurze Melodie.

Nur wenige Sekunden später rollte ein dunkler Wagen heran, er blieb mit laufendem Motor auf dem Gehsteig stehen.

»Rein mit euch.« Clara öffnete eine der Fondtüren und verstaute das Gepäck anschließend im Kofferraum.

Isaak umarmte seine Eltern und küsste die Kinder, die verschlafen und verschreckt dreinschauten, auf die Scheitel.

Rebekka zögerte, starrte in das Auto.

»Das sind Leute vom Widerstand. Anständige Leute.« Isaak strich Rebekka über die Wange und nahm seinen Koffer. »Es wird euch gut ergehen, und wir werden uns bald wiedersehen«, beteuerte er erneut und schluckte den Kloß hinunter, der sich in seinem Hals festgesetzt hatte, während seine Familie in den Wagen stieg und davonfuhr.

Er kam nicht dazu, weiter mit seinem Schicksal zu hadern, denn plötzlich wurde über ihm ein Fenster aufgerissen, und Frau Herzl schaute heraus.

»Halt!«, rief sie. »Herr Rubinstein, so warten Sie doch!«

»Verdammt!« Clara griff nach Isaaks Arm und zog ihn mit sich. »Wir müssen verschwinden, bevor sie die halbe Nachbarschaft zusammenschreit.«

»Lassen Sie mich hier nicht zurück!«, hallte Herzls Stimme ihnen hinterher. »Verräter! Gemeine Mischpoke!«

Clara beschleunigte ihre Schritte.

Frau Herzls Beschimpfungen verwandelten sich in klägliches Schluchzen, und Isaak wurde ganz schwer ums Herz. »Die arme Frau.« Er wandte den Kopf.

»Niemals zurückschauen. Immer nur nach vorn.« Clara zog ihn weiter.

»Wohin gehen wir?«

»Zu mir. Du versteckst dich dort über Nacht, alles andere klären wir morgen früh.«

Den Rest der Strecke gingen sie schweigend. Jeder in seine eigenen Gedanken versunken, bahnten sie sich den Weg durch die Finsternis.

In Claras Wohnung angekommen, ließ sich Isaak auf das Sofa fallen und betrachtete voller Wehmut seinen Koffer. Drei Hemden, zwei Hosen, zwei Pullover, fünf Paar Socken, Unterwäsche und ein Stück Seife. Dazu ein paar Fotos und sein liebstes Buch: Tolstois *Krieg und Frieden.* Das war alles, was ihm von seinem alten Leben geblieben war. Er lehnte sich zurück und schloss die Augen. Eigentlich wollte er die Details seiner bevorstehenden Flucht bereden, doch sein Körper hatte andere Bedürfnisse. Bleischwere Müdigkeit überkam ihn, und noch ehe er etwas sagen konnte, fiel er in einen langen, traumlosen Schlaf.

10

Lautes Stöhnen schreckte Adolf Weissmann aus seinem Dämmerschlaf. Er blinzelte und schaute zum Fenster hinaus, wo sich im schwachen Schein einer einsamen Laterne der Schlesische Bahnhof Berlin abzeichnete.

Solange der Lazarettzug, in dem er sich befand, in Bewegung war, blieb es still in den Abteilen. Sobald die Lok jedoch abbremste, setzten Wehklagen und Gejammer ein. Für Gesunde war er kaum spürbar, für die Verletzten jedoch bedeutete der Augenblick der Entschleunigung, bei dem die Puffer der Waggons gegeneinandergedrückt wurden, pure Agonie. Wunden platzten auf, Brüche schmerzten besonders stark.

Auf dem Bahnsteig, der eben noch menschenleer gewesen war, herrschte jetzt professionelle Geschäftigkeit. Kisten mit Lebensmitteln und Medikamenten wurden ein- und ausgeladen, doch das war nicht die eigentliche Fracht. Das Ladegut bestand aus den Verwundeten der östlichen Kriegsschauplätze, die auf verschiedene Lazarette im ganzen Reich verteilt wurden. Männer auf Krücken. Männer auf Tragen. Männer in Säcken. Oft war nicht klar, welche von ihnen am meisten Glück hatten.

Weissmann setzte sich auf und blickte auf seine Uhr. Es war kurz vor zwei. Noch sechseinhalb Stunden bis Nürnberg. Er schloss die Augen, wartete, bis die Bahn wieder Fahrt aufnahm und sich weiter ihren Weg durch das Norddeutsche Tiefland in Richtung Franken bahnte. Der Geräuschpegel ebbte ab, doch er konnte nicht mehr einschlafen.

Schließlich gab er auf, zog seinen Mantel an und begann, den Zug zu durchwandern. Dabei passierte er die Quartiere der Mannschaft, die Abteile der Leichtverletzten, die Küche und den Materialwagen. Im Teil hinter dem Waggon, in dem die Operationen durchgeführt wurden, befanden sich die Bereiche für die Schwerverwundeten. Die unzähligen dreistöckigen Etagenbetten, die nebeneinander aufgereiht standen, waren voll belegt, sodass viele der Männer auf dem Boden liegen mussten. Der Geruch nach Lysoform, Blut und Fäkalien hing in der Luft. So roch der Krieg.

»Die Bandagen dieses Soldaten gehören gewechselt«, raunte er einem Militärarzt zu und deutete auf einen wimmernden Burschen, dessen Kopfverband von blutigem Eiter durchtränkt war.

»Gleich«, sagte der Mann im Vorbeigehen. »Wir sind komplett überbelegt. Jeder von uns muss sich um mindestens fünfzig Patienten kümmern.«

»Moskau«, murmelte der Junge mit fiebrigen Wangen. »Bald sind wir dort. Bald gehört die Stadt uns.«

»So ist es.«

Weissmann scherte sich nicht weiter und ging wieder zurück nach vorn. Jeder musste seinen Beitrag zum Endsieg leisten. Seiner war es, den Mörder dieser Schauspielerin zu finden und dadurch die Zufriedenheit des Volkes sicherzustellen. Geordnete Verhältnisse an der Heimatfront waren mindestens so wichtig wie die Disziplin im Feld.

Er holte seine Unterlagen, setzte sich in den Speisewagen und begann, den Fall zu studieren.

Bis auf zwei Sanitäter, die schweigend vor einer Flasche Schnaps saßen, war der Waggon leer. Das Licht war schwach und flackerte gleichmäßig im Rhythmus des ruckelnden Zuges.

»Wo sind Sie eingestiegen?«, fragte einer der Männer, ein grobschlächtiger Kerl mit einer schiefen Nase.

Er versuchte Hochdeutsch zu sprechen, konnte aber einen klaren Berliner Einschlag nicht verbergen. Der andere, ein kleiner Glatzkopf, musterte ihn verstohlen.

»Warschau«, antwortete Weissmann knapp.

Tatsächlich hatte er dort gerade den Mord an einem deutschen Offizier untersucht, als ihn die neue Order aus Goebbels' Büro erreicht hatte. *Eilt*, war darauf vermerkt gewesen, und Weissmann wusste, was das hieß. Der Lazarettzug war die schnellste Möglichkeit, Nürnberg zu erreichen.

»Sie sind der feine Kerl mit dem Einzelabteil«, sprach der Sanitäter weiter. »Der mysteriöse Passagier, von dem keiner weiß, woher er kommt und wohin er will.« Er stand auf und ging langsam auf Weissmann zu. »Was, wenn ich errate, wer Sie sind und welche Mission Sie haben?«

Weissmann sah zu dem Mann hoch und musterte ihn. Sein Gesicht war von Blatternarben überzogen, seine Hände waren schwielig und an den Knöcheln aufgeschürft. Sein Atem war alkoholschwanger, die Aussprache trotzdem klar. Unterschicht, registrierte er, vor Kurzem in einen Kampf verwickelt worden, ans Trinken gewöhnt. Da sich weder unter der Jacke noch unter der Hose des Kerls eine Waffe abzeichnete, ließ er seine Pistole stecken.

»Ich habe keine Lust auf Spielchen. Verschwinden Sie.«

»Sie sind Sturmbannführer Adolf Weissmann«, zeigte der Mann sich unbeeindruckt. »Auf dem Weg nach Nürnberg, um den Mord an Lotte Lanner aufzuklären.«

Er grinste schief, und noch bevor Weissmann wusste, wie ihm geschah, packte der andere ihn bei den Haaren und knallte seinen Kopf auf die Tischplatte.

Alles um ihn herum wurde schwarz.

»Lebt er noch?«

Der Grobschlächtige fasste an Weissmanns Hals. »Kein Puls.«

»Gut. Schnell jetzt.«

Gemeinsam entkleideten die beiden vermeintlichen Sanitäter den Toten, zogen ihm ein Nachthemd an und wickelten einen Verband um seinen Kopf.

»Hast du seine Papiere und den Ring?«, fragte der Glatzkopf.

»Ja, hier, nimm. Gib mir die Erkennungsmarke und das Tuch.«

Sie hängten Weissmann eine ovale Plakette aus Blech um und hievten seinen Körper auf ein Tuch aus grauem Leinen.

»Wie gut, dass er es uns so leicht gemacht hat«, sagte der Glatzkopf.

»Apropos leicht«, entgegnete der Blatternarbige. »Warum schmeißen wir ihn nicht einfach raus?«

»Wenn er gefunden wird, wirft das zu viele Fragen auf. So ist es sicherer. Außerdem habe ich den Namen auf der Plakette bereits in die Liste der Toten eingetragen.«

»Wie du meinst.« Der Blatternarbige vergewisserte sich,

dass die Luft rein war, schlug das Tuch über Weissmann zusammen und packte dessen Füße. »Auf drei.«

Sie hoben den Toten hoch und trugen ihn durch die Schwerverletztenwaggons. Die meisten der verwundeten Soldaten schliefen, die anderen fantasierten im Fieberwahn oder starrten ins Nichts.

»Schon wieder einer?«, fragte eine Stimme aus dem Halbdunkel.

»Hm«, grummelte der Blatternarbige.

»Für die Größe und Zukunft unseres ewigen Deutschen Reiches. Für Führer, Volk und Vaterland«, fügte der Glatzkopf hinzu.

Sie legten den toten Weissmann am hinteren Ende des Waggons auf den Boden, wo sich bereits zehn andere in Tücher oder Säcke gewickelte Leichen befanden.

»Noch eineinhalb Stunden bis Halle. Wir können uns Zeit lassen.«

»Der Plan ist völlig wahnsinnig«, murrte der Blatternarbige. »Unseren Leuten aus Nürnberg kann es wohl nicht riskant genug sein.«

»Das ist zum Glück nicht unser Problem. Sobald wir unseren Teil der Abmachung erledigt haben, kümmern wir uns wieder um die Chose in Berlin.«

»In Halle wird sicher ein Wagen auf uns warten, oder?«

»Wenn nicht, stehlen wir einen. Komme, was wolle – wir müssen vor dem Zug in Nürnberg sein.«

Samstag,
21. März 1942

11

»Auf!«, drang Claras Stimme in Isaaks Bewusstsein.

Er dachte erst, er würde träumen, und so dauerte es ein paar Sekunden, bis die Wucht der Erkenntnis ihn mit voller Härte traf. »Wie spät ist es?«

»Halb sieben.«

Isaak setzte sich auf und rieb seine Augen. »Wie sieht der Plan aus?«

Er musterte sie, dachte an Rebekkas Bedenken. Clara hatte ihn aufrichtig geliebt, das wusste er. Doch er wusste auch, wie sehr er sie mit seiner Entscheidung gekränkt hatte – der Entscheidung für seine Familie, deren Schicksal jetzt in ihrer Hand lag. *Vieles hat sich verändert …*

Er versuchte auszumachen, was in Claras Innerem vor sich ging, doch ihre Gedanken waren so unergründlich wie eh und je. Diese geheimnisvolle Aura war Teil ihrer Ausstrahlung. Früher hatte er das anziehend gefunden, jetzt beunruhigte es ihn.

»Hör zu …«, setzte er an, doch sie ließ ihn nicht zu Wort kommen.

»In eineinhalb Stunden geht dein Zug.« Clara, die im Türrahmen lehnte, musterte ihn. »So kannst du die Reise auf keinen Fall antreten.« Sie warf ihm ein Handtuch in den Schoß und deutete auf eine Kommode, auf der ein Wasserkrug und eine Waschschüssel standen.

Isaak erhob sich, knöpfte sein Hemd auf und holte ein Stück Seife aus dem Koffer. »Hast du etwas von meiner Familie gehört? Sind sie gut im Versteck angekommen?«

»Das sind sie ganz bestimmt. Bei Willi sind sie in guten Händen. Mach dir keine Sorgen.« Sie legte den Kopf schief und bedachte Isaak mit einem sonderbar durchdringenden Blick. »Ich weiß, wie sehr du an deiner Familie hängst, und ich weiß, wie sehr dir diese Trennung missfällt. Es gibt da vielleicht eine Möglichkeit. Was, wenn du nicht von ihnen fortmüsstest?«, sagte sie in einem eigentümlichen Tonfall. »Du könntest in Nürnberg bleiben, in ihrer Nähe sein, sie ab und an vielleicht sogar besuchen.«

»Du meinst, ich kann hier bei dir …?«

Clara schüttelte den Kopf. »Nein, das wäre zu riskant. Vorgestern fand eine groß angelegte Verhaftungswelle statt. Es hat die besten Leute des Widerstands erwischt. Gut möglich, dass die Gestapo mich jetzt im Auge hat.« Sie zündete sich eine Zigarette an und blies Rauch in die Luft. »Außerdem werde ich von den Nachbarn bespitzelt. Du bist ein sehr gefährlicher Gast.«

»Aber wo …? Wo kann ich dann …?«

»Die wenigen Mitglieder der Fränkischen Freiheit, die noch auf freiem Fuß sind, haben angeboten, sich um dich zu kümmern. Das sind gute Menschen, aufrecht und ehrlich. Kommunisten, Katholiken, Sozialdemokraten … Sie leisten Widerstand seit dem ersten Tag, sind gut organisiert und vernetzt.«

Er hatte gerade begonnen, sich den Oberkörper zu waschen, und hielt inne. »Aaron hatte also recht. Du hast Verbindungen zum Widerstand.«

Clara verschränkte die Arme vor der Brust. »Sie wollen dafür aber eine Gegenleistung.«

Isaaks befreiter Gesichtsausdruck wich einer argwöhnischen Miene. Er deutete auf seinen Koffer. »Das ist alles, was ich habe. Ein bisschen Wäsche, zwei Bücher, ein paar Fotos.« Aus seiner Hosentasche zog er einige Geldscheine »Und fünfzig Reichsmark.«

»Sie wollen deine Sachen nicht und auch kein Geld. Sie wollen, dass du etwas für sie tust.« Sie betrat das Zimmer, stellte sich vor ihn, legte eine Hand auf seine nackte Brust. »Arbeite mit ihnen, wehr dich gegen die verdammten Nazis. Nach allem, was sie dir und den anderen Juden angetan haben. Nach allem, was sie *uns* angetan haben.« Sie blinzelte. »Steh endlich auf und biete den Schweinen die Stirn.« Ihre großen grünen Augen funkelten.

Isaak sah sie lange an und schüttelte dann den Kopf. »Du kennst mich doch. Besser als sonst jemand. Ich bin kein Held, nur ein einfacher Antiquar.« Er lächelte bedrückt. »Für den Widerstand wäre ich mehr Last als Nutzen.«

»Du bist jung und gesund«, hielt Clara dagegen. »Und du hast mehr Bildung und Fantasie als jeder andere Mensch, den ich kenne. Es gibt vieles, das du machen kannst.«

»Gewagte Sabotageakte? Geheime Spionagetätigkeit? Das ist nichts für mich. Für so was fehlt mir der Schneid.« Isaak trocknete sich ab und zog ein frisches Hemd aus seinem Koffer.

»Wenn die Guten nicht kämpfen, siegen die Schlechten.« Clara warf ihm einen vorwurfsvollen Blick zu.

»Ach, Clara.« Isaak knöpfte das Hemd zu und senkte den Kopf. »Ich bewundere dich und die anderen Widerstandskämpfer. Ich bin dankbar für euren Einsatz, aber mein Weg ist ein anderer.«

»Na dann.« Clara sah offenbar ein, dass sie ihn nicht überreden konnte. Genau wie damals. Sie drückte die Zigarette aus und öffnete eine muschelbesetzte Schatulle, die neben dem Aschenbecher auf dem Tisch stand. Daraus holte sie einen Kamm und eine Schere hervor. »Dann wollen wir dich mal reisefertig machen.« Sie deutete auf seinen Bart und sein volles braunes Haar, das ihm bis über die Ohren reichte. »Ich werde dich rasieren und dir eine neue Frisur verpassen, damit du wie ein anständiger Arier aussiehst. Setz dich.« Sie zeigte auf einen Stuhl.

Isaak folgte ihrer Aufforderung.

»Wann immer du mit jemandem redest, darfst du auf gar keinen Fall jiddische Wörter benutzen«, erklärte Clara, während sie Isaaks Gesicht mit Rasierschaum einseifte. Sie zückte eine Rasierklinge und fuhr ihm damit über das Kinn und die Wangen. »Sprich so wenig wie möglich und wenn, dann langsam und mit Bedacht, am besten in reinem Hochdeutsch. Verrichte stets den Hitlergruß, und zwar laut und überzeugend.« Sie trat einen Schritt zurück, betrachtete ihr Werk, besserte an manchen Stellen nach und nickte schließlich zufrieden. Dann wandte sie sich seinem Haar zu. Mit groben Strichen kämmte sie es nach hinten, kürzte die Länge und rasierte es an den Seiten ab. »Vergiss den Sabbat, vergiss die Gebete und die Regeln. Überleg beim Essen nicht, ob es koscher ist, und ganz gleich, was passiert, zeig dich niemals nackt. Keiner darf sehen, dass du beschnitten bist.« Sie drückte Isaak einen Tiegel Pomade in die Hand und hielt ihm einen Spiegel vors Gesicht.

Isaak zuckte zusammen und wandte das Gesicht ab.

Der Mann, der ihm gerade entgegengeblickt hatte, war nicht er.

Langsam drehte er den Kopf zurück und musterte den Fremden. Vorsichtig ließ er die Finger über sein Antlitz gleiten, betastete seine Stirn, die Wangenknochen, die Augenbrauen, versuchte, sich selbst zu begreifen. War das wirklich er? Isaak Rubinstein? Abgesehen von den dunklen Augenringen und den eingefallenen Wangen, sah er gut aus. Attraktiv auf eine deutschnationale Art und Weise. Streng und herrisch.

Scham überkam ihn und Heimweh. Nach seiner Familie, ihrer alten Wohnung, seinem Antiquariat und nach sich selbst.

Clara betrachtete ihn erneut auf eine eigentümliche Art und Weise. War es Besorgnis, die aus ihrem Blick sprach? Mitleid? Oder gar Sehnsucht?

Der sonderbare Ausdruck in ihrer Miene verflog so schnell, wie er gekommen war. Sie ging zur Tür und griff nach einem eleganten schwarzen Anzug, der dort auf einem Kleiderbügel hing. Er war eng geschnitten und leicht tailliert. »Zieh den an.«

Clara knöpfte die Jacke zu und strich mit einer Kleiderbürste über den Stoff. »Wenn irgendjemand mit dir spricht, schau ihm direkt in die Augen. Wende nie den Blick ab.« Sie nahm die Pomade, die er nicht angerührt hatte, und glättete damit sein Haar. »Sei stark und entschlossen. Zögere niemals, zeige keine Furcht. Die Nazis sind wie Hunde, sie können Angst riechen.«

Isaak nickte. »Ich werde es versuchen.«

Clara stampfte mit dem Fuß auf. »Das ist kein Spiel, hörst du! Hier gibt es keine zweite Chance. Versuchen ist nicht gut genug. Du musst das, was ich dir gesagt habe, umsetzen. Dein Leben hängt davon ab.« Sie schluckte trocken und reichte ihm ein silbernes Röhrchen.

»Was ist das?«

Claras Oberlippe bebte beinahe unmerklich. »Für den Fall, dass sie dich erwischen.«

»Was ist das?«, fragte er noch einmal.

»Zyankali. Glaub mir, das Ende, das es dir bereitet, ist angenehmer als das, was sie in den Folterkellern in der Ludwigstraße mit dir machen werden.«

Isaak schüttelte den Kopf und wollte ihr die Kapsel zurückgeben. »Uns Juden ist es verboten, Selbstmord zu begehen. Wir werden dann nicht rituell bestattet, und das Kaddisch …«

Clara fasste sich an die Stirn. »Rituelle Bestattung? Kaddisch? Wenn sie dich kriegen, bekommst du keine angemessene Beerdigung, und schon gar kein Totengebet. Dann landest du in irgendeiner Abfallgrube. Menschlicher Müll, mehr bist du für die nicht.« Sie schaute auf ihre Uhr. »Wir müssen los. Du nimmst den Zug nach Wien, von dort aus kommst du über Belgrad und Plowdiw in die Türkei.«

Isaak holte tief Luft, nahm seinen Koffer und folgte Clara nach draußen auf die im Morgendunst liegende Straße. »Ich danke dir für alles.« Er umarmte sie, wobei ihm ganz schwer ums Herz wurde. Genauso schwer wie am Tag zuvor, als er seiner Familie auf Wiedersehen gesagt hatte. Manche Abschiede wurden nicht leichter, ganz gleich, wie oft man sie tätigte. Er rang sich ein Lächeln ab. »Vielleicht, eines Tages …«, setzte er an.

»Du kannst später Lebewohl sagen. Ich begleite dich noch ein Stück.«

»Nein, du hast bereits genug getan. Ich will dich nicht länger als nötig in Gefahr bringen. Gib mir einfach die Papiere.« Er streckte seine Hand aus.

»Darauf kommt's jetzt auch nicht mehr an.«

Ohne ein weiteres Wort zu verlieren, wandte Clara sich ab und marschierte zur nächstgelegenen Straßenbahnhaltestelle.

Surreal. Besser konnte er nicht beschreiben, wie es sich anfühlte, an einem öffentlichen Ort zu stehen und nicht angefeindet zu werden. Die Menschen um ihn herum an der Haltestelle lasen Zeitung und unterhielten sich über alltägliche Dinge: das Wetter, den vergangenen Heldengedenktag, Klatsch und Tratsch aus der Welt der Schönen und Reichen. Niemand schaute ihn herablassend an, keiner erhob seine Stimme gegen ihn.

Der Krieg, die Demütigungen, die Deportationen – all das schien meilenweit entfernt.

Lautes Gebimmel kündigte die herannahende Straßenbahn an, und Isaak wandte dem Geräusch reflexartig seinen Kopf zu. Dabei ertappte er Clara, wie diese ihn schon wieder so komisch anstarrte – genau so, wie sie es bereits in der Wohnung getan hatte. Er kannte diesen Blick nicht von ihr. Hatte ihn noch nie gesehen.

Was war los? Noch ehe er nachfragen konnte, wandte sie sich ab und stieg ein.

Isaak folgte ihr und versuchte, das ungute Gefühl, das ihn mit einem Mal überkam, abzuschütteln, doch es wollte nicht verschwinden. Hatte Rebekka etwa recht gehabt, und Clara war tatsächlich nicht vertrauenswürdig?

Mit flatterndem Herzen setzte er sich auf einen freien Platz am Fenster, beobachtete, wie Clara sich neben der Tür positionierte und wandte seinen Blick nach draußen auf die erwachende Stadt.

Die Menschen, die geschäftig ihrer Wege gingen, lebten trotz des Krieges relativ normal. Sie durften lachen und träumen. Juden hingegen mussten zittern und sich verstecken. Was unterschied sein Volk von den sogenannten Herrenmenschen? Er und seine Familie waren liberal und weltoffen. Zwar besuchten sie die Synagoge und aßen koscher, doch sie trugen keine religiöse Kleidung und unterschieden sich auch sonst nicht vom Rest der Bevölkerung.

Seine Gedanken wurden jäh unterbrochen, als sich eine junge Frau neben ihm niederließ und ihn verstohlen musterte. Kalter Schweiß bildete sich auf seinem Rücken, und er umklammerte die Lehne des Vordersitzes so fest, dass seine Knöchel weiß hervortraten.

»Zurück an die Front?«, fragte sie schüchtern und zeigte auf seinen Koffer.

Er schluckte und rief sich Claras Belehrungen ins Gedächtnis. »Ja«, sagte er und sah ihr direkt in die Augen.

»Schade.« Sie errötete.

Er deutete nach vorn, wo das neobarocke Bahnhofsgebäude auftauchte. Dank seiner hochragenden gläsernen Kuppel war es schon von Weitem zu sehen. »Hier muss ich aussteigen.« Isaak erhob sich.

»Alles Gute.«

»Danke.« Er schob sich an ihr vorbei. »Ich kann es brauchen.«

Draußen auf dem Bahnhofsplatz sah er sich nach Clara um und fand sie im Gespräch mit einem kleinen Glatzkopf wieder. Als er sich den beiden näherte, gab Clara ihm mit einem Nicken zu verstehen, dass er vorgehen solle.

So geradlinig wie möglich marschierte Isaak auf den Haupteingang zu. Das monumentale Prinz-Luitpold-Denkmal, das einst davorgestanden hatte, war von den Nationalsozialisten entfernt und eingeschmolzen worden, um kriegsrelevantes Material herzustellen. Nichts war diesen Banausen heilig.

Er blickte auf die Uhr. Viertel vor acht. Ihm blieb nicht viel Zeit.

Die hohe Mittelhalle, die die Zugpassagiere empfing, präsentierte sich glanzvoll und weltstädtisch. Die eleganten Bahnhofsläden verkauften Reiselektüre und überteuerten Proviant. Besucher bestaunten die pompöse Architektur. Isaak schenkte dem schönen Ambiente jedoch keine Beachtung. Trotz der frühen Stunde herrschte rege Betriebsamkeit, und er fühlte sich zwischen den vielen Menschen völlig verloren. Wo musste er hin? Welcher war der richtige Bahnsteig? Wo blieb Clara mit seinen Papieren?

Durchsagen erklangen, ein Kind schrie nach seiner Mutter, eine Frau tupfte sich mit einem spitzenbesetzten Taschentuch Tränen von den Wangen. Er schwitzte, dann wurde ihm eiskalt, und die Welt begann sich zu drehen.

»Weiter.« Clara war auf einmal neben ihm und bugsierte ihn an dem vornehmen Bahnhofsrestaurant vorbei, aus dem es nach Gebratenem duftete. Das ständige Kommen und Gehen der Reisenden schuf einen gewissen Grad der Anonymität, weshalb der schöne Jugendstilsaal einer der letzten Orte in Nürnberg gewesen war, in dem Juden sich treffen und in der Öffentlichkeit hatten speisen können. Aber auch das gehörte längst der Vergangenheit an. »Wir müssen zum Bahnsteig.« Sie wandte sich nach rechts.

»Zu welchem? Wien ist nirgendwo angeschrieben.« Isaak sah sich um. Irgendetwas stimmte hier nicht.

»Bahnsteig 1. Los!«

Er packte Clara so unauffällig wie möglich am Oberarm und brachte sie zum Stehen. »Wien ist nirgendwo angeschrieben«, wiederholte er mit trockenem Mund.

»Willst du unbedingt auffliegen?« Sie wand sich aus seinem Griff, schob sich schräg hinter ihn und drängte ihn voran.

»Hier steht nur etwas von Smolensk.« Isaak deutete auf eine Anzeigentafel, die über dem Zugang angebracht war. »Was ist hier los?«, verlangte er zu erfahren. »Was wird hier gespielt?«

Clara verengte ihre Augen zu schmalen Schlitzen. »Das ist also der Dank?«, zischte sie. »Ich riskiere Kopf und Kragen für dich, und du misstraust mir?«

»Du hast gesagt, ich fahre nach Wien und von dort aus über die Türkei nach Palästina. Hier steht aber Smolensk angeschrieben. Das liegt in Russland. An der Ostfront. Das ist eine ganz andere Richtung.«

»Hör auf, dich so anzustellen und lies, was ganz oben steht.«

»*Ankunft. Sonderzug.*« Isaak schaute fragend.

»Genau.« Clara führte ihn hinaus auf den Bahnsteig. »Ein Lazarettzug aus Smolensk kommt gleich hier an. Sobald er abgefertigt ist, wird die Anzeigentafel geändert.«

Nichts hätte er lieber getan, als ihr zu glauben, doch es war eine Veränderung in Claras Mienenspiel vonstattengegangen. Da war auf einmal ein nervöses Flackern in ihren Augen, ein gehetzter Zug um ihren Mund, ein kaum merkliches Zittern, das ihren Körper erfasst hatte. War es einfach nur die Angst, von der Gestapo erwischt zu werden, die in ihr brodelte? Oder war es irgendetwas anderes? Und wenn ja, was?

Isaak musterte die Frau, die er einst geliebt hatte, und unterdrückte den Drang wegzulaufen. Wohin sollte er schon gehen?

»Ich verstehe, dass du nervös bist, aber alles ist gut. Du musst mir vertrauen.« Clara deutete auf eine Bank. »Warte hier und versuch, nicht ganz so verzweifelt dreinzuschauen.« Sie fasste in ihre Manteltasche und zog einen glänzenden Ring daraus hervor. Er war aus Silber gefertigt und mit einem Totenkopf verziert. »Das ist ein SS-Ehrenring. Den tragen nur die ranghöchsten Nationalsozialisten.«

Isaak betrachtete das Schmuckstück und konnte sich nicht dazu durchringen, es überzustreifen. »Muss das sein?«

»Ja, es muss. Die Gestapo findet sicher bald heraus, dass ihr abgehauen seid, und sucht dann nach armen, verängstigten Leuten. Wonach sie nicht sucht, ist ein strammer SS-Mann. Also los. Mach schon!«

Schweren Herzens kam Isaak der Aufforderung nach.

Clara reichte ihm ein ledernes Mäppchen. »Hier drinnen ist alles, was du brauchst.« Sie blickte ihm in die Augen, während ein Signalhorn das Herannahen des Zuges ankündigte.

Isaak setzte sich, nahm das Mäppchen entgegen und wollte es öffnen, doch Clara packte ihn an den Schultern.

»Schau mich an.« Ihre Worte waren so nachdrücklich, ihre Miene so eindringlich, dass Isaak schauderte. »Sei mutig. Sei stark. Sei der Mann, den ich immer in dir gesehen habe.« Sie hauchte ihm einen Kuss auf die Wange. »Alles Glück der Welt für dich, Isaak. Mögen wir uns hoffentlich bald wiedersehen.«

12

»Was soll das heißen, er weiß von nichts?«

Clara zuckte entschuldigend mit den Achseln. »Er hätte niemals freiwillig mitgemacht. Ich kenne Isaak wirklich gut. Wir …«

»Ihr wart ein Paar. Ich weiß. Arthur hat mal erwähnt, dass du mit einem Juden zusammen warst.«

Schweigend blickte sie in den wolkenverhangenen Himmel. »Lange her.«

Der kleine Glatzkopf, der ihr vorm Bahnhof gegenüberstand, betrachtete sie und nickte stumm. »Ihr seid nicht freiwillig auseinandergegangen«, sagte er schließlich. »Es waren die Nazis, die Umstände.«

»Es war seine Entscheidung.«

Der Mann musterte sie. »Warum hast du ihm nicht die Wahrheit gesagt? Deswegen? Wolltest du dich an ihm rächen?«

»Nein.« Sie schüttelte den Kopf. »Im Gegenteil. Ich habe nichts gesagt, weil es seine einzige Chance ist. Isaak ist sehr intelligent, aber er hat kein Vertrauen in sich selbst. Er glaubt, er wäre schwach. Sehenden Auges hätte er diese Herausforderung niemals angenommen. Er muss seine wahre Stärke erst entdecken.«

»Das ist nicht gut«, murmelte ihr Gegenüber. »Das ist gar nicht gut.«

»Glaub mir, ihn ins kalte Wasser zu werfen ist in seinem Fall der einzig mögliche Weg.«

Der Glatzkopf wischte sich mit der flachen Hand über seinen kahlen Schädel. »Mensch Mädel, was hast du dir nur dabei gedacht?«

»Besser eine kleine Chance als gar keine. Das hab ich mir gedacht. Was hätte ich denn deiner Meinung nach tun sollen? Die Schweine von der Gestapo haben Arthur und seine fähigsten Männer festgenommen. Isaak war die beste Lösung – er sieht diesem Weissmann sogar ein bisschen ähnlich. Außerdem ist er schlau und belesen. Kein Herkules, aber ein Odysseus.«

»Ein unvorbereiteter Odysseus.« Als ein schwarzer Wagen ohne Rücksicht auf das Halteverbot direkt vor dem Bahnhof stehen blieb und ein Mann in SS-Uniform ausstieg, hakte sich der Glatzkopf bei Clara ein und ging schnellen Schrittes mit ihr in Richtung Oper. »Du hast einen Zivilisten ohne Waffen und Rüstung in den Krieg geschickt. Noch schlimmer: Der arme Kerl weiß nicht einmal, dass er in den Kampf zieht.«

»Ich wusste mir einfach nicht anders zu helfen.« Sie blickte zu Boden. »Ihm wird schon etwas einfallen. Ihm fällt immer etwas ein.«

»Das allein reicht doch nicht. Du hättest …«

»Ich habe getan, was ich konnte. Der Ring, der Anzug, die Frisur … Dazu habe ich ihm ein paar Verhaltensregeln eingebläut.«

»Was, wenn er enttarnt wird? Mir scheint diese Möglichkeit sehr wahrscheinlich.«

Clara seufzte. »Ich habe ihm eine Zyankalikapsel gegeben.«

»Und die Fränkische Freiheit? Die Operation Ragnarök?«

»Isaak weiß nichts darüber. Er kann weder uns noch unser Vorhaben verraten.«

»Was ist mit dir? Er kennt dich und weiß, wo du wohnst.«

»Deshalb werde ich fürs Erste untertauchen. Zu Hause ist es sowieso zu gefährlich. Ich fürchte, Hausmeister Breuer, der alte Judas, hat Lunte gerochen.«

»Verdammtes Denunziantenpack. Wann findet dieser ganze Wahnsinn bloß endlich ein Ende?«

Clara starrte in die Ferne. »Wenn Isaak durchhält«, sagte sie mit einem leisen Lächeln in der Stimme. »Wenn er sich als der herausstellt, den ich immer in ihm gesehen habe, dann vielleicht schneller als gedacht.«

13

Isaak öffnete das Mäppchen, das Clara ihm gegeben hatte, und holte einen Reisepass daraus hervor. Mit einer Mischung aus Scheu und Neugierde betrachtete er den Reichsadler und das Hakenkreuz, die auf dessen Vorderseite prangten. Im Gegensatz zu den jüdischen Ausweisen, die mit einem großen roten J gekennzeichnet waren, trug dieser keine besonderen Hinweise.

Zögerlich drehte und wendete er das hellgraue Dokument und ließ seine Fingerspitzen über die abgenutzte Oberfläche gleiten. Schon seltsam, welche Bedeutung so ein bisschen Papier für einen Menschen haben konnte.

Er schlug die erste Seite auf und betrachtete sie.

Name des Passinhabers: Weissmann, Adolf Richard
Staatsangehörigkeit: Deutsches Reich

Adolf Weissmann, Weissmann Adolf. Isaak versuchte, Vertrautheit mit dem Namen aufzubauen, doch es wollte ihm nicht gelingen. Er war Isaak Rubinstein, Jude – kein Adolf, kein Richard, kein SS-Mann, kein Nazi. Die Identität, die Clara ihm beschafft hatte, ließ sich nur schwer überstülpen. Sie drückte und schmerzte wie ein viel zu kleiner Schuh.

Der Zug fuhr ein, kam mit quietschenden Bremsen zum Stehen und öffnete seine Türen.

Eine nicht enden wollende Flut von Tragen und Leichensäcken wurde aus den Waggons geschafft, doch Isaak schenkte ihnen keine Beachtung. Seine Aufmerksamkeit gehörte einzig und allein dem Bahnhofswärter, der sich an der Anzeigentafel zu schaffen machte.

Noch bevor er sehen konnte, ob die nächste Destination des Zuges tatsächlich Wien war, erschien am Ende des Gleises ein Mann, der die schwarze Dienstuniform der SS trug. Schnell senkte Isaak den Kopf.

Um beschäftigt zu wirken, schlug er die nächste Seite des Passes auf. Ein Gesicht, das ihm eigenartig bekannt und trotzdem fremd vorkam, starrte ihn von einer Fotografie an. War das etwa der echte Adolf Weissmann?

Er studierte dessen markantes Kinn, die Grübchen, den starren Blick … Der Mann auf dem Bild und er, sie sahen sich tatsächlich ein bisschen ähnlich.

Isaak las die Personenbeschreibung, die auf der gegenüberliegenden Seite eingetragen war.

Beruf: Kriminalinspektor
Geburtsort: Frankfurt a. M.
Geburtstag: 12. April 1904
Wohnort: Berlin
Gestalt: schlank
Gesicht: oval
Farbe der Augen: braun
Farbe des Haars: braun

Der SS-Offizier kam näher, und Isaak konnte aus den Augenwinkeln erkennen, dass er die Anwesenden aufmerksam musterte.

Sein Herz schlug so laut, dass er Angst hatte, es würde ihn verraten, so wie es in einer Geschichte von Edgar Allan Poe geschehen war. *Wahr ist es: Nervös, entsetzlich nervös war ich damals und bin es noch*, fiel ihm die erste Zeile der Erzählung ein.

Um sich zu beruhigen, betrachtete er die Stempel und Unterschriften auf dem Ausweis. Sie sahen täuschend echt aus. Behutsam rieb er das abgegriffene Papier zwischen seinen Fingern.

Früher, als Antiquar, hatte er oft die Echtheit von Büchern und Manuskripten bestimmen müssen, und in den vergangenen Monaten hatte er versucht, Lebensmittelkarten herzustellen, um an Nahrung für seine Familie zu gelangen. Er kannte sich aus mit Fälschungen und hätte schwören können, dass es sich hier um ein Original handelte. Wer auch immer dieses Dokument gefälscht hatte, war ein echter Profi gewesen.

Oder war es etwa gar keine Fälschung?

Seine Aufmerksamkeit richtete sich wieder auf den SS-Mann, der nur noch ein paar Meter von ihm entfernt stand und ihn ansah.

Die Türen des Zuges waren inzwischen geschlossen worden, und der Bahnsteig leerte sich langsam. Nur Isaak saß noch auf der Bank und wartete. Machte er sich dadurch verdächtig? Sollte er aufstehen und noch schnell versuchen, in der Menge unterzutauchen?

»Hilfe!«, schrie da plötzlich jemand rechts von ihm. »Sanitäter! Der Mann hier lebt noch.«

Isaak schaute in die Richtung, aus der der Ruf gekommen war, und sah wie ein Verwundeter aus einem provisorischen Leichensack gezogen und auf eine Trage gebettet wurde. Der Mann war blass, sein Gesicht blutverschmiert. Er wirkte orientierungslos und sah sich mit großen Augen um.

Sein Blick und der von Isaak trafen sich, blieben kurz aneinander hängen, bevor Krankenwärter herbeieilten und sich zwischen sie schoben.

Isaak wollte die Aufregung gerade nutzen, um sich davonzustehlen, da trat der SS-Mann auf ihn zu und schaute ihn an. Direkt, fragend, taktierend.

Isaaks Mund wurde so trocken, dass seine Zunge am Gaumen kleben blieb. *Ich bin Adolf Weissmann*, sagte er in Gedanken zu sich selbst. *Ich bin Kriminalinspektor aus Berlin. Geboren am 12. April 1904 in Frankfurt und werde somit in drei Wochen achtunddreißig Jahre alt.*

Während er überlegte, welchen Grund er für seine Reise angeben sollte, steckte er den Pass zurück in das Mäppchen und suchte darin nach der Fahrkarte.

Sie war nicht da.

Ein Räuspern ließ ihn hochschrecken.

»Sturmbannführer Weissmann?«

Der SS-Offizier sah ihn fragend an. Er war nicht älter als Mitte zwanzig und sah wie einer jener Burschen aus, die in den Propagandafilmen der Nazis die Hauptrollen spielten – groß und athletisch, mit vollen Lippen und ebenmäßigen Gesichtszügen. Sein Haar war hell, fast weiß, sein Blick war ernst und seine Haltung militärisch streng.

Isaaks Herz schlug so heftig, dass er glaubte, es würde zerspringen. »Ja«, wollte er sagen, doch es war nur ein Krächzen, das seinen Mund verließ. Er hustete, sammelte sich und versuchte es erneut. »Ja?«

Er erwartete eine ruppige Aufforderung, sich auszuweisen, und war daher umso erstaunter, als der Bursche seine Hacken aneinanderschlug, die Hand ausstreckte und aus voller Kehle »Heil Hitler«, rief.

»Heil Hitler«, entgegnete Isaak, unschlüssig, ob er dafür hätte aufstehen müssen.

Unangenehmes Schweigen folgte.

»Ich bin Unterscharführer Rudolf Schmitt. Ich bin gekommen, um Sie abzuholen. Hatten Sie eine gute Fahrt?« Der Mann griff nach dem Koffer, der zu Isaaks Füßen stand. »Wollen wir?«

Nackte Panik erfasste Isaak, bohrte ihre klammen Finger tief in sein Innerstes. Was wollte dieser Schmitt von ihm? Verzweifelt versuchte er, die Situation einzuschätzen. Wenn er doch nur den Hauch einer Ahnung hätte, was hier vor sich ging.

Er schaute sich um, wobei sein Blick an der Anzeigentafel hängen blieb, die endlich ausgetauscht worden war. »8 Uhr 45, Stuttgart«, stand nun darauf geschrieben, und Isaak kam ein schlimmer Verdacht. Es gab keinen Zug nach Wien, keine Zuflucht in Palästina.

Was war hier los? Claras gute Ratschläge, der Ring, die Kleidung, der Haarschnitt … All das war kein Akt der Liebe, Menschlichkeit oder Hilfsbereitschaft gewesen, sondern Teil eines perfiden Plans. Doch in was genau hatte Clara ihn hier verwickelt?

»Wollen wir?«, wiederholte Schmitt. »Sie werden bereits im Hauptquartier erwartet.«

Wie in Trance stand Isaak auf und folgte ihm. Seine Knie waren so weich, dass jeder Schritt einem kleinen Wunder gleichkam. Hätte er doch nur auf Rebekka gehört. Der Gedanke an seine Familie brachte sein Herz zum Rasen. Wo war sie? Was hatte Clara mit ihr gemacht? Er versuchte, seinen Atem zu kontrollieren und Haltung zu wahren. Niemandem war damit geholfen, wenn er jetzt die Nerven verlor.

»Heil Hitler«, grüßten fremde Menschen in der Bahnhofshalle.

Sie traten zur Seite, machten den Weg frei, schauten ihn und seinen Begleiter voller Ehrfurcht und Interesse an. Es war, als würde die ganze Welt ihn angaffen. Es gab kein Entrinnen.

»Dorthin, bitte.«

Draußen angelangt, zeigte Schmitt auf ein schwarz glänzendes Automobil, das trotz Halteverbot mitten auf dem Bahnhofsvorplatz stand. Er eilte zu dem Wagen und hielt Isaak die hintere Tür auf.

Isaak ließ sich auf die Rückbank fallen und schaute schweigend nach draußen. Er versuchte, ruhig zu wirken und nicht vor lauter Angst zu implodieren.

Schmitt setzte sich auf den Beifahrersitz und gab dem Chauffeur durch ein Kopfnicken zu verstehen, dass sie bereit waren loszufahren. Der Fahrer startete den Wagen, bog in den Frauentorgraben ein und fuhr in Richtung Westen.

Schmitt drehte sich zu Isaak um. »Brigadeführer Merten hat mich gebeten, Sie gleich ins Gestapohauptquartier zu bringen. In der Zwischenzeit wird Ihr Hotelzimmer hergerichtet. Dort bringe ich Sie dann als Nächstes hin.«

Isaak presste seine bebenden Lippen aufeinander. In die Ludwigstraße ging es also, in die Machtzentrale des nationalsozialistischen Terrorregimes in Franken. Er fasste in seine Hosentasche und befühlte das kühle Metall des Zyankaliröhrchens. Mit jedem Meter, den sie fuhren, verlor es an Schrecken, wurde mehr und mehr vom Feind zum Verbündeten.

»Waren Sie schon einmal in Nürnberg?« Schmitt blickte ihn über den Rückspiegel an.

Wie dieser Weissmann wohl redete? Oder besser: Welche Art von Akzent wurde von ihm erwartet? Adolf Weissmann war laut seinem Pass in Frankfurt geboren worden, lebte aber jetzt in Berlin. Isaak atmete schwer.

Sprich so wenig wie möglich und wenn, dann langsam und bedacht, am besten in reinem Hochdeutsch, rief er sich Claras Belehrung ins Gedächtnis. »Lange her«, sagte er so klar und deutlich wie möglich.

»Ich kann Sie später gern herumführen, Ihnen die Stadt zeigen.«

Um zu signalisieren, dass er daran nicht interessiert war, drehte Isaak den Kopf zur Seite.

Schmitt schien zu verstehen, denn er wandte seinen Blick wieder ab.

Schweigend fuhren sie weiter in Richtung St. Jakob. Der Chauffeur nahm einer Kutsche die Vorfahrt und hielt schließlich mit quietschenden Bremsen vor dem Gestapohauptquartier.

Schmitt sprang aus dem Wagen und riss die Tür auf. »Wenn Sie mir bitte folgen würden. Brigadeführer Merten erwartet Sie bereits. Ihr Gepäck wird in der Zwischenzeit ins Hotel gebracht.«

Isaak zögerte kurz und stieg dann aus.

Auf den ersten Blick wirkte das vierstöckige Gebäude ganz harmlos. Es war absolut symmetrisch im gotisierenden Stil erbaut, mit angedeuteten Türmchen und wunderschönen Ausschmückungen am Mittelteil der Fassade. Dank der Zierzinnen auf dem Dach erinnerte es an eine altenglische Burganlage. Doch es waren nicht die Wappen der Häuser Tudor, Stuart oder York, die aus den Fenstern wehten, es waren Hakenkreuzflaggen.

Kaum ein Ort in der Stadt war so gefürchtet wie dieser. Es war ein menschenfressendes Haus. Hunderte von Personen waren in den vergangenen Jahren hierhergebracht worden, kaum einer davon war wiederaufgetaucht. Es gab Gerüchte über unterirdische Folterkeller und brutale Verhörmethoden, über Misshandlungen und Exekutionen.

Selbst in der Hölle soll es barmherziger zugehen als dort. Die Worte seiner Schwester kamen ihm schmerzlich in Erinnerung. Es durchlief ihn heiß und kalt zugleich.

Schmitt räusperte sich, und er durchschritt das Tor in eine beängstigende, düstere Welt – ein Portal, das ihn mitten ins Auge des Orkans führte.

Hinein in den Rachen des Wolfes.

14

Ihr, die ihr hier eintretet, lasst alle Hoffnung fahren, zitierte Isaak im Stillen aus Dantes *Göttlicher Komödie* und hielt verwundert inne.

Nichts, aber auch gar nichts hier erinnerte an die Hölle. Es schien, als beträte er ein ganz normales Amtsgebäude. Hektische Betriebsamkeit lag in der Luft. Wie Ameisen liefen Männer und Frauen in Zivil durch das geräumige Vestibül.

Isaak hatte schmerzerfüllte Schreie und zornig gebrüllte Befehle erwartet, doch die Realität war viel schlimmer: Die Zentrale der Gestapo strotzte nur so vor Banalität. Es waren ganz normale Menschen, die hier arbeiteten, manche adrett zurechtgemacht, andere einfach und zweckmäßig gekleidet. Das Klacken von Stöckelschuhen hallte von den Wänden wider, Rosenparfum mischte sich mit dem Duft von Moschus, abgestandener Zigarettenrauch mit dem Geruch von Schuhpaste und Mottenkugeln.

Dieser Bau hätte genauso gut eine Finanzbehörde oder Versicherungsanstalt sein können.

»Hier entlang.« Schmitt marschierte zielgerichtet auf eine breite zweiarmige Treppe zu und stieg nach oben.

Isaak folgte ihm und versuchte dabei, sich den Grundriss des Gebäudes einzuprägen sowie die Lage von Fenstern und anderen potenziellen Fluchtmöglichkeiten. Sobald sich die Gelegenheit ergab, würde er verschwinden. Er setzte eine stoische Miene auf, reckte das Kinn und hoffte, dass ihm niemand seine wahren Gefühle ansehen konnte.

Die Befürchtung schien unbegründet. Eine hübsche Brünette, die ihnen entgegenkam, schenkte ihm ein Lächeln, eine ältere Dame in einer hochgeschlossenen Bluse errötete, als sich ihre Blicke zufällig trafen. Zwei hochdekorierte Offiziere beäugten ihn verstohlen. Offenbar wussten sie nicht genau, was sie von ihm halten sollten. Genauso wenig wie er selbst.

Schmitt war zügig unterwegs. Er nahm zwei Stufen auf einmal, flog mehr, als er ging. Im ersten Stock blieb er stehen, und Isaak nahm erstaunt zur Kenntnis, dass der Zugang zu der Etage von einem massiven Gitter versperrt wurde. Es gab nur einen schmalen Durchlass, und dieser wurde von einem uniformierten Schutzpolizisten bewacht, der eine Maschinenpistole im Anschlag hielt.

»Der Rest des Gebäudes wird von der allgemeinen Polizei genutzt. Dies ist der Zugang zu den Räumlichkeiten der Gestapo«, erklärte Schmitt und wandte sich an den Uniformierten. »Das ist Sturmbannführer Adolf Weissmann aus Berlin. Brigadeführer Merten erwartet ihn.« Er zückte ein Blatt Papier und überreichte es dem Mann. »Hier ist die Genehmigung zum Betreten der Abteilung.«

Der Uniformierte studierte das Schriftstück. »Identifikation«, sagte er zu Isaak.

Er öffnete das lederne Mäppchen und präsentierte seinen Reisepass.

Der Schutzpolizist studierte das Dokument, betrachtete erst das Foto, dann Isaak. Nach ein paar Sekunden, die sich wie eine Ewigkeit anfühlten, nickte er und gab den Weg frei.

Der Flur, den sie nun durchquerten, war schmal. Als ihnen ein hagerer Mann mit Halbglatze entgegenkam, wich Isaak aus, was ihm einen irritierten Blick von Schmitt einbrachte.

Niemals ausweichen, machte er sich eine geistige Notiz und lief weiter, sämtliche Details des Gebäudes in sich aufnehmend. Die wenigen Fenster, die es gab, waren vergittert und ließen nur wenig Licht herein, weswegen der gesamte Korridor von elektrischen Lampen beleuchtet wurde. Die Türen, die links und rechts abgingen, waren mit Buchstaben und Ziffern beschriftet. Nach Namen suchte man vergebens. Erst die letzte Tür trug einen – jenen von SS-Brigadeführer Georg Merten, dem Polizeipräsidenten und Leiter der Gestapo Nürnberg.

Schmitt klopfte an, kurz darauf wurde von einer blonden Frau geöffnet.

Ihr Haar war onduliert, sie trug hochhackige Schuhe, ein Kleid aus rotem Leinen und Lippenstift in derselben Farbe. Sie war jung und sah aus, als wäre sie gerade einer Modezeitschrift entstiegen. Hübsch, nur irgendwie unecht.

»Ursula von Rahn«, stellte sie sich vor. »Sie müssen Sturmbannführer Weissmann sein. Willkommen in Nürnberg.« Sie schenkte ihm einen verführerischen Augenaufschlag und ließ ihn eintreten. »Wie war Ihre Reise?«

Die Art, wie die Frau ihn ansah, war Isaak unangenehm. Er vergrub die Hände in den Hosentaschen und wandte den Blick ab. »Unerwartet.«

Ursula von Rahn lächelte und deutete auf eine gepolsterte

Doppeltür. »Herr Merten kommt gleich. Kann ich Ihnen solange einen Kaffee anbieten?«

»Danke.« Isaak, der nicht wusste, was er tun sollte, betrat den nächsten Raum.

Das Büro, sofern man es überhaupt als ein solches bezeichnen konnte, glich eher einem kaiserlichen Wohnraum als einer Amtsstube. Die Wände waren mit hellblauen Stofftapeten bezogen, auf dem Boden lagen dicke Perserteppiche. Es war gemütlich und einladend, und abgesehen von einem massiven Schreibtisch, deutete nichts auf Arbeit hin.

Isaak betrachtete erst das überlebensgroße Porträt Friedrichs des Großen, das an der Wand hing, und wandte seine Aufmerksamkeit schließlich einem verglasten Bücherschrank zu. Goethe, Schiller, Fichte, Schopenhauer, Nietzsche … Sie alle waren darin vertreten. Besonders interessierte ihn aber die ledergebundene Ausgabe von Shakespeares *Julius Caesar*.

»Deutsche Erstausgabe«, erklang hinter ihm eine Stimme.

Isaak riss die Augen auf und drehte sich um. »Etwa in der Übersetzung von Borck?«

Der stattliche Mann mit dem markanten Kinn und den Schmissen, der auf ihn zukam, lächelte. »Wer hätte das gedacht? Ein Kenner.«

Isaak, der sich von seiner Leidenschaft hatte mitreißen lassen, schluckte. Das musste Merten sein. Der Leiter der Gestapo höchstpersönlich. Was sollte er nur tun? Grüßen? Salutieren? Sich verbeugen?

Noch bevor er sich für etwas entscheiden konnte, trat Merten zu ihm und streckte seine Hand aus.

Isaak nahm und schüttelte sie. »Weissmann«, sagte er, überrascht darüber, wie sympathisch sein Gegenüber wirkte. War es tatsächlich möglich, dass einer wie er so viel Leid und Schrecken zu verantworten hatte? Die Antwort war simpel und furchterregend zugleich.

Merten öffnete den Schrank, nahm das Buch heraus und reichte es ihm. »Beeindruckend, nicht wahr?«

Isaak strich sacht über den dicken braunen Ledereinband, fuhr mit den Fingern über die Bünde am Buchrücken und die Prägung an der Vorderseite. Der Geruch von altem Papier stieg ihm in die Nase und erweckte Erinnerungen zum Leben. Für einen kurzen Augenblick vergaß er seine Lage und verspürte einen Hauch von Euphorie.

»Das ist es.«

Der Brigadeführer weidete sich an seinem Gesichtsausdruck. »Zu Hause habe ich noch mehr Erstausgaben. Einige davon unbezahlbar.« Er nahm das Buch wieder entgegen und stellte es an seinen angestammten Platz.

Isaak hätte gern gefragt, wie die Bücher in seinen Besitz gelangt waren und um welche Exemplare genau es sich handelte, doch er hielt sich zurück. Die Wahrheit konnte grausam sein. Besonders in Gesellschaft wie dieser.

»Bitte.« Merten deutete auf einen Ledersessel, der Teil einer Klubgarnitur war.

Genau in dem Moment, als Isaak sich setzte, ging die Tür auf und Ursula von Rahn kam hereingestöckelt. In ihren Händen hielt sie ein Tablett, auf dem ein Kaffeeservice aus Meissener Porzellan stand.

»Ich war nicht sicher, ob Sie vorhin ›Danke, ja‹ oder ›Nein, danke‹ meinten.« Sie stellte eine Tasse auf ein kleines Tischchen neben ihm und platzierte die Kaffeekanne, ein

Glas Wasser und einen Teller mit Gebäck daneben. »Bedienen Sie sich. Sie müssen hungrig sein.«

Isaak nickte ihr zu, schlug die Beine übereinander und lauschte dem gleichmäßigen Ticken der barocken Pendeluhr, die hinter ihm in der Ecke stand. Er fühlte sich, als wäre er in eine bizarre Parallelwelt katapultiert worden, die von Kaffeeduft und Freundlichkeit erfüllt war. Da er nicht wusste, was er sagen sollte, nahm er das Wasser und trank einen Schluck.

»Nun denn«, ergriff Merten, der noch immer vor dem Bücherschrank stand, das Wort. »Kommen wir zur Sache.« Er ging zu seinem Schreibtisch, nahm einen Ordner und reichte ihn Isaak. »Das ist der aktuelle Stand der Dinge.«

Isaak schlug die Akte auf und erschauderte. Ganz oben auf einem Stapel von Papieren befand sich die Fotografie einer toten Frau, die mit durchschnittener Kehle in einer Blutlache lag. Ihre leeren Augen starrten ins Nichts, es fiel ihm schwer, seine Bestürzung zu verbergen. Er hätte gern woanders hingeschaut, den Blick pietätvoll abgewendet, doch irgendetwas sagte ihm, dass Merten von ihm erwartete, jedes noch so kleine Detail zu studieren. Er schaute das grauenhafte Foto also weiter an, und da fiel ihm plötzlich ein, woher er die Frau darauf kannte. Das war Lotte Lanner, die Schauspielerin – ihr Gesicht prangte auf allen Litfaßsäulen der Stadt.

»Ich weiß nicht, wie es in Berlin aussieht, aber hier in Franken sind die Zeitungen voll davon.«

Isaak, dem es als Juden verboten war, Zeitung zu lesen, blätterte schweigend in dem Ordner. Noch mehr Aufnahmen von der Toten, ein Gebäudeplan, Ein- und Ausgangslisten … Langsam verstand er, was hier los war. Dieser

Weissmann … er war laut Pass Kriminalinspektor. Es gab den Mann also wirklich, und er war nach Nürnberg geschickt worden, um den Mord an Lotte Lanner aufzuklären.

Der Erkenntnis folgte ein Rattenschwanz an neuen Fragen. Wo war der echte Weissmann? Warum war er nicht hier? Und vor allem: Warum hatte Clara ihn an seiner statt hergeschickt?

»Sie wurden vom Führerhauptquartier sicher schon ausführlich über alle Details informiert, nehme ich an«, unterbrach Merten seine Grübelei.

Er blickte von der Akte hoch. »Nicht wirklich.«

Merten wirkte überrascht und legte den Kopf schief. Offenbar wartete er darauf, dass Isaak weitersprach, was er aber nicht tat.

»Verstehe«, sagte er schließlich, setzte sich vis-à-vis nieder, lehnte sich zurück und verschränkte die Arme. »Sie wollten die Ermittlungen wohl völlig unbefangen antreten.«

»So ist es.«

»Fräulein Lanner wurde am Donnerstagabend ermordet«, erklärte Merten. »Und zwar in der Wohnung von Obersturmbannführer Fritz Nosske, meinem Stellvertreter und Leiter des Judenreferats. Er kann sehr aufbrausend sein …« Merten ließ den Satz mit einer Kunstpause ausklingen. »Es ist aber gut möglich, dass der Mord begangen wurde, um Nosske in Verruf zu bringen. Zu dieser Theorie würde auch das Pamphlet passen.« Er zog ein Flugblatt aus seiner Jackentasche. »Ganz gleich, wer oder was dahintersteckt, es muss so schnell wie möglich aufgeklärt werden, damit im Volk kein Unmut aufkommt. Reichsminister Goebbels besteht darauf, dass jeglicher Zweifel an der Integrität der

Gestapo im Keim erstickt wird. Der Vorwurf der Befangenheit muss ausgeräumt werden. Deshalb soll ein Externer … sollen Sie sich um die Sache kümmern. Aber wem erzähle ich das.«

Isaak nahm das Papier entgegen und studierte es gedankenverloren. Was sollte er jetzt tun? Was wurde von ihm erwartet – oder besser gesagt von Weissmann?

Ein leises Räuspern hinter ihm rettete ihn. Rudolf Schmitt hatte den Raum betreten.

»Ach ja, Unterscharführer Schmitt. Sie haben sich ja bereits kennengelernt«, sagte Merten. »Er ist einer unserer vielversprechendsten Nachwuchsoffiziere, der sich schon mehrfach bewährt hat. Er wird sich während Ihres Aufenthalts um Sie kümmern.«

Isaak versuchte, halbwegs erfreut dreinzuschauen, obwohl er genau das Gegenteil war. Er konnte kein Kindermädchen gebrauchen, das ihm folgte und ihn ausspionierte – schon gar nicht, wenn es sich um einen Paradenazi handelte.

»Es ist mir eine große Ehre und Freude«, sagte Schmitt, den Rücken durchgestreckt, das Kinn erhoben. »Ich bin sicher, ich kann viel von Ihnen lernen.«

Isaak musterte den jungen Mann, der ihn mit einer Mischung aus Unterwürfigkeit und Übereifer anblickte. »Mmh …«, brummte er.

»Gut, dann wäre das ja geklärt.« Merten erhob sich und strich seine Uniform glatt. »Schmitt wird Ihnen Ihr Büro zeigen und Sie anschließend ins Hotel bringen. Sosehr uns Ihre Anwesenheit ehrt, sie wird wohl nicht von langer Dauer sein. Die Lösung des Falls liegt ja wohl auf der Hand«, sagte er in verschwörerischem Tonfall.

»Wir werden sehen.« Isaak stand auf und wollte Schmitt folgen, doch Merten hielt ihn zurück.

»Vergessen Sie nicht die Unterlagen.«

Isaak nahm die Akte, verabschiedete sich und verließ endlich das Büro.

»Das Gebäude, in dem wir uns befinden, wird Deutschhauskaserne genannt«, erklärte Schmitt, während er wieder mit langen Schritten durch den Flur vorauseilte. »Es war früher der Sitz des Deutschritterordens. Kurz nach der Jahrhundertwende hätte es abgerissen werden sollen. Man wollte den Justizpalast hier errichten, doch der Plan wurde fallen gelassen.« Er wandte sich nach links und bog um eine Ecke. »Hier ist die Telefonvermittlung, gleich nebenan befindet sich das Archiv, und hier …«, er öffnete eine große Doppelflügeltür, »… hier ist unser Büro.«

Hatte der Paradenazi tatsächlich gerade »unser« gesagt? Während Isaak noch darüber nachdachte, ließ er seinen Blick durch den Raum wandern. Er war nicht ganz so groß und luxuriös wie jener von Merten, doch um Welten komfortabler und geräumiger als die schäbigen Zimmer, in denen er und seine Familie während der vergangenen Jahre hatten hausen müssen.

Der Gedanke an seine Lieben versetzte ihm einen Stich. Wo sie jetzt wohl waren? Wie es ihnen wohl erging?

»Ich habe einen Zeitplan für Sie erstellt«, riss Schmitt ihn aus seinen Gedanken und reichte ihm ein Blatt Papier. »Als Erstes besichtigen wir den Tatort. Anschließend haben wir einen Termin in der Gerichtsmedizin. Danach …«

Während Schmitt weiter vor sich hin redete, trat Isaak ans Fenster und schaute hinaus auf den Jakobsplatz. Nicht weit von hier, im Westen, gerade mal einen Kilometer entfernt, lag Gostenhof, jener Bezirk, der viele Jahre sein Zuhause gewesen war. Seines und das Tausender anderer Juden. So gut wie keiner von ihnen lebte mehr dort. Heimat war für sie alle nur noch ein leeres Wort.

»... umso wichtiger ist unsere Arbeit hier. Ihre und meine. Anders als unsere Kameraden an der Front können wir dem Gegner nicht offen ins Antlitz schauen. Wir müssen ihn erst ausforschen, ihm die Maske herunterreißen. Der Feind im Inneren ist oft gefährlicher als jener ...«

»Ich möchte ins Hotel«, schnitt Isaak, der keinen blassen Schimmer hatte, wovon Schmitt redete, ihm das Wort ab.

Schmitt lief rot an. »Aber natürlich, natürlich«, stammelte er. »Die Reise war sicher strapaziös. Bitte verzeihen Sie meine Unaufmerksamkeit.«

Isaak nickte.

»Sie wohnen im Deutschen Hof, dem Lieblingshotel des Führers.« Der junge Mann eilte zur Tür, hielt sie ihm auf und ließ Isaak auf den Flur treten.

»Danke.«

Isaak ging zügig. Er brauchte Ruhe, musste nachdenken, einen Plan entwickeln. Seine Gedanken schwirrten umher, die Angst blockierte seine Konzentrationsfähigkeit. Irgendwie musste er es schaffen, einen klaren Kopf zu bekommen.

»Ich werde Sie natürlich hinbringen.« Schmitt zwängte sich an ihm vorbei und eilte voraus. »Hier ist der Aufenthaltsraum für die Fahrbereitschaft«, sagte er, im Erdgeschoss angekommen. »Ich organisiere uns einen Chauffeur und einen Wagen.«

Isaak wollte abwinken und darauf bestehen, allein zu gehen, doch dann fiel ihm ein, dass er offiziell ja gar nicht wissen konnte, wie nah der Deutsche Hof war.

»Gut«, erwiderte er deshalb.

Die Fahrt verbrachte er damit, nach draußen zu starren, und Schmitt, der ein Loblied auf das Vaterland, den Führer und die Gestapo sang, so gut wie möglich auszublenden. Er war schon lange nicht mehr in der Altstadt gewesen. Alles hier war mit schrecklichen Erinnerungen an das Novemberpogrom des Jahres 1938 behaftet. Er hatte das Geräusch von splitterndem Glas noch in den Ohren, die Bilder der geborstenen Fenster und geplünderten Auslagen. Manche Gassen waren so voller Scherben gewesen, dass sie glitzernden Teppichen aus purem Kristall geglichen hatten. Wie viel Schönheit das Grauen doch oft barg.

»Schon gut«, sagte er, als der Wagen vor dem Hotel anhielt und Schmitt hinausspringen wollte. »Ich komme allein zurecht.«

Schmitt schaute konsterniert, nickte aber. »Ich hole Sie in einer Stunde ab, Sturmbannführer. Ist das in Ordnung?«

»Ja.« Isaak stieg aus und wartete, bis das Auto aus seinem Blickfeld verschwand.

Der Deutsche Hof war ein imposantes Gebäude, dessen Fassade mit Sandstein verkleidet war. Über einem der Eingänge war ein Altan errichtet worden, der Adolf Hitler bei seinen Besuchen als Balkon diente.

Isaak blickte nach oben. Dort hatte er also gestanden, der große Führer, und hatte sich am Gehorsam seiner treu ergebenen Untertanen ergötzt, die im Rahmen der Reichsparteitage hier vorbeimarschiert waren. Ströme von Braunhemden. Hitlerjugend, der Bund Deutscher Mädel, die SS, die SA, die barbarischen Horden.

Mit Widerwillen betrat er das Gebäude, durchschritt die Lobby und meldete sich an.

»Stets zu Ihren Diensten. Es ist eine große Freude, Sie bei uns begrüßen zu dürfen.« Der Rezeptionist verbeugte sich, als er ihm den Schlüssel aushändigte.

»Herzlich willkommen«, murmelte der Page, der ihm den Weg zum Zimmer wies.

Leute, die ihn am Tag zuvor noch bespuckt und beleidigt hätten, brachten ihm heute Achtung entgegen. Nein, korrigierte Isaak sich. Ihre Höflichkeit galt dem Haarschnitt und den SS-Insignien. Den Juden, der dahintersteckte, verachteten sie noch immer.

Als er endlich die Tür seiner Suite hinter sich schließen konnte, wurden seine Knie so weich, dass er sich gegen die Wand lehnen musste. All die Angst, die er durchlebt und so gut wie möglich verdrängt hatte, brach nun über ihn herein und raubte ihm den Atem. Keuchend ließ er sich auf den Boden gleiten. Er musste diesem Albtraum entrinnen, bevor ihn irgendwer enttarnte.

Er stand auf und ging ins Badezimmer. Dort beugte er sich über das Waschbecken, spritzte sich Wasser ins Gesicht und versuchte, seine Gedanken zu ordnen.

Er musste Clara aufspüren, herausfinden, was das alles sollte und wo sie seine Familie hingebracht hatte. Ihm blieb eine Stunde, bevor Schmitt zurückkommen würde.

Isaak eilte wieder ins Vorzimmer, schnappte sich seinen Koffer, der dort für ihn hingestellt worden war, und griff nach dem Türknauf. Er hielt kurz inne, versuchte, sich zu sammeln. Schließlich durfte er nicht gehetzt wirken, musste auf alle Eventualitäten gefasst sein.

Was sollte er dem Hotelpersonal erzählen? Sollte er Schmitt eine Nachricht hinterlassen? Ihm irgendetwas schreiben, das ihm mehr Zeit verschaffte?

Er schloss die Augen, konzentrierte sich, und langsam nahmen Antworten in seinem Kopf Form an. Sein Puls normalisierte sich, seine Atmung ging gleichmäßiger.

Gerade als er sich aufmachen wollte, durchfuhr ihn der Schreck wie ein Stromschlag. Isaak zuckte zusammen und wich zurück.

Der Türknauf in seiner Hand, er hatte sich bewegt.

15

Wie gebannt starrte Isaak auf die Tür, die sich langsam öffnete. Zentimeter für Zentimeter wurde der Spalt größer und damit sein Entsetzen. Der kurze Moment der Selbstbeherrschung verging, Panik überkam ihn.

»Ich bringe frische Handtücher«, hörte er eine Frauenstimme, und die Tür wurde noch weiter geöffnet.

Isaaks Mund war so trocken, dass seine Lippen aneinanderklebten. »Nicht … nicht nötig«, stieß er hervor.

Doch die Frau ließ sich nicht beirren. Ungeniert schlüpfte sie ins Zimmer und schloss die Tür hinter sich. »Ich hab's doch gewusst«, sagte sie.

Isaak lief vor Wut rot an, als er erkannte, wer da hereingekommen war. Vor ihm stand keine Geringere als Clara. »Wie konntest du nur …?«

Clara schloss die Tür ab, lief an ihm vorbei und setzte sich auf das blau gestreifte Biedermeiersofa, das mit zwei dazu passenden Sesseln vor dem Fenster stand. »Ich hab gewusst, dass du diesen Weissmann spielen kannst«, sagte sie lächelnd.

Isaak wollte sie anschreien, sie beschimpfen. Er wollte seine Verzweiflung über ihr ausschütten, doch sein Körper gehorchte ihm nicht. Die Wut lähmte ihn so, dass seine Beine wie angewurzelt stehen blieben und kein Laut seine Kehle verließ.

»Isaak, ich hatte keine Wahl«, fuhr Clara fort. »Die Nazis haben die gesamte Führungsriege der Fränkischen Freiheit verhaftet. Eine wichtige Operation steht deshalb kurz vor dem Aus. Ich bin nur ein kleines Rädchen im Getriebe, aber außer mir ist kaum noch jemand übrig. Ich musste handeln, und du bist die beste Option. Zugegeben: Der Plan kam etwas spontan und ist riskant. Aber mit dir ist alles möglich.«

»Und wo ist meine Familie?«, fand Isaak endlich seine Sprache wieder.

»In Sicherheit.«

»Wo?«

»Genau dort, wo ich gesagt habe. In einem ehemaligen Schwarzmarktlager am Rande der Stadt. Alle sind wohlauf. Darauf gebe ich dir mein Wort.«

»Dein Wort ist nichts wert.«

»Verdammt, Isaak, was hätte ich denn tun sollen?«

»Was du hättest tun sollen? Du hättest mir zum Beispiel sagen können, was du mit mir vorhast. Im Bahnhof hast du mich wie ein Lamm zur Schlachtbank geführt. Ahnungslos und unvorbereitet«, zischte er. »Kannst du dir auch nur annähernd vorstellen, wie ich mich gefühlt habe, als plötzlich dieser SS-Mann aufgetaucht ist und mich mitgenommen hat? Tausend Tode bin ich gestorben.«

Clara hob die Hände. »Ich wollte es dir ja sagen, aber du hast jeden Ansatz im Keim erstickt. Hast beteuert, der falsche Mann zu sein. Wenn ich dir die Wahrheit gesagt hätte, wärst du abgehauen oder zumindest so nervös gewesen, dass du es vermasselt hättest. Ich musste dich ins kalte Wasser werfen.«

»Dazu hattest du kein Recht!«

»Leben stehen auf dem Spiel, die Schicksale von guten Menschen. Ach, was sage ich, das Schicksal der ganzen Nation, vielleicht sogar der ganzen Welt.«

»Übertreib's nicht.«

Clara stand auf und fasste ihn an den Oberarmen. »Unsere Widerstandsgruppe, die Fränkische Freiheit, hat einen Plan – wenn wir den umsetzen können, wird der Krieg vielleicht bald ein Ende finden, und die verdammten Nazis kriegen endlich die Rechnung präsentiert.« Sie schaute ihm direkt in die Augen. »Ich hatte die Wahl: dein Leben gegen das von Millionen. Sag mir also noch einmal, dass ich kein Recht hatte.«

»Ich habe dir vertraut.« Sein Zorn wollte nicht verrauchen. »Wir Juden werden von den Nazis wie Ungeziefer behandelt, wie wertlose Kreaturen, mit denen man machen kann, was man will. Und du hast genau dasselbe getan.«

»Du bist nicht der Einzige, der Opfer bringt.«

»Ach ja? Auf mich macht das einen ganz anderen Eindruck.«

»Krieg dich wieder ein.« Clara ließ ihn los und breitete die Arme aus. »Schau dich doch nur mal um. Du residierst in einer luxuriösen Unterkunft, alles nur vom Feinsten. Ohne mich würdest du jetzt mit deiner Familie in einem schmutzigen Zug hocken, zusammengepfercht mit Hunderten anderen, auf dem Weg in ein rattenverseuchtes Arbeitslager oder noch Schlimmeres. So wie ich das sehe, solltest du mir danken, anstatt mich anzufahren.«

Er starrte schweigend zu Boden. »Was soll ich tun?«, fragte er schließlich.

Clara setzte sich wieder und schlug die Beine übereinander. »Schon seit Monaten übermittelt die Fränkische Freiheit wichtige Informationen an die Alliierten. Je eher sie den Krieg gewinnen, desto schneller hört das Sterben auf. An der Front, in den Lagern, den Gefängnissen …«

Isaak legte die Stirn in Falten. »Ich soll Pläne stehlen?«

Clara schüttelte den Kopf. »Wir haben bereits, was wir brauchen. Doch der Mann, der im Besitz der entscheidenden Informationen ist und den Kontakt mit den Alliierten hat, wurde vorgestern von der Gestapo verhaftet.« Ein Hauch von Traurigkeit huschte über Claras Gesicht. Kaum merklich, nicht länger andauernd als ein Wimpernschlag. »Niemand hat seitdem etwas von ihm gehört.«

»Und ich soll …«

»Du sollst ihn finden.« Clara senkte ihre Stimme. »Sein Name ist Arthur Krauss. Wahrscheinlich halten sie ihn im Hauptquartier gefangen. Finde heraus, wo er die Unterlagen versteckt hat und wann und wo sie an den britischen Agenten übergeben werden sollen. Wir haben drei Tage. Danach verlässt der Agent die Stadt.«

»Drei Tage.« Isaak fuhr sich mit beiden Händen übers Gesicht. »Das ist unmöglich.«

»Vielleicht für Isaak Rubinstein, aber nicht für Adolf Weissmann. Du bist ein hochdekorierter SS-Offizier, ein enger Freund von Himmler und einer der renommiertesten Kriminalinspektoren des Deutschen Reiches. Goebbels höchstpersönlich ist es gewesen, der dich hergeschickt hat.«

»Woher weißt du das alles?«

»Wir hatten einen Maulwurf in der Telefonzentrale, doch er ist aufgeflogen. Siehst du? Du bist nicht der Einzige, der etwas riskiert.«

»Gibt es denn keinen anderen Weg, an die Unterlagen zu gelangen?«

»Wenn es einen gäbe, säßen wir nicht hier. Du kannst mir glauben: Nur Arthur weiß, wo die Dokumente versteckt sind.«

Isaak schüttelte den Kopf. »Sie haben so einen übereifrigen Kerl auf mich angesetzt, Rudolf Schmitt, außerdem herrschen im Hauptquartier rigorose Sicherheitsvorkehrungen. Was du von mir verlangst, ist nicht machbar.« Er überlegte kurz. »Was ist eigentlich mit dem echten Weissmann? Was, wenn der plötzlich auftaucht?«

»Das wird er nicht. Der Berliner Widerstand hat sich um ihn gekümmert.«

»Soll das heißen, sie haben ihn umgebracht?«

»Schau mich nicht so an. Wir sind im Krieg, falls dir das entgangen sein sollte.«

»Spar dir den Zynismus. Clara, ich bin der Falsche für die Aufgabe. Das wird nicht gut gehen.«

»Hör endlich auf herumzujammern und benimm dich wie ein Mann. Haben die Nazis dich und deine Leute in den vergangenen Jahren nicht genug gedemütigt und gequält? Was muss denn noch geschehen, damit du dich endlich wehrst?«

Isaak trat ans Fenster und schaute hinaus auf die Befestigungsmauer, hinter der sich die Dächer der Altstadt abzeichneten. »Es muss eine realistische Chance geben.«

»Du hast das Gefährlichste doch schon überstanden«, sagte Clara etwas milder. »Alles, was du jetzt noch tun musst, ist, Arthur zu finden und mir die Informationen zu bringen. Wenn du es geschickt anstellst, ist vielleicht schon heute Abend alles ausgestanden.«

»Und dann?«

»Ich bin gerade dabei, etwas zu organisieren. In Gernsheim liegt ein kleiner Kutter vor Anker. Der Kapitän ist einer von uns. Er wird dich und deine Familie fortbringen. Über den Rhein nach Weil, von dort schleust euch ein Verbindungsmann nach Vorarlberg, wo ihr durch den Alten Rhein schwimmen müsst. Am anderen Ufer, in der Schweiz, wird jemand auf euch warten.«

»Eine schöne Geschichte. Genauso schön wie die von Wien, der Türkei und Palästina.«

»Diese ist wahr, Isaak. Du musst mir glauben.«

»Habe ich eine Wahl?«

Schweigend schüttelte Clara den Kopf.

Isaak vergrub das Gesicht in den Händen. Alles in ihm begehrte gegen die Vorstellung auf, sich noch einmal in die Höhle des Löwen zu begeben. Doch was blieb ihm anderes übrig? Es gab keine Alternative. »Was, wenn ich es schaffe? Wie kann ich dich kontaktieren?«

»Ich werde das Hotel im Auge behalten. Sobald du hast, was ich brauche, stell die hier ins Fenster.« Clara zeigte auf eine Vase voller leuchtend gelber Narzissen. »Ich werde mich dann mit dir in Verbindung setzen.« Sie stand auf und ging zur Tür.

Er blickte ihr nach. »Du hast mir nicht alles gesagt. Was verheimlichst du mir?«

Sie drehte sich zu ihm um, und er konnte sehen, wie sehr sie mit sich kämpfte. »Arthur«, sagte sie schließlich. »Er und ich … wir sind verlobt.«

»Gratuliere.«

Mehr fiel Isaak spontan nicht dazu ein. Clara war also mit diesem Arthur Krauss zusammen. Warum wunderte ihn das? Sie war schön und klug und mutig. Außerdem war das mit ihnen bereits drei Jahre her. Trotzdem schmerzte ihn der Gedanke. Waren die Gefühle für sie immer noch da? Oder war es gekränkter Stolz?

»Ich muss jetzt gehen«, sagte Clara. »Wir sehen uns bald wieder.« Sie lächelte, zeigte auf die Blumen und schlüpfte nach draußen auf den Flur.

16

»Hören Sie das?«, fragte Nosske.

Oberhausner, der in der offenen Tür stand, legte den Kopf schief und lauschte. »Was?«

Nosske lehnte sich zurück, verschränkte die Hände im Nacken und schloss die Augen. »Alles«, sagte er kryptisch.

Er mochte die Atmosphäre im Hauptquartier. Stimmengemurmel, Schritte, das Läuten von Telefonen, das Klappern von Schreibmaschinen. Sie befanden sich im Herzen einer gut geölten Maschine. An der Spitze einer Lokomotive, die unaufhaltsam und beharrlich auf ihr Ziel zuratterte – den Sieg über die Feinde der deutschen Nation. Ruhm und Ehre für das Volk, das Reich und den Führer.

Im Januar hatten Nosske und andere hochrangige Funktionäre ein Großprojekt beschlossen, eine richtige Herausforderung. Die Judenfrage sollte ein für alle Mal gelöst werden. Erst hatte er selbst nicht daran geglaubt, dass es machbar war, doch mit jedem Tag, der verstrich, mit jeder Verschickung, die sie vornahmen, kamen sie ihrem Ziel näher. Er würde sich beweisen, und dann konnte Merten einpacken.

Oberhausner konzentrierte sich und legte die Stirn in Falten. »Was meinen Sie?«, fragte er erneut. »Was soll ich hören?«

»Schon gut«, winkte Nosske ab. »Lassen Sie uns mit der

Arbeit beginnen. Kümmern wir uns darum, dass alles reibungslos über die Bühne geht. Wir wollen ja schließlich nicht, dass Merten unsere Kompetenz infrage stellt«, sagte er sarkastisch in Anspielung auf die Worte des Brigadeführers.

Oberhausner trat ein und schloss die gepolsterte Tür hinter sich, woraufhin das Geräusch von emsiger Betriebsamkeit durch Stille ersetzt wurde.

»Gibt es Neuigkeiten im Fall Lanner?«

»Nicht dass ich wüsste.« Oberhausner legte einen Stapel Papiere auf Nosskes Schreibtisch ab.

»Und von diesem Weissmann?«

»Ich selbst habe ihn noch nicht gesehen, aber er ist wohl bereits in Nürnberg eingetroffen. Er war offenbar auch schon hier im Haus.«

Nosskes gute Laune schmolz wie Eis in der Mittagssonne. »Und? Wie ist er so?«

»Ich habe mich bei den Sekretärinnen umgehört. Schweigsam soll er sein. Kein Mann großer Worte. Einer von der geheimnisvollen Sorte. Der junge Schmitt wurde ihm als Assistent zugeteilt.«

»Schmitt.« Nosske schnaubte verächtlich. »Dieser hündische Kerl ist Merten treu ergeben. Sonst noch was?«

»Weissmann soll recht stattlich sein. Ursula von Rahn hat anscheinend gleich ein Auge auf ihn geworfen.«

Nosske schnaubte erneut. »Dieses dumme Luder würde sich ihm an den Hals werfen, auch wenn er klein und hässlich wäre. Ihr geht es nur darum, Weissmann nahezukommen, um ihn gegen mich aufzuhetzen. Weil ich Lotte ihr vorgezogen habe.« Er verdrehte die Augen. »Wenn Ursulas Vater nicht so dick mit Göring wäre, würde sie jetzt nicht in

Mertens Vorzimmer hocken, sondern an irgendeinem Herd stehen, wo sie hingehört.« Nosske strich sich übers Haar und atmete tief ein und wieder aus. Dann wandte er sich den Papieren zu. »Sind das die Deportationslisten?«

Oberhausner nickte. »Unsere Leute sind bereits unterwegs, um die ersten Juden abzuholen.«

Nosske studierte die Tabellen, ging die fortlaufenden Nummern durch, die jeder Person zugeteilt worden waren. »Und die sind sicher vollständig?«

»Jawohl. Insgesamt sind es vierhundertsechsundzwanzig Personen. Zusammen mit den Juden aus Würzburg und Bamberg kommen wir auf die avisierten eintausend.«

»Vierhundertsechsundzwanzig«, wiederholte Nosske. »Das scheinen mir recht wenige zu sein. Sie haben sicher keinen vergessen?«

»Ganz sicher. Wir haben die Melderegister ausgehoben und alles doppelt und dreifach kontrolliert. Es sind sämtliche noch verbliebenen Juden unter fünfundsechzig erfasst. Die einzigen Ausnahmen sind nicht transportfähige Kranke.«

»Attestiert?«

»Natürlich.«

»Was ist mit den Mitarbeitern der Kultusgemeinde?«

»Wir haben ein paar von ihnen zurückgestellt, damit sie sich um die Alten und Kranken kümmern können. Alle gemeinsam werden dann mit dem nächsten Transport verschickt.« Oberhausner grinste selbstzufrieden. »Sie haben es geschafft, Obersturmbannführer. Nürnberg ist bald judenfrei. Ich gratuliere.« Er deutete eine Verbeugung an.

»Man soll den Tag nicht vor dem Abend loben.« Nosske legte die Deportationslisten zur Seite und wandte sich einem Schreiben der Deutschen Reichsbahn zu, das mit dem Betreff TRANSPORT Da 36 NACH IZBICA betitelt war. »Alles muss reibungslos vonstattengehen, haben Sie verstanden, Oberhausner? Merten … Sie kennen ihn ja. Er kann keine starken Männer um sich ertragen und ist von lauter devoten Speichelleckern umgeben wie diesem Schmitt. Merten sucht schon lange nach Gründen, mich kaltzustellen. Die Sache mit Lotte, den Flugzetteln, diesem Weissmann – ich kann mir in der derzeitigen Situation keine Fehler leisten. Die Deportation muss genauso reibungslos ablaufen wie die im November.«

»Keine Sorge, Obersturmbannführer. Wir haben alles unter Kontrolle«, versuchte Oberhausner ihn zu beruhigen. Er umrundete den Schreibtisch, stellte sich neben seinen Vorgesetzten und blätterte weiter. »Sehen Sie, alles ist bis ins kleinste Detail organisiert. Wir machen es exakt so wie beim letzten Mal. Die Strategie hat ja ausgesprochen gut funktioniert.«

»Sie bringen die Leute zunächst wieder nach Langwasser?«

»Genau. Am Rande des Parteitagsgeländes haben wir fünf Baracken geräumt. Nach und nach werden alle Juden dorthin gebracht, gefilzt und abgefertigt. Spätestens am Dienstagmorgen sind sie dann bereit für den Abtransport. Die Reichsbahn weiß Bescheid, unsere Leute im Durchgangsghetto in Izbica sind informiert.«

Oberhausners Ausführungen schienen Nosske zu beruhigen. »Gut«, sagte er. »Sehen Sie zu, dass Sie alle kriegen. Keiner darf entkommen, keiner darf untertauchen. Ich will sie am Dienstag alle im Zug wissen.«

17

Isaak stand am Fenster und starrte noch immer auf den Punkt, an dem Clara aus seinem Blickfeld verschwunden war. Wie sollte er es nur anstellen, diesen Arthur Krauss zu finden?

Ein Klopfen an der Tür riss ihn aus seinen Überlegungen.

»Sturmbannführer Weissmann? Ich bin's, Rudolf Schmitt. Sind Sie bereit?«

Nein, verschwinden Sie!, wollte er ihm ins Gesicht schreien. Stattdessen nahm er die Unterlagen, die er von Merten bekommen hatte, und öffnete die Tür.

»Sieg Heil!«, rief Schmitt.

Wie bereits eine Stunde zuvor wirkte er wie aus dem Ei gepellt. Keine Fluse war auf seiner stramm sitzenden Uniform zu finden, die Frisur saß tadellos. Er war der personifizierte Gehorsam.

»Nun denn.«

Isaak ließ Schmitt wieder vorgehen. Sie durchquerten den Flur und liefen durch das Jugendstiltreppenhaus.

Den schwarzen Dienstwagen, einen viertürigen Mercedes-Benz 230, konnte Isaak schon aus der Empfangshalle sehen, da das Automobil direkt vor der Tür parkte und den Gehsteig blockierte.

»Was soll denn das?«, echauffierte sich ein älterer Herr, der seinen Rauhaardackel Gassi führte. Ungehalten klopfte er gegen die Scheibe und zeigte dem Chauffeur den Vogel. »Sie können hier doch nicht einfach …«

Als er Schmitt und Isaak aus dem Hotel treten sah, weiteten sich seine Augen, sie blieben an Schmitts Uniform hängen. Sofort verstummte er und senkte den Blick. Ohne ein weiteres Wort zu verlieren, trat er auf die Straße und eilte mit seinem Dackel davon.

Isaak blickte ihm hinterher. So fühlte es sich also an, gefürchtet zu werden. So schmeckte Macht. Kein Wunder, dass manche Menschen nicht genug davon bekommen konnten.

Schmitt hatte den Mann offenbar gar nicht wahrgenommen. Unbeirrt setzte er sich in den Wagen, dieses Mal nicht vorne auf den Beifahrersitz, sondern in den Fond neben Isaak.

Er ignorierte ihn, so gut es ging, und schaute nach draußen, wo Nürnberg, des Deutschen Reiches Schatzkästchen, an ihnen vorbeizog. Sie fuhren nach Norden, direkt durch die romantischen mittelalterlichen Gassen der Altstadt, vorbei an malerischen Fachwerkhäusern und anderen Sehenswürdigkeiten. Was Isaak jedoch besonders ins Auge fiel, waren die Geister, jene Institutionen, die nicht mehr existierten: das Hotel Plaut, das Bankhaus Kohn, die Synagoge oder das Verwaltungsgebäude der jüdischen Gemeinde. Sie alle waren aus dem Ortsbild getilgt worden. Ausradiert, als hätte es sie nie gegeben.

»Ich kann nicht oft genug betonen, welch große Ehre es für mich ist, Ihnen bei der Arbeit über die Schulter schauen zu dürfen«, durchbrach Schmitt schließlich die Stille. »Ihr Ruf eilt Ihnen voraus. Ich bin schon sehr gespannt auf Ihre Ansätze und Herangehensweisen. Da kann ich sicher noch viel lernen.«

»Hm.« Isaaks Magen zog sich zusammen. Dieser verdammte Mordfall, er verdrängte ihn immer wieder. Aber er musste den Schein wahren, durfte sich nicht dumm anstellen, hatte den besten Ermittler des Reiches zu mimen. Um das zu bewerkstelligen, brauchte er so viele Informationen über die Sache wie möglich. Er schlug die Akte auf und studierte deren Inhalt: Die Spurensicherung hatte in der Wohnung Fingerabdrücke von Obersturmbannführer Nosske, von Lotte Lanner und den Handwerkern gefunden. Weder an den Fenstern noch an den Türen gab es Einbruchspuren. Entweder hatte der Mörder einen Schlüssel besessen, oder Fräulein Lanner hatte ihn freiwillig hereingelassen. Er blätterte weiter, las den Bericht des Gerichtsmediziners und hoffte, dass seine Hände nicht zu sehr zitterten.

Während er von der durchschnittenen Kehle und den Spritzern las, die das Blut in dem Raum hinterlassen hatte, fuhren sie eine Anhöhe hinauf, passierten das Gebäude, in dem die Zionistische Ortsgruppe einst ihren Sitz gehabt hatte, und bogen nach links in Richtung Burganlage ab. Zwischen dem Sinnwellturm und der Himmelsstallung durchquerten sie eine schmale Tordurchfahrt und gelangten in den äußeren Burghof. Dort stiegen sie aus.

Mittelalterliche Mauern ragten rund um sie herum in die Höhe, stolz und unbezwingbar. Auf den Türmen wehten Hakenkreuzflaggen, aus den Fenstern hingen rot-weiß-schwarze Banner. Die Nazis waren Meister der Inszenierung. Es sah würdig und erhaben aus. Ein Platz für Helden, ein Ort für Triumphe. Man hätte fast glauben können, es wären anständige Leute, die hier residierten, ritterlich und ehrenhaft, doch Isaak wusste es besser.

Diesmal ging er voran. Entschlossenen Schrittes lief er

am Pförtnerhäuschen vorbei, blieb im inneren Burghof stehen und tat, als würde er sich umsehen. In Wahrheit dachte er an sein Antiquariat, an die vielen Bücher, an die berühmten Ermittler aus der Literatur – Auguste Dupin von Edgar Allan Poe, Hercule Poirot von Agatha Christie und natürlich den großen Sherlock Holmes von Sir Arthur Conan Doyle. Sie alle lösten ihre Fälle durch nüchterne Analytik und genaue Beobachtungen. Sie rekonstruierten Ereignisse anhand scheinbar irrelevanter Details. Sie waren Denkmaschinen, emotionslos und sachlich, nur an der puren Logik interessiert.

»Der Durchgang ist die einzige Möglichkeit, hier hineinzukommen.« Schmitt deutete auf das Tor hinter ihnen. »Werner Hildebrandt, der Pförtner, konnte daher genau beobachten, wer ein und aus ging. Hier ist noch einmal seine Liste.« Schmitt überreichte ihm ein Blatt Papier. »Hildebrandt selbst muss es gewesen sein. Er oder einer seiner Komplizen.« Schmitt sah ihn erwartungsvoll an.

»Nichts ist trügerischer als eine offenkundige Tatsache«, zitierte er Sherlock Holmes.

Schmitt zückte ein Notizbuch und einen Stift. »Nichts ist trügerischer …«, notierte er den Satz. »Das muss ich mir merken.«

»Wo müssen wir hin?«

»Hier entlang.« Schmitt steckte die Schreibutensilien zurück in seine Brusttasche und führte Isaak durch das Gebäude bis zu Nosskes Wohnung.

Davor hielt ein Soldat Wache. »Heil Hitler!«, salutierte er und öffnete die Tür.

Abgestandene Luft schlug ihnen entgegen, der latente Geruch von Blut, der süßliche Hauch des Todes.

Isaak wurde übel, es kostete ihn einige Überwindung, nicht zu würgen.

Schmitt schien das Ganze nichts auszumachen. Ohne zu zögern, durchschritt er den Eingangsbereich und lief durchs Wohnzimmer. »Hier wurde die Lanner gefunden.« Er zeigte auf die eingetrocknete Blutlache hinter dem Sofa. »Laut Spurensicherung handelt es sich bei dem Fundort auch um den Tatort. Der Mörder hat sie von hinten gepackt und ihr mit einem Schnitt die Kehle durchtrennt. Dabei muss er eine der Halsarterien erwischt haben. Die stehen ja unter hohem Druck, was die Sauerei an den Wänden erklärt.«

Isaak musste sich zusammenreißen. Ich bin Adolf Weissmann, sagte er sich im Geiste. Ich bin hart und abgebrüht. Logik ist es, die mich antreibt. Befindlichkeiten und Emotionen sind nur hinderlich.

»Können Sie schon etwas sagen?« Schmitt sah ihn erwartungsfroh an.

»Konzentrieren Sie sich auf Einzelheiten«, zitierte Isaak erneut Sherlock Holmes, um Zeit zu gewinnen. Er streckte den Rücken durch, sah sich um und mimte den Ermittler.

Hier haben also einst Kaiser und Könige gewohnt, überlegte er, während er langsam durch die Räume ging. Die Einrichtung war neu, doch die Bausubstanz war die alte. Schon Staufer und Hohenzollern hatten sich in den Räumlichkeiten bewegt. Tiefstapelei und Minderwertigkeitskomplexe waren nichts, was die Nazis kannten. Sie erhoben sich selbst über den Rest der Welt, stellten sich auf eine Stufe mit großen Herrschern wie Heinrich dem Stolzen und Barbarossa.

»Welches war denn bisher Ihr kniffligster Fall?«, fragte Schmitt, der jede seiner Bewegungen genauestens verfolgte.

»Alle und keiner.«

Er tat, als wäre er voll konzentriert, fuhr mit dem Finger über ein Fensterbrett, kontrollierte die Feuchtigkeit in einem Blumentopf und öffnete den Kühlschrank.

Schmitt trat neben ihn, roch an einer Flasche und verzog das Gesicht. »Die Milch ist sauer.« Er tappte mit dem Zeigefinger auf ein Stück Butter. »Und die ist weich.«

Isaak zog eine Augenbraue hoch und blickte ihn fragend an.

»Sie haben gesagt, ich soll mich auf Einzelheiten konzentrieren.«

»Weiter so.«

Er nickte und ging ins Schlafzimmer. Das Bett war akkurat gemacht, die Wäsche im Schrank frisch gewaschen und gestärkt. Genau wie in allen anderen Zimmern war es sauber und unpersönlich. Lotte Lanners Blut war das einzige intime Detail, das sich in der Wohnung finden ließ.

»Wie ist er denn privat?«, hörte Schmitt nicht auf zu nerven. »Sie wissen schon, Himmler. Ist er wirklich so ein Genie?«

»Was glauben Sie denn?«

Isaak hatte die vielen Fragen satt. Irgendwann würden ihm die Antworten ausgehen. Irgendwann würde Schmitt sich nicht mehr mit einsilbigen Entgegnungen abspeisen lassen. »Mich würde Ihre Einschätzung des Tatortes interessieren«, beschloss er, den Spieß umzudrehen.

»Meine?« Schmitt schaute überrascht, bekam ganz rote Wangen und sah sich hektisch um. »A… also …«, stammelte er. »Ich weiß nicht, aber irgendetwas ist hier faul.«

Isaak nickte. Tatsächlich stimmte etwas nicht. Irgendein Detail störte ihn. Doch was war es nur?

Er trat ans Fenster und blickte hinaus auf die Stadt, die ihm zu Füßen lag. Die Wolkendecke war aufgebrochen, und die Mittagssonne brachte das Orange der Ziegeldächer zum Strahlen. Er erinnerte sich, dass seine Mutter ihm als Kind stets eingebläut hatte, bestimmte Viertel zu meiden, da die Judenfeindlichkeit dort besonders ausgeprägt gewesen war. Als Adolf Weissmann konnte er nun überall hingehen. In jede Gasse, jeden Winkel der Stadt. Dabei war er derselbe Mann, trug nur einen anderen Namen.

Was war es, das über unser Schicksal bestimmte? Ein Name? Harmlose Silben? Unschuldige Buchstaben? Oder war es das, was wir taten? Unsere Worte und Werke?

Er würde es herausfinden.

Noch einmal schlenderte er durch die Wohnung und versuchte zu eruieren, was ihn störte. Abgesehen von der Blutlache und der Tatsache, dass sie sich in einer Burg befanden, schien alles ganz normal zu sein.

Also schob er das Interesse an dem Fall beiseite. Er hatte ganz andere Sorgen. Er musste diesen Arthur Krauss finden, und zwar so bald wie möglich. Aus den Augenwinkeln beobachtete er Schmitt, der eifrig jeden seiner Schritte studierte.

Wie lange hielt sich ein Kriminalkommissar am Tatort auf? Wie intensiv beschäftigte er sich mit den Spuren des Verbrechens?

»Ich denke, wir sind hier fertig«, sagte Isaak, nachdem er das Gefühl hatte, eine entsprechende Zeitspanne hinter sich gebracht zu haben.

Schmitt nickte. »Wollen Sie gleich in die Gerichtsmedizin oder lieber vorher noch etwas essen? Wir könnten in den

Braunen Hirsch gehen, dort gibt es den besten Ochsenmaulsalat der ganzen Stadt.«

Tatsächlich konnte Isaak sich nicht daran erinnern, wann er das letzte Mal etwas gegessen hatte. Er schaute auf die Uhr. Die Stunden verrannen. Zu schnell. Drei Tage, hatte Clara gesagt. Er musste sich beeilen. Doch wie sollte er Arthur Krauss kontaktieren?

»Erst will ich ins Gefängnis«, sagte er. »Für alles andere ist später noch Zeit.«

Schmitt schaute ihn fragend an.

»Ich will mit dem Pförtner, diesem Hildebrandt sprechen«, erklärte er und ging zur Tür. »Ich denke, er ist der Schlüssel zur Lösung des Falls.«

Schmitts Augen begannen zu glänzen. »Sehr interessant«, murmelte er. »Damit könnten Sie natürlich recht haben.«

Auf der Fahrt studierte Isaak noch einmal die Akte inklusive der Ein- und Ausgangsliste. Wenn dieser Werner Hildebrandt tatsächlich hinter der Tat steckte, wenn der Mord vielleicht politisch motiviert war, dann würde er ihm vielleicht helfen, an Krauss ranzukommen.

»Was ist los?«, fragte Schmitt, als der Wagen plötzlich seine Geschwindigkeit drosselte.

»Die holen hier Juden ab.« Der Fahrer deutete auf einen Lastkraftwagen, der ein paar Meter vor ihnen die schmale Gasse versperrte. »Das kann nicht lange dauern.« Trotzdem betätigte er die Hupe.

Isaak blickte am Chauffeur vorbei durch die Windschutzscheibe.

Zwei Frauen um die sechzig hatten sich vor einem gepflegten Fachwerkhaus eingefunden. Auf ihren Mänteln prangten Davidsterne, neben ihnen auf dem Kopfsteinpflaster standen zwei große Koffer, eine Ledertasche und eine Hutschachtel. Die zwei waren schön herausgeputzt. Sie hatten sich die Haare sorgfältig frisiert und trugen elegante Kostüme, teuer wirkenden Schmuck und Glacéhandschuhe. Sie sahen aus wie Menschen, die gerade dabei waren, eine Urlaubsreise anzutreten. Vielleicht in die Berge, vielleicht auch ans Meer. Doch ihre Gesichter waren nicht von Vorfreude gezeichnet, sondern von Unbehagen. Stille Tränen rannen über ihre Wangen.

Eine Gruppe von Hitlerjungen, die noch immer die Straßen durchstreiften, um für das Kriegshilfswerk des Deutschen Roten Kreuzes zu sammeln, betrachtete das Geschehen von der gegenüberliegenden Straßenseite aus. Als ein uniformierter SS-Mann das Gepäck auf die Ladefläche des Wagens warf, applaudierten sie.

Der Chauffeur lächelte zufrieden. Schmitt hingegen wirkte nachdenklich. Grüblerisch starrte er ins Nichts.

Isaak musste um Fassung ringen. Hätte er sich nicht an Clara gewandt, dann würde es ihm und seiner Familie jetzt genauso ergehen. Sie würden verladen und fortgekarrt werden wie Vieh. Seine Atemfrequenz erhöhte sich, seine Kiefermuskulatur wurde hart.

»Ohne den Stern würde man es ihnen nicht ansehen«, murmelte er.

Schmitt schreckte aus seinen Gedanken hoch. »Was haben Sie gesagt?«

»Ohne den Stern würde man ihnen nicht ansehen, dass sie Juden sind.« Isaak deutete auf die beiden Frauen, die eben auf die Ladefläche kletterten, auf der noch andere Menschen saßen. Männer, Frauen, alte, junge. »Stellen Sie sich vor, die Leute dort würden den Stern ablegen«, ließ er sich hinreißen zu sagen. »Würden Sie sie dann als Juden erkennen?«

Schmitt überlegte. »Das ist eine gute Frage.« Er ließ sich Zeit mit seiner Antwort.

Der Lastwagen vor ihnen setzte sich endlich in Bewegung, die Paketanhänger, die an der Kleidung der Juden angebracht waren, flatterten im Fahrtwind.

»Vielleicht würde ich es nicht durch ihr Äußeres bemerken«, sagte Schmitt endlich, »aber dafür durch ihre Art. Früher oder später würden sie sich verraten. Ein Hund bleibt ein Hund, auch wenn er sich als Löwe verkleidet. Der getarnte Jude würde durch seinen Charakter auffallen. Durch seinen Geiz, seine Habgier, seine Feigheit. Ich denke, ich würde ihn an seinen listigen, verstohlenen Äuglein erkennen, hinter denen es keine Seele gibt.«

Isaak wandte den Kopf und blickte Schmitt direkt ins Gesicht. »Haben Sie schon einmal einem Juden in die Augen gesehen?«

Erneut nahm die Miene des Unterscharführers einen nachdenklichen Ausdruck an. Er nickte, schaute auf einmal bedrückt drein. »Ich bin mit ein paar von denen zur Schule gegangen. Wir waren sogar befreundet«, sagte er kleinlaut. Er schien schuldbewusst, peinlich berührt. »Aber das war davor«, fügte er schnell hinzu.

»Vor was?«

»Bevor Streicher und der Führer mich über die wahre Natur der Juden aufgeklärt haben. Damals wusste ich ja noch nicht, dass sie uns den Sieg im letzten Krieg gekostet haben, dass sie die Weltherrschaft anstreben und gezielt versuchen, die nordisch-germanische Rasse zu schädigen, um sie dann auf lange Sicht auszulöschen. Streicher und der Führer haben mir die Augen geöffnet, wofür ich ihnen sehr dankbar bin.«

Isaak dachte an all die Lügen, die Julius Streicher seit vielen Jahren über das Wochenblatt *Der Stürmer* verbreitete. Juden begingen Ritualmorde, hatte er behauptet. Sie planten eine Weltverschwörung, schändeten Kinder, litten unter tierhafter Triebhaftigkeit und krankhafter Verführungssucht. Streichers Worte waren mit ein Grund, warum der Antisemitismus in Franken so ungezügelt tobte.

»Streicher.« Er wandte seinen Blick wieder nach vorn. »Was täten wir bloß ohne Streicher und den Führer?« Er hoffte, dass der Zynismus in seiner Stimme nicht zu offensichtlich war.

Offenbar nicht, denn Schmitt lächelte. »Wir wären ganz schön aufgeschmissen.«

»Das wären wir.« Isaak lachte trocken. »Ja, das wären wir.«

18

Zwei Tage und zwei Nächte saß Arthur Krauss nun schon im Gefängnis, sofern man es überhaupt als ein solches bezeichnen konnte. Es war mehr ein Kerker, ein Loch. Ein Ort ohne Moral und ohne Gewissen.

Die Zelle, in die sie ihn gesteckt hatten, war gerade mal zehn Quadratmeter groß. Es gab darin zwei Holzpritschen, die mit Scharnieren an der Wand angebracht waren. An den Kopf- und Fußenden befanden sich dicke Ketten, die das frei schwebende Brettergestell in der Waagerechten hielten. Dazu gab es je einen Holzwollsack und eine graue Decke, die schmutzig und voller Wanzen und Läuse waren. Es gab keine Waschgelegenheit, aus dem Kübel, der als Toilette diente, stank es gotterbärmlich. Das kleine vergitterte Fenster, das ungefähr vier Meter über ihnen in die Mauer eingelassen war, ließ sich nicht öffnen.

Der Raum war für zwei, maximal drei Personen ausgelegt, doch sie waren zu acht. In der Nacht teilten sich jeweils zwei Männer eine Pritsche, die anderen vier lagen auf dem kalten Boden. Gelagert wie Holzscheite, die Füße am Kopf des Nebenmannes. Vereint in Hoffnung und Angst. Während des Tages mussten sie die Pritschen hochklappen und auf dem nackten Boden sitzen. Schulter an Schulter. In den Türen befanden sich Gucklöcher, durch die die Wärter sie kontrollierten.

Wer sich bewegte, wurde geschlagen.

Wer sprach, wurde geschlagen.

Wer die Augen schloss, wurde geschlagen.

Krauss saß an die Wand gelehnt und starrte nach oben, wo in Frakturschrift geschrieben stand: *ICH BIN EIN GANZ GEMEINES SCHWEIN, DRUM SPERRT MAN MICH MIT RECHT AUCH EIN*. Von wegen Recht. Das Recht war zur Hure der Politik geworden. Im sogenannten Gestapogesetz von 1936 stand geschrieben: *Verfügungen und Anordnungen der Geheimen Staatspolizei unterliegen nicht der Nachprüfung durch die Verwaltungsgerichte*. Somit war plötzlich alles möglich geworden, auch Erpressung, Folter und Mord.

»Warum bist du eigentlich hier?«, fragte der Mann vor ihm leise, obwohl das Sprechen mit den anderen Gefangenen verboten war.

»Sie glauben, dass ich zur Fränkischen Freiheit gehöre«, entgegnete Krauss.

Er dachte an die Verhöre, die Prügel und Drohungen. Sie hatten ihn getreten, gestoßen, geschnitten. Überall am ganzen Körper, sodass er nicht mehr beurteilen konnte, wo ein Schmerz endete und wo der nächste begann. Schlimmer als die physische Tortur war jedoch die Zeit zwischen den Verhören. Die Zeit, in der er hier drinnen saß und mit seiner Angst und seiner Verzweiflung kämpfte. In drei Tagen war es so weit. Operation Ragnarök sollte über die Bühne gehen, doch er war der Einzige, der wusste, wo die Dokumente versteckt waren und wo der britische Verbindungsmann warten würde. Drei Tage … Manche Männer saßen Wochen und Monate hier ein. Manche kamen nie wieder raus.

Er hatte sie mit eigenen Ohren gehört, die Schreie in der Dunkelheit, und noch viel schlimmer: deren Verstummen. Nie zuvor hatte er Stille so schmerzvoll empfunden.

»Von euch sitzen momentan viele ein«, flüsterte der Mann, der direkt vor der Tür saß. »Ich habe zwei Wachen belauscht, als ich heute früh den Kübel ausleeren war. Sie haben mindestens zwanzig eurer Leute verhaftet.«

Ein Knall ließ sie zusammenzucken. Einer der Wärter hatte wohl mit seinem Stock gegen die Zellentür geschlagen. »Haltet die Klappe, verdammtes Pack!«, brüllte er. »Sonst setzt es was!«

Mindestens zwanzig. Arthur bekam vor lauter Wut und Hass kaum Luft. Dann musste es in der Fränkischen Freiheit einen Maulwurf geben. Doch wer? Wer war das miese Schwein, das ihn und die anderen ans Messer geliefert hatte?

Drei Tage … Die Uhr tickte. Tränen stiegen ihm in die Augen. Doch er weinte nicht um sich selbst, er weinte um den Traum, der Naziherrschaft ein baldiges Ende zu bereiten. Er würde mit ihm untergehen.

19

Das Gestapohauptquartier hatte auch jetzt, bei Isaaks zweitem Besuch, nichts an Schrecken verloren. Und noch immer ging es zu wie in einem Ameisenhaufen. Dies war das Paradebeispiel eines gut funktionierenden Unternehmens – nur, dass hier keine Dinge hergestellt oder Geschäfte getätigt wurden. Hier wurden Menschenleben verhandelt, Existenzen infrage gestellt, über Sein oder Nichtsein bestimmt.

Ein kalter Schauer lief einmal mehr über Isaaks Rücken. Die nüchterne Bürokratie, die kühle Effizienz – sie erfüllten ihn mit einer ganz besonderen Abscheu, und das Verhalten der Mitarbeiter versetzte ihn in Staunen. Diese Menschen, die ihn freundlich grüßten, verlegen anlächelten oder vor ihm salutierten, waren die Menschen, die ihm und seinesgleichen alles weggenommen hatten. Besitz, Freiheit und Würde. Wie sie wohl reagieren würden, wenn er hier und jetzt seine wahre Identität offenlegte?

»Zu den Zellen geht es dort entlang.« Schmitt zeigte nach links, doch Isaak reagierte nicht.

Sein Augenmerk war auf die Treppe gerichtet, wo er ein bekanntes Gesicht entdeckt hatte: Benjamin Gelb. Der Sekretär der Israelitischen Kultusgemeinde war offenbar wieder einmal ins Hauptquartier zitiert worden.

Gelb hatte bemerkt, dass Isaak ihn anstarrte, und erwiderte den Blick. Er runzelte die Stirn und legte den Kopf schief. Kurz darauf wich der fragende Ausdruck, machte Platz für pures Staunen, und schließlich lächelte der alte Herr. Er hatte hinter die Fassade geblickt und ihn trotz der fremden Kleidung und Frisur erkannt. Isaak flehte im Stillen, dass Gelb ihn nicht verriet.

»He!«, rief da ein Mann, der neben Gelb stand. »Was gibt es hier zu grinsen?« Er folgte dessen Blick und sah Isaak an.

»Das ist Obersturmbannführer Fritz Nosske«, erklärte Schmitt, dem die Szene nicht entgangen war. »Soll ich Sie vorstellen, Herr Weissmann?«

Isaak antwortete nicht. Das war also Fritz Nosske. Der Leiter des Judenreferats. Der Mann, der die antijüdischen Maßnahmen durchsetzte und die Verschickungen plante, der Mann der hinter all ihrem Elend steckte.

Obwohl eine unsichtbare Hand seinen Magen umfasste und zudrückte, sah Isaak nicht fort. *Nicht ausweichen*, rief er sich in Erinnerung. Er betrachtete Nosskes Mimik und Haltung. Streng und selbstsicher. Das Haupt war erhoben, die Schultern zurückgezogen, der Rücken gerade durchgestreckt. So brachte sich jemand in Positur, der wusste, wer er war.

»Soll ich Sie beide …«, setzte Schmitt noch einmal an, doch Isaak unterbrach ihn.

»Alles zu seiner Zeit. Jetzt will ich erst mal den Gefangenen sehen.«

»Wie Sie wünschen. Hier entlang.« Schmitt ging voran, und Isaak folgte ihm durch einen Hof und lange Flure. Schließlich kamen sie zu einer Treppe, die sie in das Kellergeschoss führte. Mit jeder Stufe wurde es kälter, und Isaak fröstelte.

»Verhörspezialisten haben sich bereits um Hildebrandt gekümmert«, erklärte Schmitt. »Er beteuert noch immer seine Unschuld, aber er wird sicher bald die Wahrheit sagen.«

Früher oder später gaben Menschen alles zu. Isaak dachte an die Spanische Inquisition und die Hexenprozesse. Hier ging es wahrscheinlich ähnlich zu.

Vor einer schweren Eisentür blieben sie stehen. »Sieg Heil«, grüßte ein uniformierter Beamter, der an einem kleinen Tisch davorsaß.

»Wir wollen mit dem Gefangenen Werner Hildebrandt sprechen«, erklärte Schmitt.

»Haben Sie eine Genehmigung?«

Isaak zeigte ihm seinen Ausweis.

Der Beamte betrachtete ihn und schaute abweisend. »Das ist keine Genehmigung.«

»Wissen Sie denn nicht, mit wem Sie es hier zu tun haben?«, zischte Schmitt. »Das ist Sturmbannführer Adolf Weissmann aus dem Führerhauptquartier. Er wurde von Reichsminister Goebbels höchstpersönlich nach Nürnberg gesandt.« Er sprach mit einer solchen Vehemenz und Überzeugung, dass der Beamte den Kopf einzog.

»Verzeihen Sie«, sagte er zu Isaak. »Ich konnte ja nicht wissen …«

»Schon gut«, gab Isaak sich großmütig.

Erneut spürte er, wie gut sich Macht anfühlte, wie sehr sie einen wachsen ließ und welche Selbstzufriedenheit sie auslöste. Sie war wie eine Droge, von der man immer mehr in immer kürzeren Abständen wollte. Er begann zu verstehen, warum manche Menschen alles dafür taten, von ihrem süßen Nektar zu kosten. Der Blockwart, vor dem die Nachbarschaft erzitterte, der kleine Mann von nebenan, der endlich etwas galt, endlich mehr wert war als jene, zu denen er so lange hatte aufschauen müssen.

Der Beamte erhob sich und öffnete die schwere Eisentür. Dahinter kam ein Gefängnistrakt zum Vorschein. Hohe Wände, flackernde Leuchtröhren.

»Wenn Sie bitte im Verhörraum drei Platz nehmen möchten.«

Ein übler Geruch strömte Isaak und Schmitt entgegen. Es stank nach Fäkalien, Erbrochenem und Angstschweiß. Dazu drang gedämpftes Stöhnen und Gewimmer durch die Mauern. Gotterbärmliche Geräusche, die sich nicht klar lokalisieren ließen. Rechts, links, über und unter ihnen – sie waren überall und nirgendwo.

Vor ihnen lag der Zugang zur Hölle.

Bei dem Verhörraum handelte es sich um ein karges, fensterloses Zimmer. Der Boden und die Wände waren weiß gekachelt, an der Decke hing eine einsame Glühbirne.

Isaak setzte sich.

Schmitt stellte sich neben ihn.

Irgendwie musste er ihn loswerden. Er dachte nach und fasste sich schließlich an den Bauch. »Sie hatten vorhin recht«, sagte er. »Wir hätten etwas essen sollen.«

»Wir können nach dem Verhör, wie ich schon sagte, ins Gasthaus Brauner Hirsch gehen. Dort gibt es den besten …«

»… Ochsenmaulsalat der Stadt. Das hatten Sie bereits erwähnt, ja. Aber ich möchte nicht so lange warten. Holen Sie mir doch bitte etwas für zwischendurch.«

Die Worte fühlten sich falsch an. Er wusste, dass einem deutschen Offizier so etwas wie Hunger eigentlich nichts ausmachen durfte. Er dachte an die Soldaten an der Front, die Entbehrungen, die sie durchstehen mussten, und dann fielen ihm wieder die Menschen auf der Ladefläche des LKW ein. Die wehenden Paketanhänger, die verzweifelten Mienen. Hunger war auch ihr kleinstes Problem.

»Aber natürlich«, sagte Schmitt. »Da hätte ich auch von allein dran denken können.« Er verließ den Raum. »Ich bin gleich wieder da«, hallten seine Worte durch den Flur.

Die Uhr in Isaaks Kopf tickte. Wo blieb der Wärter mit diesem Hildebrandt? Er musste mit ihm fertig sein, bevor Schmitt zurückkam. Denn das konnte schnell gehen. Schneller, als ihm lieb war. Schmitt war schließlich ein leuchtendes Beispiel deutscher Effizienz.

Endlich, nach einer gefühlten Ewigkeit, ging die Tür auf, und zwei Wärter erschienen. Zwischen ihnen wandelte ein Schatten von einem Mann. Werner Hildebrandt. Er war unnatürlich blass und hatte tiefschwarze Schatten unter den Augen. Sein rechter Arm fehlte, der linke war bandagiert, seine Lippen waren aufgeplatzt, und man konnte sehen, dass ihm jeder Schritt große Schmerzen bereitete.

Einer der Wärter zog geräuschvoll den Stuhl vis-à-vis von Isaak unter dem Tisch hervor. Der zweite Wärter bugsierte Hildebrandt unsanft darauf. Anschließend bauten sie sich links und rechts hinter dem Gefangenen auf und verschränkten die Arme.

Hildebrandt hatte den Kopf gesenkt und starrte auf die Tischplatte. Er wirkte apathisch, völlig abwesend. Wie ein Patient im Wachkoma, dessen Geist sich von seinem Körper abgekoppelt hatte und davongeflogen war.

Sie behandelten nicht nur Juden unmenschlich, wurde Isaak plötzlich gewahr. Sie waren auch grausam zu ihren eigenen Leuten – zu jedem, der nicht in ihr Weltbild passte.

»Danke. Sie können uns jetzt allein lassen.«

»Das geht nicht. Das Protokoll sieht vor, dass immer mindestens ein Wärter zugegen sein muss.«

»Sehen Sie sich den Mann doch nur mal an. Er stellt keine Gefahr für mich dar.«

»Aber …«

Tick Tack, machte die Uhr in seinem Kopf, und er begann zu schwitzen. »Sie wollen einem Sturmbannführer widersprechen?« Er schlug mit der Faust so fest auf den Tisch, dass dieser bebte.

Die beiden Wärter sahen sich an. »Wie Sie meinen«, brummte einer von ihnen, und sie verließen den Raum. »Wenn Sie etwas brauchen … wir warten draußen.«

Isaak, der über seinen eigenen harschen Ausbruch erschrocken war, wartete, bis die Tür hinter ihnen ins Schloss fiel. Dann beugte er sich über den Tisch. »Mein Name ist Adolf Weissmann«, sagte er so sanft wie möglich. »Ich komme aus Berlin und wurde als neutraler Ermittler nach Nürnberg geschickt, um den Mord an Lotte Lanner aufzuklären.«

Langsam hob Hildebrandt den Kopf. Seine Augen glänzten fiebrig, kalter Schweiß stand auf seiner Stirn. »Ich habe ihnen alles gesagt«, murmelte er.

Seine Sprache war verwaschen, es fiel ihm schwer, die Worte auszusprechen. Wie eine Marionette, deren Fäden durchtrennt worden waren, sackte er in sich zusammen und ließ das Kinn wieder zurück auf die Brust fallen.

»Das weiß ich doch.« Isaak versuchte, aufmunternd zu klingen. »Ich bin nicht hier, um Ihnen wehzutun. Ich bin gekommen, um Ihnen zu helfen.«

»Ich habe ihnen alles gesagt«, wiederholte Hildebrandt

so leise, dass seine Worte kaum zu vernehmen waren. »Bitte tun Sie mir nichts.«

Isaak brauchte einen Augenblick, um zu verstehen, was los war. Hildebrandt glaubte ihm nicht. Warum sollte er auch? »Hören Sie mir genau zu«, sagte er. »So wie es aussieht, kommt eigentlich nur Obersturmbannführer Nosske als Täter infrage. Die Stimmung in der Gestapo ist deshalb sehr angespannt, und Ihre Verhaftung wurde voreilig angeordnet.«

Endlich schien Hildebrandt zumindest mit dem Gedanken zu spielen, ihm zu glauben. Er hob den Kopf, in seine Augen kehrte Leben zurück. »Kann ich nach Hause …?«

»Noch nicht. Mit Ihrer Hilfe ist es mir aber vielleicht möglich, etwas für Sie zu tun.«

»Was muss ich machen?«

»Sie müssen Arthur Krauss eine Nachricht überbringen. Sagen Sie ihm …«

»Ich kenne keinen Arthur Krauss.« Erneut füllten sich Hildebrandts Augen mit Tränen.

»Er sitzt hier ein. Können Sie versuchen, ihn zu finden und ihm eine Nachricht übermitteln?«

»Aber wenn er hier einsitzt, warum tun Sie es dann nicht selbst?«

»Es würde zu weit führen, Ihnen das jetzt zu erklären. Also, können Sie ihm eine Nachricht übermitteln?«

Hildebrandt dachte nach und schüttelte den Kopf. »Ich fürchte nicht. Es ist ja strengstens verboten, mit anderen Häftlingen zu sprechen. Ich sehe außerdem nur die Männer, die in meiner Zelle sind. Die Gestapoleute haben alles genauestens durchdacht. Sie sperren diejenigen zusammen, die nichts miteinander zu tun haben, damit keine Geständnisse abgesprochen werden und sie die Gefangenen gegeneinander ausspielen können.«

Isaak überlegte. Er musste mit Krauss sprechen, am besten jetzt sofort. Es gab eine Möglichkeit, wie er dies bewerkstelligen konnte, doch die würde Hildebrandt in Teufels Küche bringen. Andererseits war er ja sowieso bereits dort. Er sah sein Gegenüber an. Auch für den jungen Mann tickte die Uhr. Lange würde er hier drinnen nicht überleben.

»Es mag jetzt etwas seltsam klingen«, begann er schweren Herzens und erklärte Hildebrandt, was er zu tun hatte.

»Ich verstehe nicht ganz«, wunderte sich Hildebrandt.

»Das müssen Sie auch nicht. Tun Sie einfach, was ich Ihnen gesagt habe, dann kann ich Sie vielleicht schon bald hier rausholen.«

»Bitte. Bitte, tun Sie das«, sagte Hildebrandt. »Lassen Sie nicht zu, dass die mich weiter quälen.« Ein Geräusch an der Tür ließ ihn verstummen.

»Ich sehe, was sich machen lässt«, versprach Isaak.

Er nahm sich vor, alles in seiner Macht Stehende zu tun, um den Fall zu lösen. Nur so konnte er diesen armen Mann retten. Und nur so würde er nicht bis ans Ende seiner Tage mit der Schuld leben müssen, Hildebrandt ans Messer geliefert zu haben.

20

Fritz Nosske starrte auf die schwarzen Tintenspritzer auf seinem Hemdsärmel. »So ein Mist«, fluchte er und rieb darüber, was die Flecken nur verschmierte.

Der Mann in der Eingangshalle, der eiskalte Fisch mit dem stechenden Blick, das war also Adolf Weissmann gewesen – der Sonderermittler aus Berlin. Das ungute Gefühl, das ihn bei dessen Anblick überkommen hatte, wollte nicht verschwinden. Dieser Kerl wollte ihm nichts Gutes. Seine Augen waren voller Abscheu gewesen, voller Hass – und das, obwohl sie sich noch nie zuvor gesehen hatten. Ob Brigadeführer Merten dafür verantwortlich war? Oder etwa Ursula von Rahn? Hatten sie Weissmanns Meinung über ihn bereits vergiftet? Noch bevor er die Möglichkeit gehabt hatte, persönlich mit ihm zu sprechen?

»Essig«, sagte Oberhausner, der ihm gegenübersaß.

Nosske blickte hoch und schaute fragend.

Oberhausner zeigte auf die Tintenspritzer. »Mit Essig kriegt man die gut wieder raus. Salz oder saure Milch sollen auch Wunder wirken.«

»Sehe ich aus, als würde ich meine Wäsche selbst waschen?« Nosske öffnete die unterste Schreibtischschublade und holte ein frisches Hemd daraus hervor. »Wo waren wir?«

»Wir waren dabei, die Unterbringung der verbleibenden

Juden zu besprechen – die, die am Dienstag nicht beim Transport nach Izbica dabei sind. Es handelt sich um knapp dreihundertfünfzig Personen, fast ausnahmslos Alte und Kranke. Ich schlage vor, dass wir sie bis zu ihrem Abtransport in dementsprechenden Einrichtungen konzentrieren. Das würde logistisch einiges erleichtern. Ich habe hier eine Liste mit möglichen Immobilien zusammengestellt.« Oberhausner reichte Nosske ein Blatt Papier. »Die Lazarus und Bertha Schwarz'sche Altersversorgungsanstalt in der Johannisstraße würde sich meines Erachtens gut eignen, genauso wie das Altersheim in der Wielandstraße.«

Nosske zog das schmutzige Hemd aus, wobei seine Gedanken erneut zu Weissmann schweiften. Ob Merten oder von Rahn hinter Lottes Ermordung steckten? Würde einer von beiden so weit gehen, nur um ihn loszuwerden?

»Diese Leute siedeln wir dann im Sommer um. Wenn das in Ihrem Sinne ist, werde ich sofort ein Ansuchen an die Reichsbahn aufsetzen«, beendete Oberhausner seine Ausführungen. »Was meinen Sie?«

Nosske zog das frische Hemd an, steckte es in die Hose und band seine Krawatte. »Klingt gut«, sagte er und setzte sich wieder.

Noch immer fiel es ihm schwer, sich auf das Wesentliche zu konzentrieren. Dieser Weissmann, der Mord, seine Karriere … Schließlich fällte er eine Entscheidung. Merten hatte ihm zwar untersagt, sich in die Ermittlungen einzumischen, doch er konnte nicht einfach abwarten. Denn hier ging es nicht mit lauteren Dingen zu. Jemand hatte es auf ihn abgesehen. Er musste mit diesem Weissmann reden, und zwar so schnell wie möglich – immerhin stand seine berufliche Laufbahn auf dem Spiel.

Es klopfte an der Tür.

»Ja?«

Ein junger Offizier, der einen Aktenordner unter den Arm geklemmt hatte, trat ein. Er wirkte zerknirscht.

»Was wollen Sie denn hier?«, rief Oberhausner. »Sollten Sie nicht die Abholungen beaufsichtigen?«

Der junge Offizier schluckte. »Es gab zwei Zwischenfälle. Ich dachte, Sie sollten darüber informiert werden.« Er blickte zwischen Oberhausner und Nosske hin und her.

Nosske lehnte sich zurück und stöhnte auf. »Und ich dachte, der Tag hätte seinen Tiefpunkt bereits erreicht. Los, Mann, worauf warten Sie? Reden Sie schon!«

Der Offizier öffnete den Aktenordner und räusperte sich. »Jude Nummer 17 hat sich der Evakuierung durch Selbstmord entzogen«, las er vor.

Nosske zuckte mit den Schultern. »Ärgerlich, aber was soll's.« Der junge Mann blätterte weiter und schwieg. »Was?« Nosske machte keinen Hehl daraus, dass er ungehalten war. »Raus mit der Sprache.«

»Die Juden Nummer 421 bis 426 sind verschwunden. Wie es aussieht, sind sie untergetaucht.«

»Untergetaucht?« Nosske streckte die Hand aus. »Sechs auf einmal?«

Der junge Offizier reichte ihm die Akte.

»Familie Rubinstein«, las Nosske vor. »Ignaz, Ruth, Isaak, Rebekka, Elias und Esther.« Er knallte die Papiere auf den Tisch. »Haben Sie sich die Geburtsdaten von denen angeschaut? Da sind zwei Alte und zwei kleine Kinder dabei«, brüllte er. »Die können doch nicht einfach verschwinden!«

»Eine Zeugin, die mit ihnen im selben Judenhaus gewohnt hat, hat ausgesagt, dass die Familie mitten in der

Nacht von einer jungen Frau abgeholt wurde. Sie sind offenbar in einen schwarzen Wagen gestiegen und davongefahren.«

Nosske lief rot an. »Untergetauchte Juden sind das Letzte, was ich jetzt gebrauchen kann. Erst die Sache mit Fräulein Lanner, dann dieser Weissmann, und jetzt auch noch das.« Er zeigte auf Oberhausner. »Sagen Sie Bade Bescheid. Er soll diese Ratten finden. Zusammen mit denjenigen, die ihnen Unterschlupf gewähren. Und dann soll er sie mir bringen.«

Nosske wartete bis Oberhausner verschwunden war, stand auf und ging in seinem Büro auf und ab. Wenn Merten erfuhr, dass er die Verschickung nicht im Griff hatte, wenn Weissmann etwas fand, das er ihm ankreiden konnte, dann könnte das seinen Höhenflug bremsen. Und das durfte nicht sein!

Ich werde alles daransetzen, das zu verhindern, dachte er. Koste es, was es wolle.

21

Die Tür des Verhörraums ging auf, und einer der Wärter kam herein, gefolgt von Schmitt.

Hildebrandt zuckte zusammen.

»Lassen Sie sich nicht ablenken, Herr Hildebrandt«, sagte Isaak.

»Entschuldigung«, murmelte er.

»Sie wollten mir gerade etwas sagen.« Isaak sah ihn mit aufforderndem Blick an.

Werner Hildebrandt nickte beinahe unmerklich. »Ja«, sagte er schließlich mit zitternder Stimme. »Ich habe Informationen über den Mord an Lotte Lanner.«

Isaak lächelte ihm aufmunternd zu. »Hätten Sie die Freundlichkeit, diese Informationen mit uns zu teilen?«

Hildebrandt schluckte trocken. »Fragen Sie Arthur Krauss«, sagte er.

»Arthur Krauss«, wiederholte Isaak den Namen, so als hätte er ihn das erste Mal in seinem Leben gehört. Er wandte sich an Schmitt. »Können Sie diesen Mann ausfindig machen?«

»Aber ja. Natürlich.« Schmitts Augen glänzten. Er überreichte Isaak etwas, das in Butterbrotpapier eingeschlagen und mit einer Paketschnur verschlossen war. »Wie haben Sie es bloß geschafft …?«

»Arthur Krauss«, wiederholte Isaak ein zweites Mal.

Dieses Mal war sein Ton nicht mehr fragend, sondern fordernd. Er sah Schmitt an.

»Ich mache mich sofort an die Arbeit.«

»Wir haben einen einsitzen, der so heißt«, warf der Wärter ein.

»Da sieh mal einer an«, gab Isaak sich überrascht. »Holen Sie ihn her.«

»Sofort.« Der Wärter packte Hildebrandt und riss ihn hoch.

»Dieser Mann war kooperativ und hat mir sehr weitergeholfen«, sagte Isaak streng. »Behandeln Sie ihn anständig, geben Sie ihm eine Extraration zu essen, und sehen Sie zu, dass sich ein Arzt um ihn kümmert. Verstanden?«

Der Wärter nickte gelangweilt.

»Haben Sie verstanden?«, bellte Schmitt. »Zeigen Sie gefälligst Respekt, wenn ein ranghoher Offizier mit Ihnen spricht.«

Der Wärter nahm Haltung an. »Verstanden«, sagte er zu Isaak und führte Hildebrandt hinaus.

Isaak lehnte sich zufrieden zurück und widmete sich dem Päckchen, das Schmitt ihm gebracht hatte. Als er das Butterbrotpapier auseinanderschlug, stieg ihm ein würziger Duft in die Nase. Erst jetzt wurde ihm bewusst, wie unglaublich hungrig er war.

Fleisch, Butter und Milch waren für die gesamte Bevölkerung rationiert, genau wie Käse, Zucker, Brot und Eier. Alle mussten sich nahrungstechnisch mäßigen, am meisten aber die Juden. Ihnen waren weniger Kalorien zugedacht als den anderen Bürgern, und sie waren von allen Sonderzuteilungen ausgeschlossen. Zudem durften sie nur nach drei einkaufen, einer Zeit, zu der häufig nichts mehr erhältlich war.

Er betrachtete die beiden frischen weißen Brotscheiben, und ihm lief das Wasser im Mund zusammen. Neugierig klappte er sie auseinander.

»Ich wäre so gern bei dem Verhör dabei gewesen«, sagte Schmitt. »Ihre Technik muss etwas ganz Besonderes sein. Die Spezialisten der Gestapo haben in den vergangenen zwei Tagen nichts aus Hildebrandt herausgebracht, und Sie, Sie brauchen dafür nicht einmal eine Viertelstunde.«

Isaak hörte ihm nicht wirklich zu, starrte den Aufschnitt an, mit dem die Brote belegt waren. Schinken. Ausgerechnet. In den jüdischen Speisevorschriften war nur das Fleisch von Säugetieren zum Verzehr zugelassen, die Paarhufer und Wiederkäuer waren. Alles andere, zum Beispiel Schwein, war streng verboten.

Schmitt bemerkte sein Zögern. »Der Schinken ist von der Metzgerei Meyer. Die Tiere werden hausgeschlachtet und adergepökelt. Etwas Besseres werden Sie im ganzen Reich nicht finden.«

Nicht koscher. Isaak dachte an seine Familie – und biss ab. Ein buttrig-salziges Aroma breitete sich in seinem Mund aus, kroch über seine Zunge und umschmeichelte seinen Gaumen. Es schien ihm, als hätte er schon seit Ewigkeiten nicht mehr etwas so Gutes gegessen.

»Schmeckt's?«, fragte Schmitt.

Isaak nickte, kaute und lächelte.

Schmitt bekam rote Wangen und lächelte zurück.

In einem anderen Leben, fiel Isaak plötzlich ein, in einem anderen Leben hätten sie vielleicht Freunde sein können.

Der traute Moment wurde durch das Öffnen der Tür beendet. Die beiden Wärter führten einen großen, schlanken Mann in den Raum. Er hatte volles dunkles Haar und ein

Grübchen im Kinn. Trotz seines geschundenen Gesichts war nicht zu übersehen, dass er sehr attraktiv war.

Im Gegensatz zu Hildebrandt hatte er eine stolze Haltung, er trug den Kopf hoch. Seine Augen blitzten zornig, seinen Mund umspielte ein verächtlicher Zug. Da war er also. Arthur Krauss. Claras Verlobter.

»Grüß gefälligst!« Der Wärter schlug ihm ins Kreuz.

»Servus«, gab Krauss sich trotzig.

Der Wärter schlug erneut zu. »Das heißt ›Heil Hitler‹, du elendes Schwein.« Er riss den Stuhl vor und schubste Krauss darauf.

Sollten die Prügel ihm zugesetzt haben, ließ Krauss es sich nicht anmerken. Er starrte Isaak an, ungebrochen und renitent.

Isaak musterte ihn, konnte verstehen, was Clara an ihm fand. Krauss war ein Rebell, ein Mann mit moralischen Werten und Selbstachtung. »Sie können jetzt gehen«, sagte er zu dem Wärter.

Dieser runzelte die Stirn. »Der ist um einiges gefährlicher als dieser Hildebrandt. Ist größer, breiter und hat noch beide Arme.«

»Er ist gefesselt und unbewaffnet. Außerdem ist Unterscharführer Schmitt ja hier.«

»Das ist eine ganz miese Ratte. Der ist mit allen Wassern gewaschen. Ein Volksverräter von der Fränkischen Freiheit.«

»Ich habe gesagt, Sie können jetzt gehen.« Beinahe hätte Isaak noch das Wort »Bitte« hinzugefügt, er konnte es sich gerade noch verkneifen. Keine Höflichkeiten. Nicht hier im Hauptquartier der Gestapo, nicht, wenn er weiterhin als Adolf Weissmann durchgehen wollte. »Oder wollen Sie andeuten, ich wäre diesem Mann nicht gewachsen?«, fragte er, so harsch es ging.

Der Wärter zuckte zusammen. »Nein, Sturmbannführer, natürlich nicht.«

»Dann verschwinden Sie endlich!«

Der Mann tat wie ihm geheißen.

Da Isaak nicht wusste, wie er nun vorgehen sollte, aß er weiter. Bissen für Bissen. Er musste sich irgendetwas einfallen lassen, um Schmitt erneut loszuwerden. Er blickte auf seine Hände. »Ich brauche eine Serviette.«

»Hier.« Schmitt reichte ihm ein Taschentuch. »Frisch gewaschen. Völlig unbenutzt«, fügte er hinzu.

Dieser verdammte Kerl war auf alles vorbereitet. »Danke.« Isaak wischte sich die Finger ab und räusperte sich. »Mein Hals ist ganz trocken.«

Schmitt tat, als hätte er nichts gehört. Da er bereits Hildebrandts Verhör versäumt hatte, wollte er das von Krauss offenbar auf keinen Fall verpassen.

»Ich hätte gern ein Glas Wasser«, wurde Isaak direkter.

Schmitt seufzte kaum vernehmlich und huschte davon.

Endlich. Isaak hatte es geschafft. Er war allein mit Arthur Krauss. »Schnell«, sagte er. »Wir haben nicht viel Zeit. Clara schickt mich. Sie muss wissen, wo die Dokumente sind und wann und wo die Übergabe an den Verbindungsmann stattfindet.«

Krauss wirkte irritiert. »Ich weiß nicht, wovon Sie reden.«

»Offiziell bin ich hier als Adolf Weissmann. In Wahrheit heiße ich aber Isaak. Isaak Rubinstein.«

»Rubinstein …« Krauss legte den Kopf schief und kniff die Augen zusammen. »Tatsächlich.«

»Clara und ich …«

»Ich weiß, wer du bist. Du bist ihr Verflossener. Du bist der Jude, der aus Solidarität zu seiner Familie in Nürnberg geblieben ist, anstatt sich mit ihr ins Ausland abzusetzen. Sie hat mir von dir erzählt.«

»Hat sie?«

»Wir haben dich auf der Straße gesehen. Vor ungefähr einem Jahr. Du bist gerade aus der Fabrik gekommen. Ich hab an ihrer Reaktion erkannt, dass du kein einfacher Zwangsarbeiter bist. Sie hat mir danach alles erzählt.«

»Die Informationen. Schnell.«

Krauss lehnte sich zurück und ließ seinen Blick über ihn wandern. »Ich hätte es wissen müssen«, murmelte er. »Schon damals vor der Fabrik. Die Art wie sie dich angesehen hat. Und wie schnell sie von dort fortwollte.« Er schnaubte verächtlich. »Seit wann seht ihr euch wieder?«

»Gar nicht.« Isaak schaute zur Tür. »Wir haben keine Zeit für Eifersüchteleien. Ich hab Clara um Hilfe gebeten. Vor zwei Tagen. Die Nazis wollten mich und meine Familie nach Polen bringen. Clara hat mir daraufhin ein Angebot gemacht: ihre Hilfe gegen meine.« Die Details ließ er aus und begann stattdessen mit dem Finger auf die Tischplatte zu klopfen. »Die Uhr tickt. Wir müssen uns beeilen.«

»Sie wurde also nicht verhaftetet.« Krauss kaute auf seiner Unterlippe und starrte ins Leere.

»Worauf wartest du? Wenn Schmitt zurückkommt, ist es zu spät, und ich weiß nicht, ob ich ihn noch einmal fortschicken kann.«

»In den Reihen der Fränkischen Freiheit gibt es einen Maulwurf«, sagte Krauss. »Jeder, der noch auf freiem Fuß ist, könnte es sein. Wenn es auch nicht viele sind.«

Es dauerte einen Augenblick, bis Isaak verstand. »Clara? Nie im Leben.« Unwillkürlich musste er jedoch daran denken, wie sie ihn getäuscht hatte.

»Ich will es auch nicht glauben, aber wir dürfen keine Möglichkeit ausschließen. Schwör mir, dass du die Informationen nur dann weitergibst, wenn du absolut sicher sein kannst, dass sie nicht in falsche Hände gelangen.«

Isaak nickte.

»Das Dokument besteht aus fünfzehn Seiten. Maschinengeschrieben. Ich hab sie zwischen das Klopapier gesteckt.« Krauss nannte die Adresse seiner Wohnung. »Die Blätter sind nummeriert – stell also sicher, dass du alle findest. Der Kontaktmann wartet am Dienstag um drei Uhr nachmittags in der Mitte des Henkerstegs.«

»Fünfzehn Seiten zwischen dem Klopapier. Dienstag, drei Uhr, in der Mitte des Henkerstegs«, wiederholte Isaak gerade rechtzeitig.

Schritte waren auf dem Flur zu hören, und nur wenige Augenblicke darauf machte sich jemand am Schloss zu schaffen.

»Lies es«, flüsterte Krauss. »Hol das Dokument und lies es, bevor du es Clara oder sonst wem gibst.«

»Warum …?«

»Weil du dann alles daransetzen wirst, dass es in die richtigen Hände gelangt.«

»Ich ver…«

»Lies es, und du wirst verstehen.«

Die Tür wurde geöffnet, und Schmitt kam herein. Er stellte ein Glas Wasser vor Isaak auf den Tisch und schaute interessiert zwischen ihm und Arthur hin und her.

»Ich bin fertig mit dem Mann«, sagte Isaak.

»Wirklich?« Schmitts Gesichtszüge entgleisten. »Wie schade. Ich hätte so gern von Ihrer Verhörtechnik gelernt.«

Isaak fühlte sich leichter als noch eine Stunde zuvor. Er hatte es tatsächlich geschafft – er hatte die Informationen von Arthur bekommen. »Ich bringe Ihnen gern etwas bei«, sagte er. »Morgen oder übermorgen finden wir bestimmt die Zeit.«

Schmitt wirkte ehrlich erfreut, und Isaak hoffte, dass er da schon längst weg war. In Gernsheim, auf dem Rhein, in Vorarlberg oder vielleicht sogar schon in der Schweiz. Es war ihm egal, wo – Hauptsache nicht mehr in Nürnberg.

Arthur wurde abgeführt, und Isaak machte sich gemeinsam mit Schmitt auf den Weg in ihr Büro.

»Es war also Arthur Krauss, der Lotte Lanner ermordet hat?«, fragte Schmitt, während sie die Treppe hochstiegen. »Und Hildebrandt war sein Komplize? Und galt der Anschlag eigentlich Sturmbannführer Nosske? Oder ging es darum, ihm etwas anzuhängen, ihn in Verruf zu bringen?«

»Einiges ist noch nicht ganz klar, aber sobald ich mehr weiß, sind Sie der Erste, dem ich alles erzähle. Ich muss noch über das eine oder andere nachdenken.« Ja, das musste er, und zwar darüber, was er für die beiden Gefangenen tun konnte und wie er mit dem schlimmen Verdacht umging, den Krauss geäußert hatte: Was, wenn Clara wirklich eine Verräterin war?

Er kam nicht dazu, länger zu grübeln, da Mertens Sekretärin Ursula von Rahn am Ende des Flures erschien und auf ihn zueilte. Sie strich ihr Kleid glatt und lächelte ihn an.

»Herr Weissmann, Herr Weissmann«, sagte sie und schenkte ihm einen Augenaufschlag. »Ihre Heldentaten machen im Haus bereits die Runde.« Er schaute fragend.

»Sie haben diesem Hildebrandt doch tatsächlich ein Geständnis entlockt.«

»Es war kein Geständnis. Er hat nur …«

»Jetzt verkaufen Sie sich mal nicht unter Wert«, schalt sie ihn. *»Bescheidenheit ist eine Zier, doch weiter kommt man ohne ihr.«* Sie lachte und folgte ihnen bis zu ihrem Büro.

»Na dann, auf Wiedersehen.« Isaak deutete eine Verbeugung an und wollte in das Zimmer flüchten.

Doch Ursula von Rahn ließ sich nicht beirren und folgte ihm. »Die Buchhaltung schickt mich. Die Herren brauchen Ihre Belege, damit sie Ihnen die Reisekosten abgelten können.«

»Meine Belege … Die sind im Hotel.«

Von Rahn ließ erneut ihre ebenmäßigen Zähne blitzen. »Ich kann gern heute Abend bei Ihnen im Hotel vorbeikommen und sie mir abholen.«

»Danke, nicht nötig.«

Sie strich sich eine imaginäre Strähne aus dem Gesicht und schürzte die Lippen. »Haben Sie alles, was Sie brauchen?«

»Unterscharführer Schmitt kümmert sich ganz hervorragend.«

»Und abseits des Falls? In Ihrer Freizeit? Wenn Sie Gesellschaft möchten oder jemanden, der Ihnen die Stadt zeigt …«

»Bitte entschuldigen Sie, aber ich bin nicht zum Vergnügen hier.« Isaak wandte sich von ihr ab und setzte sich an den Schreibtisch.

Solch eine ablehnende Behandlung schien sie nicht gewöhnt zu sein. Sie reckte trotzig ihr Kinn und ging zur Tür. »Ach ja«, rief sie über ihre Schulter. »Schöne Grüße von

Erich Gauger soll ich Ihnen ausrichten.« Ihr Tonfall war nicht mehr ganz so lieblich. »Sobald sein Dienst zu Ende ist, kommt er auf einen Sprung hier vorbei.«

Isaak hatte keine Ahnung, wovon sie sprach. »Gauger?«

Sie blieb stehen und drehte sich um. »Erich Gauger. Sie haben zusammen studiert.«

Ein heißer Blitz durchfuhr ihn. »Ach … ach ja«, stammelte er. »Ewig her.«

»Wussten Sie denn gar nicht, dass er nach Nürnberg versetzt worden ist?«

»Jetzt schon.«

»Wie auch immer.« Ursula von Rahn sah ihn forsch an. »Er freut sich jedenfalls sehr darauf, Sie wiederzusehen.«

22

Er musste raus, musste das Hauptquartier verlassen, bevor dieser Gauger hereinschneite und ihn enttarnte.

Fieberhaft suchte er nach einem Grund zu verschwinden. Es war zu früh, um Feierabend zu machen, er musste sich etwas einfallen lassen, das mit dem Fall zu tun hatte. Eilig blätterte er durch die Akte, studierte die Ein- und Ausgangsliste des Pförtners und dachte nach. Wenn weder Hildebrandt noch Nosske hinter der Tat steckten, wie war der Mörder in die Burg gelangt?

»Es gibt da etwas, das mir keine Ruhe lässt«, erklärte er schließlich. »In alten Burgen und Schlössern gibt es doch meistens Geheimgänge. Der Dogenpalast in Venedig, Schloss Sanssouci in Potsdam, die Engelsburg in Rom – all diese Gebäude verfügen über verborgene Fluchtwege. Es würde mich sehr wundern, wenn ausgerechnet die Nürnberger Burg, in der so viele wichtige Herrscher residiert haben, keinen hätte.«

Schmitt nickte. »Aber ja, natürlich. Da hätte ich auch drauf kommen können.«

»Wer war gleich noch der Architekt, der den Umbau geplant hat?«

»Oberregierungsrat Horst Westinger. Er ist der Baureferent der Verwaltung der staatlichen Schlösser, Gärten und Seen.«

»Ich möchte ihn sprechen.« Isaak nahm seine Jacke und ging zur Tür.

»Jetzt sofort?«

»Jetzt sofort.«

»Wollen Sie nicht noch auf Herrn Gauger warten? Er kommt sicher gleich.«

Exakt das war es ja, was Isaak befürchtete. Er blickte zur Tür, hinter der hektische Betriebsamkeit herrschte und ständig Schritte zu hören waren. Schritte, die auch zu Gauger gehören und jederzeit vor ihrem Büro anhalten konnten. »Um ehrlich zu sein …« Isaak senkte die Stimme. »Ich mochte Gauger schon während des Studiums nicht leiden«, sagte er in verschwörerischem Tonfall. »Ein sehr unangenehmer Zeitgenosse.«

»Verstehe.« Schmitt lächelte. Es schien ihm zu schmeicheln, dass Adolf Weissmann etwas Privates mit ihm teilte. »Dann sollten wir lieber von hier verschwinden, bevor er herkommt.«

»Finden Sie heraus, wo Westinger sich aufhält. Ich organisiere in der Zwischenzeit einen Wagen und warte draußen.« Isaak huschte aus dem Büro und eilte mit gesenktem Blick durch die Flure. Mit jedem Schritt, den er in Richtung Straße tätigte, wurde ihm leichter ums Herz.

Es dauerte nur wenige Minuten, bis Schmitt auf dem Parkplatz erschien und zu ihm ins Auto stieg. »Ich musste einige Hebel in Bewegung setzen«, verkündete er nicht ohne Stolz. »Aber ich konnte herausfinden, wo Herr Westinger zu erreichen ist, und habe mit ihm gesprochen.«

Isaak schauderte. Die Gestapo war effizienter, als ihm lieb war.

»Sie hatten recht«, erklärte Schmitt mit geröteten Wangen. »Es gibt wohl tatsächlich einen geheimen Gang. Westinger macht sich sofort auf den Weg, und wir treffen uns in der Burg. Dort will er uns alles zeigen.«

»Sehr gut.« Aus den Augenwinkeln sah Isaak, wie ein kleiner Mann mit breiten Schultern aus dem Hauptquartier trat und sich suchend umsah. War das Gauger? »Worauf warten wir?«, fragte er und wandte schnell sein Gesicht ab.

Schmitt gab dem Chauffeur ein Zeichen, woraufhin dieser aufs Gaspedal trat.

Während der Fahrt stachen Isaak die grellroten Plakate ins Auge, die an Litfaßsäulen und Hauswänden angebracht waren. Sie verkündeten Todesurteile und vollstreckte Hinrichtungen und sollten wohl als Mahnung und Abschreckung dienen. Von Woche zu Woche wurden es mehr. Seit der Vormarsch der Wehrmacht zum Stillstand gekommen war, ahndeten die Nazis alles, was die Moral an der Heimatfront untergrub, mit drakonischen Strafen. Das Hören von Feindsendern, das Zweifeln am Endsieg oder ein dummer Witz über den Führer konnten schreckliche Konsequenzen nach sich ziehen. Die Richter wurden immer gnadenloser, die Henker bekamen mehr Arbeit, als sie bewältigen konnten.

»Dieser Arthur Krauss …«, sagte Schmitt plötzlich. »Was genau hat er eigentlich zu Ihnen gesagt?«

»Krauss?«, versuchte Isaak Zeit zu schinden. »Er war sehr kryptisch, hat irgendetwas von verborgenen Zugängen geredet. Dadurch bin ich dann auch auf die Idee mit dem Geheimgang gekommen.«

Schmitt nickte euphorisch. »Was noch? Was hat er noch gesagt?«

»Nicht viel mehr. Er …«

»Wir sind gleich da«, rettete ihn der Chauffeur. Er manövrierte den Wagen durch die Burganlage bis zur Pförtnerloge, wo ein untersetzter Herr mit Halbglatze stand, und hielt an. »Soll ich warten oder Sie zu einem bestimmten Zeitpunkt wieder abholen?«

»Warten Sie«, wies Schmitt ihn an, und sie stiegen aus.

Als sie die Wagentüren zuschlugen, stob ein Schwarm Raben in die Luft und ließ sich laut krächzend auf dem Burgfried nieder.

Der untersetzte Mann, bei dem es sich wohl um Horst Westinger handelte, klemmte seine Aktentasche unter den linken Arm und ließ den rechten hoch in die Luft schnellen. »Heil Hitler.«

»Heil Hitler«, entgegnete Schmitt.

»Hitler«, murmelte Isaak, dem der deutsche Gruß noch immer schwer über die Lippen kam, und streckte den Rücken durch.

Der Architekt schüttelte Isaaks Hand mit festem Druck und stellte sich vor. »Die große Lotte Lanner …«, sagte er schließlich. »Was für eine fürchterliche Sache. Sie können sich gar nicht vorstellen, wie schockiert ich war, als ich davon erfuhr. Ich hoffe sehr, dass ich Ihren Ermittlungen dienlich sein kann.«

»Das hoffen wir auch«, sagte Schmitt. »Wie bereits am Telefon erwähnt, würden wir gern mehr über den Fluchttunnel erfahren.« Er schilderte die Lage und präsentierte Hildebrandts Liste.

»Sie erkennen unser Problem – wir haben es mit einem geschlossenen System zu tun«, erklärte Isaak. »Der Mord ist theoretisch unmöglich. Die einzige plausible Erklärung, die mir derzeit einfällt, ist die, dass sich der Mörder durch einen Geheimgang Zutritt zur Burg verschafft hat.«

Westinger kratzte sich am Kinn. »Es gibt tatsächlich einen Fluchttunnel. Ich befürchte aber, dass er nicht gerade hilfreich für Ihre Ermittlungen sein wird.«

»Warum nicht?«

»Kommen Sie mit, und sehen Sie selbst.« Westinger lief über den inneren Burghof, betrat den Wohntrakt, ging in die Hocke und betastete die Türschwelle. »Wo ist denn nur der Öffnungsmechanismus?«, murmelte er und steckte einen Finger in die Ritze zwischen Rahmen und Fußboden. »Ach ja. Hier.« Ein leises Klicken ertönte, und Westinger zog mit einem triumphalen Gesichtsausdruck eine hölzerne Falltür nach oben. »Feinste deutsche Wertarbeit«, erklärte er. »Mit bloßem Auge nicht erkennbar.«

Isaak und Schmitt traten neben ihn und starrten in das dunkle Quadrat, das vor ihnen im Boden klaffte. Kühle, nach feuchter Erde riechende Luft drang daraus hervor.

»Der Zimmermann hat den geheimen Gang entdeckt, als er den Holzboden abgeschliffen hat.« Westinger fasste in seine Aktentasche, zog eine Lampe daraus hervor, knipste sie an und leuchtete in das Loch. Eine schmale, steile Treppe wurde erkennbar, deren Stufen in den Stein gehauen waren. »Ich schätze, dass der Fluchtweg im 15. oder 16. Jahrhundert angelegt wurde. Er führt durch den Berg und endet wahrscheinlich in den Felsengängen unter der Stadt.«

»Die Nürnberger haben dort im Laufe vieler Jahrhunderte mehrstöckige Gewölbe und Gänge errichtet«, erklärte Schmitt. »Um Bier darin zu gären und zu lagern.«

Isaak nickte nachdenklich. »Sie sagten ›wahrscheinlich‹?«, wandte er sich an Westinger.

»Wir waren zunächst sehr euphorisch ob dieser Entdeckung«, erklärte der Architekt. »Natürlich wollten wir sofort herausfinden, wo der Tunnel hinführt, aber …« Er seufzte. »Sehen Sie selbst.« Er reichte Isaak die Taschenlampe. »Für einen normal gewachsenen Mann ist es leider nicht möglich, bis zum anderen Ende zu gelangen. Dafür ist es viel zu eng. Keiner von uns hat durchgepasst. Ich hoffe, Sie leiden nicht an Klaustrophobie.«

»Nicht dass ich wüsste.«

Vorsichtig stieg Isaak die Treppe hinunter. Der Gang war so gedrungen, dass er den Kopf einziehen musste. Seine Schultern berührten auf beiden Seiten die rohen Steinwände. Die Stufen waren glatt, und es gab nirgendwo etwas, an dem er sich hätte festhalten können.

»Ganz schön steil«, sagte Schmitt, der Isaak folgte. »Und ganz schön schmal.«

»Es wird noch schmaler.« Isaak drehte seinen Oberkörper um fünfundvierzig Grad und stieg weiter nach unten, bis ein Haufen Geröll den Durchgang versperrte. Er ließ den Lichtkegel über die Steine auf dem Boden gleiten.

»Halt«, rief Schmitt, der ihm von hinten über die Schulter geschaut hatte. »Leuchten Sie noch mal zurück. Da war etwas.«

Isaak tat wie ihm geheißen.

»Dort. Sehen Sie?«

»Ein Stück Stoff.« Isaak wandte sich um und betrachtete das grüne Gewebe, das nicht größer als zwei oder drei Quadratzentimeter und an den Rändern ausgefranst war. »Sieht aus, als hätte sich jemand da durchgezwängt und dabei die Kleidung zerrissen.«

»Ein kleiner, schmaler Jemand.«

Isaak leuchtete den Boden vor dem Geröllhaufen ab. Er war mit einer dünnen Staubschicht überzogen. »Hier sind Fußabdrücke, relativ frisch, wie mir scheint. Sie führen tiefer hinein in den Berg.«

»Gibt es auch Hinweise, dass jemand in die entgegengesetzte Richtung gegangen ist?«

»Nein. Eben nicht.« Isaak runzelte die Stirn und inspizierte die Wände. »Alles deutet darauf hin, dass der Mörder die Burg durch diesen Tunnel verlassen hat. Doch wie kam er herein?«

»Der Fall wird immer mysteriöser.«

Als sie sicher waren, keinen Hinweis übersehen zu haben, stiegen Isaak und Schmitt die Treppe wieder hinauf bis in die Eingangshalle des Wohntrakts, wo Westinger auf sie wartete.

»Waren Sie oder war einer Ihrer Arbeiter kürzlich dort unten?«, fragte Isaak.

»Aber nein. Warum sollten wir in diesem schmutzigen, engen Loch herumkriechen?«

»Zum Beispiel, um das Geröll zu entfernen und den Gang zu erweitern, um so einen Fluchtweg für die Einwohner zu schaffen? Die Luftangriffe werden immer häufiger.«

»Diese Maßnahme ist angedacht, aber bisher hatten wir keine Zeit dafür. Einige meiner besten Arbeiter wurden an die Front beordert, deshalb hinken wir im Plan hinterher. Die Herrschaften hätten bereits vor Wochen einziehen sollen, doch nur Obersturmbannführer Nosskes Wohnung ist bislang fertig geworden.«

»Wer außer Ihnen weiß noch von diesem Tunnel?«

Westinger dachte nach. »Die Leute vom Landbauamt«,

fing er an aufzuzählen. »Die vom Stadtbauamt, vom Landesamt für Denkmalpflege und natürlich die Handwerker.«

Isaak zog noch einmal Hildebrandts Liste aus der Akte. »Jeder, der die Burg betreten hat, hat sie durch das Haupttor wieder verlassen. Wer ist also durch den Tunnel gegangen?« Er wandte sich an Westinger. »Hätte sich irgendjemand hier verstecken können?«

Westinger schüttelte den Kopf. »Nicht nur Hildebrandt, alle Pförtner haben klare Anweisung, detaillierte Aufzeichnungen über Kommen und Gehen zu führen. Es gilt, die Arbeitszeiten der Handwerker zu erfassen, es soll aber auch sichergestellt werden, dass niemand vom Widerstand ein Attentat vorbereiten kann. Immerhin werden hier hochrangige Parteifunktionäre leben, und es gibt eine Ehrenwohnung für hohen Staatsbesuch.«

»Es wäre also auch nicht möglich gewesen, unbemerkt jemanden hereinzuschmuggeln?«

»Auf gar keinen Fall.« Westinger schüttelte den Kopf. »Das Arbeitsmaterial wurde bereits vor Monaten angeliefert. Ich persönlich war beim Auspacken dabei.«

»Der Fall wird tatsächlich immer mysteriöser«, sagte Isaak zu Schmitt. »Wir müssen dringend mit den Handwerkern reden.«

Schmitt blickte auf die Uhr. »Ich werde die Männer für morgen neun Uhr ins Hauptquartier zitieren. Ist Ihnen das recht?«

Isaak dachte an Erich Gauger. »Bestellen Sie sie besser hierher. Ich möchte einige Einzelheiten direkt am Tatort abklären.«

»Natürlich.« Schmitt lächelte, als Isaaks Magen laut

knurrte. »Wollen Sie jetzt in den Braunen Hirsch gehen, Herr Weissmann?«

Isaak nickte. »Sehr gern.«

Sie bedankten sich bei Westinger, gingen zurück in den äußeren Hof, wo der Wagen wartete, und ließen sich nach St. Leonhard fahren.

Die Nacht war mittlerweile angebrochen, und die ersten Sterne erschienen am Firmament. Isaak sah aus dem Wagenfenster und wünschte, er wäre genauso weit weg von den Nazis, wie sie es waren. *Die Sterne sind klug, sie halten mit Fug von unserer Erde sich ferne*, erinnerte er sich an eine Gedichtzeile von Heinrich Heine.

An der Heinrichstraße hielt der Wagen kurz darauf an. Isaak und Schmitt stiegen aus und gingen die letzten Meter zu dem Lokal, vor dessen Tür vier junge Frauen mit einem Kinderwagen standen.

»Sag Papa«, forderte eine hübsche Brünette von einem rotbackigen Knirps, der einen Matrosenanzug trug und sie aus großen blauen Augen ansah.

»Dada«, gluckste der Kleine.

»Und jetzt Mama.«

»Mama.«

Die anderen Frauen klatschten in die Hände und gaben verzückte Ahs und Ohs von sich.

»Das Beste kommt noch«, rief die Mutter und wartete, bis sie wieder die volle Aufmerksamkeit ihrer Freundinnen hatte. Sie streckte ihren rechten Arm aus. »Heil Hitler!«, rief sie.

»Heita«, rief der Kleine und fuchtelte mit einem Ärmchen in der Luft herum.

»Da können Sie aber stolz sein«, sagte Schmitt, der die Situation beobachtet hatte. »Ein strammer junger Bursche. Und so klug. Gratuliere.«

Isaak seufzte leise und betrachtete das Kind. Die rosigen Bäckchen, die seidigen Locken, die langen Wimpern. Ein unschuldiges Geschöpf, dem der Hass von einer liebenden Mutter bereits in die Wiege gelegt wurde. Der Hass auf Juden, Zigeuner, Russen, Franzosen … Der Hass auf jeden, der anders dachte als sie. Der Hass auf fast die ganze Welt.

Die Frauen zogen kichernd von dannen, und Schmitt hielt Isaak die Tür zum Gasthof auf, an der ein großes Schild angebracht war: JUDEN IST DER ZUTRITT VERBOTEN.

»Bald sind sie eh alle weg«, sagte Schmitt. »Wenn ich richtig informiert bin, ist Nürnberg spätestens im Sommer judenfrei.«

»Na dann.« Mehr fiel Isaak dazu nicht ein, und er folgte dem jungen Mann in das Lokal.

Warmer Alkoholdunst und Zigarettenrauch schlugen ihnen entgegen. Es duftete aber auch nach Braten und frisch gebackenem Kuchen. An einer langen Tafel hatte sich eine Gruppe von Männern eingefunden, bei der es sich wohl um Soldaten auf Fronturlaub handelte. Manche starrten trübselig in ihre Gläser, andere waren in angeregte Gespräche vertieft und gestikulierten dabei so wild, als würden sie gerade die Nürnberger Philharmoniker dirigieren. Rauflust hing in der Luft.

Isaak streckte den Rücken durch, hob den Kopf und drehte unwillkürlich den Totenkopfring an seinem Finger so, dass er gut sichtbar war.

»Ich hoffe, Sie haben nichts Eleganteres erwartet«, sagte

Schmitt. »Aber das Essen ist wirklich das beste in der Stadt.«

Sie setzten sich an einen freien Tisch ganz hinten, wo es ruhiger war, und studierten die Speisekarte.

»Das Schäufele ist eine Schweinsschulter mit Knochen und Schwarte«, erklärte Schmitt dem vermeintlichen Berliner. »Beim Nürnberger Gwerch handelt es sich um Ochsenmaulsalat mit Käse, Tomaten, Gurken und Ei. Die Sauren Zipfel sind Würste, die in einem Zwiebel-, Essig- und Weinsud gekocht werden. Die Nackerte …«

»Ich nehme den Karpfen«, beschloss Isaak. Zwar hatte ihm das Schinkenbrot unglaublich gut geschmeckt, koscheres Essen war ihm aber dennoch lieber.

»Dazu ein Bier?«, fragte der Kellner.

»Sie müssen das Bamberger Rauchbier probieren«, sagte Schmitt. »Das beste Bier im ganzen Reich.«

Isaak nickte, der Kellner notierte die Bestellung und verschwand.

»Ich bin wirklich beeindruckt, was Sie in dieser kurzen Zeit schon alles geleistet haben«, fuhr Schmitt fort. »Welche Lektionen können Sie mir mitgeben?«

Der Kellner servierte das Bier, Isaak überlegte und nahm einen großen Schluck. »Ganz egal, was andere sagen – bilden Sie sich immer eine eigene Meinung.« Er wischte sich Schaum von der Oberlippe. Das Bier schmeckte gut. Weil er Alkohol nicht gewöhnt war, hüllte er ihn direkt in einen wohligen Mantel aus Taub- und Losgelöstheit. »Nicht alles, was Ihnen von oben eingetrichtert wird, entspricht auch der Wahrheit.«

Schmitt nickte ernst.

»Zwei Dinge erfüllen das Gemüt mit immer neuer und zuneh-

mender Bewunderung und Ehrfurcht«, zitierte Isaak aus Kants *Kritik der praktischen Vernunft. »Der bestirnte Himmel über mir und das moralische Gesetz in mir.* Das soll heißen, dass es Recht und Unrecht gibt und dass jedes gesunde menschliche Wesen fähig ist, den Unterschied zu erkennen.« Er betrachtete sein Gegenüber.

Schmitt hing an seinen Lippen, wirkte so offen, so interessiert. Sein Gesichtsausdruck hatte etwas Kindliches.

Isaak trank noch mehr Bier und dachte an den Knirps im Kinderwagen. *Heita.* »Gesetzgebung und Rechtsempfinden sind oft nicht ein und dasselbe.«

Der Alkohol stieg ihm zu Kopf, und es fiel ihm plötzlich schwer, sich zu keiner Leichtsinnigkeit hinreißen zu lassen. Wie gern hätte er Schmitt über die wahre Natur der Juden aufgeklärt. Darüber, dass sie ganz normale Menschen waren, die weder die Weltherrschaft an sich reißen noch irgendwelche Völker vernichten wollten. Er hatte den Drang, ihm von all den wunderbaren Dingen zu erzählen, die Juden auf den Gebieten der Medizin, Literatur oder Musik hervorgebracht hatten. Wollte ihm von der Liebe berichten, die sie für Gott und ihre Familien empfanden, den Schmerz, den sie wie alle anderen auch fühlten.

»Einmal der Karpfen, einmal das Gwerch.« Schwungvoll servierte der Kellner die Speisen. »Noch eins?« Er deutete auf Isaaks leeren Bierkrug.

Isaak nickte und betrachtete den Fisch. Heißer Dampf stieg von dem Teller auf, ein wundervoller Duft erfüllte seine Nase. Für einen kurzen Augenblick war er wieder zu Hause, im Kreis seiner Lieben, an einer festlich gedeckten Tafel. *»Baruch …«,* setzte er zum Berachot, dem Tischgebet, an.

»Wie bitte?«

Als hätte der Blitz ihn getroffen zuckte Isaak zusammen. Ihm wurde gleichzeitig heiß und kalt. »Äh ... also ...« Adrenalin flutete seinen Körper, sein Gehirn arbeitete auf Hochtouren. »Das sagt man so in Berlin. Mahlzeit.«

»Mahlzeit«, entgegnete Schmitt munter. »Ich hoffe, es schmeckt Ihnen.«

»O ja, das tut es«, sagte Isaak nach dem ersten Bissen, unendlich froh, noch einmal glimpflich davongekommen zu sein.

Während des Essens konzentrierte er sich und rührte das Bier, das der Kellner ihm brachte, nicht an. »Es war ein langer Tag«, sagte er schließlich. »Ich denke, ich sollte mich langsam ins Hotel begeben. Vielen Dank für die nette Gesellschaft.«

Schmitt errötete. »Ich habe zu danken.«

Sie beglichen die Rechnung und traten hinaus auf die Straße.

»Ich werde zu Fuß gehen«, erklärte Isaak, der nicht länger als nötig in Schmitts Gesellschaft verbringen wollte. »Wenn Sie so gut wären, mir den Weg zu erklären.«

Schmitt kam seiner Aufforderung nach, setzte sich in den Wagen, der die ganze Zeit auf sie gewartet hatte, und der Chauffeur fuhr davon.

Mit energischen Schritten ging Isaak los, die Rothenburger Straße entlang und am Rochusfriedhof vorbei. Die frische Luft tat ihm gut, und als er endlich den Plärrer erreichte, war der Schreck über seinen Versprecher verflogen, und sein Herz schlug wieder in einem regelmäßigen Takt. Er hatte die Informationen von Krauss, er würde sie Clara übergeben, und sie würde ihm und seiner Familie die

Flucht ermöglichen. Zwar hatte Krauss Zweifel an ihrer Integrität gesät, doch Isaak schob diese fort. Er dachte an früher, an die Clara, die er damals kennengelernt hatte. Menschen änderten sich, doch sie schmissen nicht ihre kompletten Grundwerte über Bord.

Plötzlich kam ihm ein neuer Gedanke. Dies waren womöglich die letzten Stunden in Nürnberg. Wenn alles gut ging, waren er und seine Familie bald schon auf dem Weg in die Fremde. Ob er jemals wieder zurückkehren würde? Gut möglich, dass nicht.

Vor dem Hotel angekommen, hielt irgendetwas ihn davon ab, es zu betreten. Stattdessen ging er weiter, wandte sich nach links und bog in die Grasersgasse, die ihn mitten hinein ins Herz der Stadt führte. Ein letztes Mal wollte er durch seine Heimat wandeln, noch einmal in Erinnerungen schwelgen. Mensch sein, bevor er wieder zum Ausgestoßenen wurde.

Ziellos schlenderte er durch die Gassen. Wie erhaben die alten Kirchen doch waren, wie imposant die Stadtbefestigung war. Er kam an der Mauthalle vorbei, dem Heilig-Geist-Spital und dem Hauptmarkt – noch nie waren ihm die Gebäude so schön vorgekommen wie in dieser Nacht.

»Sing ein Lied, wenn du mal traurig bist, sing ein Lied, wenn dich kein Mädel küsst. Sing ein Lied, weil du dann leicht vergisst, trallala la la la la«, erklang es da aus einem Lokal, und Isaak schaute gedankenverloren durchs Fenster.

In diesem Augenblick trat eine Gruppe lachender junger Leute auf die Straße, sie hätten Isaak beinahe niedergerannt.

»Verzeihen Sie, mein Herr.« Ein junger Soldat hielt ihm die Tür auf.

»Danke, aber ich wollte eigentlich gar nicht …«

Er blickte in das Lokal. Der Raum war voller Menschen, die Stimmung ausgelassen. Im hinteren Teil spielte eine Musikkapelle, Paare tanzten auf der Fläche davor, und rechts befand sich eine lange Theke, an der Menschen saßen und standen. Sie unterhielten sich, tranken und schienen sich prächtig zu amüsieren. So viel Heiterkeit und Freude hatte Isaak schon lange nicht mehr erlebt. Er wurde magisch davon angezogen. *Warum eigentlich nicht?*, sagte er sich. Einmal noch in Frohmut schwelgen, bevor die Trübsal ihn wieder einholte.

Er betrat das Lokal, setzte sich an die Bar und bestellte ein Bier, lauschte der Musik, ließ sich berauschen von der Atmosphäre der Nacht. Ja, dies war ein würdiger Abschied.

»Von wegen, Sie sind nicht zum Vergnügen hier«, hauchte da plötzlich jemand in sein Ohr.

Er drehte sich um und blickte in das Gesicht von Ursula von Rahn.

»Geht ihr schon mal vor. Ich komme gleich nach«, sagte sie zu zwei anderen jungen Frauen, die hinter ihr standen und ihn neugierig musterten. Kichernd stöckelten sie davon. Ursula von Rahn wandte sich wieder ihm zu und schürzte die Lippen. »Sie haben mich heute Nachmittag angeschwindelt. Das war nicht besonders nett.«

»Ich bin auf dem Weg ins Hotel zufällig hier vorbeigekommen. Ganz spontan«, erklärte er und stand auf.

»Ein Glas Champagner«, rief von Rahn dem Barmann zu. »Und der Herr hätte gern noch ein Bier.«

»Ich …«, setzte Isaak an, doch Ursula von Rahn ließ keine Widerrede zu.

»Nur ein Getränk.«

Die Kapelle begann einen populären Foxtrott zu spielen, woraufhin großer Jubel ausbrach.

Ursula von Rahn griff nach seiner Hand, und noch ehe er wusste, wie ihm geschah, zog sie ihn auf die Tanzfläche. »Ein Getränk und ein Tanz. Danach sind Sie frei zu gehen.« Sie lachte aus vollem Herzen und wiegte sich im Takt der Musik.

Er ließ sich von ihrer guten Laune mitreißen, fasste sie an der Hüfte und führte sie übers Parkett.

Sie strahlte und sang leise mit. *»Liebling, was wird nun aus uns beiden? Darf ich glücklich oder traurig sein? Werden sich unsre Wege scheiden oder geh'n wir ins Land der Liebe ein?«*

Isaak fiel auf, dass sie beobachtet wurden. Die anderen Paare warfen ihnen Blicke zu, auch den Leuten an der Bar schienen sie aufgefallen zu sein. Die wunderschöne, mondäne Ursula von Rahn, die mit einem stattlichen Mann tanzte.

Er dachte an Clara.

»Sie sind ein guter Tänzer, Herr Weissmann«, bemerkte Mertens Sekretärin, während die Musik verklang. Die Bewegung hatte ihre Wangen rosig gefärbt. »Jetzt habe ich Durst«, erklärte sie und zog ihn zurück an die Bar. »Zum Wohl.« Sie hob ihr Glas, das dort bereits auf sie wartete, und stieß mit ihm an. »Erzählen Sie mir etwas über sich«, forderte sie. »Erzählen Sie mir von Berlin. Gibt es eine Frau Weissmann?«

Gab es eine? War Weissmann verheiratet? Isaak hatte keine Ahnung.

Er hatte dünnes Eis betreten und musste aufpassen, keinen Fehler zu machen. »Das erzähle ich Ihnen ein anderes Mal«, sagte er so charmant wie möglich. »Jetzt ist es leider an der Zeit für mich zu gehen.«

Sie blickte auf die Uhr. »Eine Minute vor Mitternacht. Wie Aschenputtel. In was verwandeln Sie sich denn mit dem letzten Schlag der Uhr?«

»In einen Gesetzlosen«, flüsterte er ihr ins Ohr, erschrocken über seine eigene Dreistigkeit.

Ursula von Rahn starrte ihn mit weit aufgerissenen Augen an und brach in schallendes Gelächter aus. »Dass Sie so viel Humor haben, das hätte ich im Leben nicht gedacht.« Sie legte ihre Hand auf seinen Arm. »Ich würde gern herausfinden, was sonst noch so in Ihnen steckt. Begleiten Sie mich morgen zur Matinee in die Oper. Es wird Wagner gegeben, viele wichtige Männer werden dort sein.«

»Ich fürchte, ich habe keine Zeit.«

»Es wird Ihnen bestimmt gefallen. Die Inszenierung soll großartig sein.« Sie stellte sich ihm in den Weg. »Morgen früh um elf Uhr.«

»Tut mir leid.« Isaak führte ihre Hand an seine Lippen und deutete einen Kuss an. »Danke für den Tanz. Ich weiß nicht, wann ich mich das letzte Mal so gut amüsiert habe.« Er eilte hinaus, bevor sie ihn erneut aufhalten konnte.

Im Hotelzimmer angekommen, stellte er die Blumenvase ins Fenster, wusch sich und legte sich ins Bett. Obwohl er todmüde war, konnte er nicht einschlafen. Er starrte an die Decke und wartete. Wartete auf Clara und hoffte, dass alles gut ging.

Auch Werner Hildebrandt und Arthur Krauss schlichen sich in seine Gedanken. Es war seine Schuld, dass die beiden nun mit dem Mord an Lotte Lanner in Verbindung gebracht wurden. Das schlechte Gewissen nagte an ihm. Er musste den Fall lösen. Nur so konnte er sie wieder entlasten.

Er grübelte. Knifflige Rätsel lagen ihm normalerweise – doch dieses hier schien auch für ihn unlösbar. Hildebrandts Liste, die uneinnehmbare Burg, das Stück Stoff im Fluchttunnel, das fehlende Motiv … Hoffentlich würde die Befragung der Handwerker etwas mehr Licht in die Sache bringen.

Er schloss die Augen und dämmerte weg.

Sonntag,
22. März 1942

23

Adolf Weissmann trieb in einem Meer aus undurchdringlicher Schwärze. Sein Körper fühlte sich taub an, seine Schläfen pochten dumpf, und sein Kopf war erfüllt mit der entfernten Ahnung von Schmerz. Bilder blitzten vor seinem inneren Auge auf.

Blutige Bandagen.

Junge Soldaten auf schmutzigen Tragen.

Das Gesicht eines Sanitäters.

»Wahrscheinlich massives Schädeltrauma«, hörte er eine Männerstimme. Sie war gleichzeitig nah und unendlich weit entfernt. »Gut möglich, dass das Gehirn Schaden genommen hat.«

Über wen sprach der Kerl?

Jemand beugte sich über ihn. Er konnte Seife riechen, Desinfektionsmittel und kalten Zigarettenrauch. Sein Lid wurde angehoben, und grelles Licht bohrte sich durch seinen Augapfel, zerschnitt die Finsternis und löste einen erneuten Bilderreigen aus.

Schwielige Hände, an den Knöcheln aufgeschürft.

Blatternarben.

Eine Tischplatte, die auf ihn zuraste.

Die Erinnerung tropfte wie durch einen undichten Wasserhahn in Adolf Weissmanns Bewusstsein. Er war in Warschau gewesen, hatte den Mord an einem deutschen

Offizier untersucht. Der Anruf von Goebbels fiel ihm wieder ein, die tote Schauspielerin, der Lazarettzug.

»Geben Sie ihm eine Infusion zur Stabilisierung des Wasser- und Salzhaushaltes, und beobachten Sie ihn weiter.«

»Jawohl, Herr Doktor«, sagte eine Frau.

Finger strichen über seine Stirn, er spürte ein sanftes Klopfen auf seinem Unterarm, gefolgt von einem leichten Piksen.

Die Bilder wurden klarer, die Erinnerung greifbar: Er war niedergeschlagen worden von diesem Kerl im Speisewagen. Das Dreckschwein und sein Kumpan hatten ihn fortgetragen, ihn ausgezogen und ausgeraubt. Sie hatten ihn für tot gehalten – doch sie hatten nicht mit seiner Widerstandskraft gerechnet. Er war ein Krieger durch und durch. Zäh wie Leder, hart wie Kruppstahl. Niemand konnte ihn so leicht aus dem Weg räumen.

»Haben Sie die Familie schon informiert?«, hörte er erneut die Männerstimme.

»Wir sind gerade dabei, sie ausfindig zu machen. Seine Eltern sind irgendwo auf dem Land im Arbeitseinsatz.«

Was war hier los? Seine Eltern waren lange tot.

»Alles wird gut, Herr Oechsner.«

Weissmann spürte warmen Atem an seinem Ohr, eine feuchte Hand umschloss die seine. Er konnte es nicht ausstehen, wenn Fremde ihm so nah kamen. Noch mehr hasste er es, wenn sie ihn berührten. Ich bin nicht dieser Oechsner, wollte er brüllen. Fassen Sie mich gefälligst nicht an!

»Seine Finger haben sich bewegt.« Die Frau klang aufgeregt.

»Sehr gut«, entgegnete der Mann. »Behalten Sie Herrn

Oechsner wie gesagt im Auge, und geben Sie mir Bescheid, sobald sich sein Zustand verändert.«

Wo war er? Wer war dieser Oechsner? Was sollte das hier? Er musste aus diesem Albtraum aufwachen, und zwar schnell.

24

Clara schreckte hoch, als sie ein Geräusch an der Tür vernahm. Sie tastete nach dem Messer, das neben ihr auf dem Boden lag, und setzte sich auf. »Wer ist da?«

»Ich bin's«, erklang eine ihr bekannte Stimme.

»Willi?« Clara atmete auf und erhob sich von der dünnen, durchgelegenen Matratze, die ihr als Schlafstätte diente. Sie streckte ihren schmerzenden Rücken, zog einen Pullover über und öffnete die Tür. »Was machst du hier?«

Fahles Morgenlicht fiel in die kleine Hütte. »Hier bist du also untergetaucht. Ich hab dich überall gesucht.« Willi, ein schmächtiger Mann um die fünfzig, trat ein und sah sich um. »Kalt ist es hier drinnen.« Er setzte die Mütze, die er gerade abgenommen hatte, wieder auf.

»Das Feuer muss in der Nacht ausgegangen sein.« Clara kniete sich neben einen kleinen Ofen und befüllte ihn mit Holzspänen. »Wie hast du mich gefunden?«

»Arthur hat mir mal erzählt, dass seine Tante hier eine Schrebergartenlaube besitzt, um die sie sich aber seit dem Tod ihres Mannes nicht mehr kümmert. Ich dachte, ich versuche es mal.« Er steckte seine Hände in die Jackentaschen und musterte sie mit kritischem Blick.

Sie entzündete ein Streichholz und warf es auf die Späne. »Ist alles in Ordnung?« Ein Gedanke kam ihr. »Ist etwas mit den Rubinsteins?«

»Denen geht es gut. Ich hab sie an einem sicheren Ort untergebracht.«

»Dem ehemaligen Schwarzhändlerlager?«

Willi zögerte. »Ja«, sagte er schließlich. »Ich hab's ihnen so bequem wie möglich gemacht.«

Clara stellte sich neben den Ofen und pustete in ihre Fäuste. »Weshalb bist du dann hier?«

»Es gibt da etwas, das mir seit Tagen keine Ruhe lässt.« Sein Blick fiel auf das Messer, das auf dem Boden lag. Er bückte sich und hob es auf. »Warum hast ausgerechnet du die Verhaftungswelle überstanden, während alle anderen abgeholt und weggebracht worden sind?«

Clara kniff die Augen zusammen. »Ich könnte dich genau dasselbe fragen.«

»Liegt das nicht auf der Hand? Ich gehöre nicht zum inneren Kreis der Fränkischen Freiheit, bin nur der Transporteur. Wahrscheinlich hatte mich die Gestapo deswegen nicht im Visier. Außerdem war ich Donnerstagnacht gar nicht in der Stadt. Ich war mit dem Kutter auf dem Rhein unterwegs. Als ich am Freitag zurückkam, war der Großteil des Widerstands verhaftet.«

»Du glaubst doch wohl nicht …«

»Warum wurdest du nicht verhaftet?« Seine Worte waren schärfer geworden, jede Silbe eine Anklage. Seine schwieligen Finger umschlossen das Heft des Messers, hielten es so fest, dass seine Knöchel weiß hervortraten. »Sag mir, warum?«

»Weil ich mit der ganzen Sache so gut wie nichts zu tun habe. Arthur war immer darauf bedacht, meinen Namen aus allem rauszuhalten. Er wollte nicht, dass unsere Beziehung mich in Gefahr bringt.«

»Erzähl mir doch nichts! Wenn du mit der Fränkischen Freiheit so wenig zu tun hast, woher wusstest du dann zum Beispiel von mir? Oder den Mitkämpfern aus Berlin?« Er trat einen Schritt auf Clara zu und streckte seinen Arm aus, bis sich die Klinge des Messers nur noch wenige Zentimeter vor ihrem Herz befand.

Sie wich zurück und hob abwehrend die Hände. »Natürlich hab ich vieles mitbekommen. Hier und da hab ich auch mal gelauscht und etwas aufgeschnappt. Das ist doch ganz normal.«

»Das heißt, du weißt auch über Ragnarök Bescheid?«

»Zum Teil. Ich habe keine Ahnung, was genau sich dahinter verbirgt. Ich weiß nur, dass es um irgendein Dokument geht, das helfen kann, die Naziherrschaft zu beenden. Es soll am Dienstag an einen britischen Agenten übergeben werden.«

»Und weiter?«

»Nichts weiter. Ich weiß weder, wo sich dieses ominöse Dokument befindet, noch wo und um welche Uhrzeit der Agent wartet. Das ist ja das Problem. Aber glaub mir, ich tue alles, was in meiner Macht steht, damit die Mühen und Opfer der Fränkischen Freiheit nicht umsonst waren.«

»Was haben diese Rubinsteins damit zu tun?«

»Nichts. Gar nichts. Das sind einfach nur alte Bekannte, denen ich beim Untertauchen helfe.«

»Als ich sie Freitagnacht abgeholt habe, da bist du mit einem Kerl abgezogen. Wer war das?«

»Das war Isaak, der Sohn der Familie.«

»Und wo ist er jetzt?«

»Was soll die Fragerei, Willi?« Clara wollte einen weiteren Schritt nach hinten machen, stieß aber gegen die Wand.

Willi packte ihr Handgelenk. »Du weißt, was über dich gesagt wird.«

»Nein. Was?« Sie versuchte, sich ihm zu entziehen, doch sein Griff wurde nur noch fester.

»Es wird gemunkelt, dass du dich an Arthur rangeschmissen hast, um an Informationen zu gelangen. Dass du ihn mit deinen grünen Augen verhext hast, um die Fränkische Freiheit zu unterwandern.«

»Ich? Ein Maulwurf?«

»Du wärst nicht die Erste.« Er ließ sie los, hob aber gleichzeitig das Messer auf die Höhe ihrer Kehle.

Clara rieb sich das Handgelenk und funkelte Willi feindselig an. »Würde ich mich dann in dieser schäbigen Laube verkriechen?«

»Ein guter Maulwurf würde genau das tun. Nur so könnte er seinen perfiden Plan vollenden und auch noch den Rest der Gruppe, die Kameraden aus Berlin sowie den Agenten, ans Messer liefern.«

»Der Einzige, der hier jemanden ans Messer liefert, bist du gerade.« Sie streckte die Hand aus und schob vorsichtig die Klinge zur Seite. »Ich bin keine Verräterin. Im Gegenteil. Ich bin die letzte Chance, die für das Unternehmen Ragnarök noch besteht. Ohne mich gibt es keine Hoffnung mehr. Ohne mich war alles umsonst.«

Willi schien unschlüssig. Er presste die Lippen aufeinander und starrte sie an.

»Ich werde das Dokument beschaffen und es am Dienstag dem Agenten übergeben.«

»Und wie?«

»Lass mich nur machen«, sagte sie. »Du wirst schon sehen. Alles wird gut.« Sie versuchte, zu lächeln und ihren eigenen Worten zu glauben.

Willi ließ das Messer sinken. »Ich behalte dich im Auge«, sagte er. »Wenn ich herausfinde, dass du mit den Nazischweinen unter einer Decke steckst, dann gnade dir Gott.«

»Lass mich tun, was ich zu tun habe.« Sie schnaubte und deutete nach draußen. »Und jetzt verschwinde endlich. Ich muss mich waschen.«

Willi zögerte, ging aber schließlich doch zur Tür.

»Mein Messer.« Clara streckte die Hand aus.

Er gab es ihr und verließ die Schrebergartenlaube. »Wehe wenn ...«, murmelte er beim Gehen. »Dann werde ich dich finden, und dann kriegst du, was du verdienst.«

25

Unruhig wälzte sich Isaak hin und her, das Bettlaken war feucht von seinem Schweiß, das Kopfkissen durchtränkt mit trüben Gedanken.

»Nein«, murmelte er, doch der finstere Traum wollte nicht enden. Er befand sich im Geheimgang der Nürnberger Burg und stieg tiefer und tiefer hinunter in den Berg. Es gab keinen Geröllhaufen, der schmale Tunnel war frei begehbar und führte durch dichten Nebel, einen Dornenwald und über glühenden Sand bis hin zu einem eisigen Fluss.

»Isaak«, zischte eine Stimme in sein Ohr. Es war der Teufel, und er hatte drei Gesichter. Hässliche, furchterregende Fratzen waren das. »Isaak!« Dieses Mal wurde sein Name geschrien, und die Erde begann zu beben. Isaak verlor das Gleichgewicht, ruderte mit den Armen durch die Luft, suchte vergeblich nach Halt und drohte in einen bodenlosen Abgrund zu stürzen. »Verdammt noch mal, Isaak, wach endlich auf.«

Er öffnete die Augen. Völlig benommen, starrte er in das Gesicht von Clara. Der Schlaf vernebelte noch immer seine Sinne. Aber neben ihm auf der Bettkante saß tatsächlich Clara, und sie war wunderschön.

»Du hast nicht abgesperrt.« Sie deutete auf die Tür und schnupperte. »Warst du etwa betrunken?«

»Drei Bier«, murmelte er und setzte sich auf. Sein Kopf

schmerzte, seine Zunge war mit einem pelzigen Belag überzogen. »Wie spät ist es?«

»Halb neun.« Sie deutete auf die Narzissen im Fenster. »Hast du mit Arthur gesprochen?«

»Ja, habe ich.«

Sie lächelte, strich ihm eine Haarsträhne aus dem Gesicht und nahm seine Hand. »Ich wusste es«, sagte sie. »Ich wusste, dass du das schaffst.«

Isaak lächelte zurück, und für einen kurzen Augenblick breitete sich in seinem Bauch ein wohliges Gefühl aus, strahlte bis zu seinem Herzen und verschwand sofort, als er sich an den vergangenen Abend erinnerte.

Den Ausrutscher im Braunen Hirsch.

Den Abschied von Nürnberg, den Rausch der Nacht. Seine Unverfrorenheit Ursula von Rahn gegenüber.

Er hatte seine persönliche Herkulesaufgabe gemeistert und sich anschließend dem Leichtsinn hingegeben, war betrunken gewesen vom Alkohol und dem Gefühl, endlich wieder am Leben teilhaben zu dürfen. Er war nachlässig geworden und übermütig, hatte sich weit aus dem Fenster gelehnt. Hoffentlich nicht zu weit.

»Gut möglich, dass ich unvorsichtig war«, sagte er. »Sobald es geht, sollte ich von hier verschwinden.«

»Der Kutter steht bereit.« Clara sah ihn an. »Was ist? Worauf wartest du? Gib mir die Informationen.«

Isaak wollte ihr alles sagen, doch seine Zunge verweigerte ihm den Dienst. Arthur Krauss' Worte hallten in seinen Ohren. *In den Reihen der Fränkischen Freiheit gibt es einen Maulwurf … jeder, der noch auf freiem Fuß ist, könnte es sein … Wenn es auch nicht viele sind … Wir dürfen keine Möglichkeit ausschließen … Hol das Dokument und lies es, bevor du es Clara oder sonst wem gibst … weil du dann alles daran setzen wirst, dass es in die richtigen Hände gelangt.*

Krauss war nicht irgendein dahergelaufener Kerl. Krauss war ihr Verlobter. Wenn schon er kein Vertrauen in sie setzte …

»Was ist?«, fragte Clara erneut.

»Das Dokument …«, setzte er an. »Es besteht aus fünfzehn Seiten und ist …« Er dachte an den sonderbaren Traum mit den Teufelsfratzen. »Ich komme mit.«

»Mit wohin? Ich verstehe nicht.«

»Das Dokument befindet sich in Arthurs Wohnung. Er hat es dort versteckt.«

»Sag mir, wo, dann hole ich es.«

Anstatt zu antworten, stand Isaak auf und ging schweigend ins Badezimmer.

Clara lief ihm hinterher. »Was ist los?«, fragte sie. »Warum bist du plötzlich so komisch?«

»Ich? Komisch?« Er drehte den Hahn auf und spritzte sich kaltes Wasser ins Gesicht.

Clara stand im Türrahmen und beobachtete ihn. »Was wird hier gespielt, Isaak?«

Er wusch sich, trocknete sich ab und ging an ihr vorbei, zurück ins Schlafzimmer. »Dass ausgerechnet du diese Frage stellst, entbehrt nicht einer gewissen Ironie.« Er hievte seinen Koffer aufs Bett und zog sich an.

»Ich hab dir doch alles erklärt.«

»Du hättest mich von Anfang an einweihen sollen.« Isaak schmierte sich Pomade ins Haar. Nachdem er sich die Hände gewaschen hatte, ging er wortlos zur Tür. »Ich komme mit in Arthurs Wohnung. Ich will das Dokument mit eigenen Augen sehen.«

»Das ist viel zu gefährlich«, zischte Clara und stellte sich ihm in den Weg. »Ich weiß nicht, was in dich gefahren ist.« Sie hielt inne. »Du vertraust mir nicht. Ist es das?«

Er dachte an Rebekka und an Arthur, dachte an den verzweifelten Werner Hildebrandt. »Vertrauen hin oder her. Ich habe es satt, ein Spielball zu sein. Ich lasse mich nicht länger herumkommandieren. Ab sofort habe ich bei dem ganzen Wahnsinn ein Wörtchen mitzureden.«

»Aber ...«

»Entweder ich komme mit, oder ich schweige! Such's dir aus.«

»Wie du willst. Aber sei dir darüber im Klaren, dass du alle Beteiligten in Gefahr bringst. Alle, inklusive deiner Familie.« Mit trotziger Miene öffnete sie die Tür. »Halt Abstand. Niemand darf uns zusammen sehen«, sagte sie und huschte davon.

Isaak wartete kurz und folgte ihr anschließend nach draußen.

Der Teppich im Hotelflur dämpfte ihre Schritte, während sie an einer Vielzahl von Türen vorbeieilten. Kein Geräusch war dahinter zu vernehmen, nichts gab einen Hinweis auf die anderen Gäste. Es war Sonntag – wahrscheinlich schliefen sie noch alle oder saßen bereits im großen Salon und frühstückten.

Als sie die marmorverkleidete Eingangshalle erreichten, senkte Clara ihren Blick und ging noch schneller.

»Schönen guten Morgen, Herr Weissmann«, rief der Portier. »Ist so weit alles zu Ihrer Zufriedenheit?«

Isaak ignorierte den Mann, hastete ins Freie und versuchte, Clara nicht aus den Augen zu verlieren.

Ein paar Meter hinter ihr lief er durch den Morgen. Vögel

zwitscherten, die Luft war kühl und klar. Der Schleier der Nacht hatte sich gelüftet, und die Stadt machte sich gemächlich bereit für einen sonnigen, aber kalten Tag.

»Weltbrandstifter Roosevelt wagt es, von Verteidigung zu sprechen«, rief ein Zeitungsverkäufer auf der Alexanderstraße. »Wurde Lotte Lanner ein Opfer der Juden?« Er hielt Isaak die Sonntagsausgabe des *Völkischen Beobachters* unter die Nase.

»Danke«, winkte Isaak ab.

»Wollen Sie denn gar nicht wissen, was es Neues an den Kriegsschauplätzen gibt?«

»Ich habe genug eigene Schlachten zu schlagen.«

Isaak drängte sich an dem Mann vorbei. Er durfte Clara auf keinen Fall aus den Augen verlieren.

Schweigend folgte er ihr bis zum Maffeiplatz und von dort weiter nach Süden Richtung Hummelstein. Vor einem alten Zinshaus blieb sie endlich stehen.

»Dritter Stock. Verhalt dich ganz normal«, flüsterte sie und schloss die Tür auf.

»Normal«, murmelte Isaak. »Das ist ein Luxus, den ich nicht kenne.«

Über eine knarrende Holztreppe gingen sie durch das Haus, in dem es nach gekochten Kohlrüben roch, vorbei an Wänden, von denen der Putz bröckelte, und einer Vielzahl von Türen. Bei jeder von ihnen hielt Isaak die Luft an und versuchte, seine Schritte zu dämpfen. Das Regime – es machte einen paranoid. In jeder Wohnung steckte ein potenzieller Denunziant, hinter jeder Ecke ein möglicher Kollaborateur.

Isaak verstand, warum so viele Menschen mit den Nazis gemeinsame Sache machten und ihnen Nachbarn und

Freunde auslieferten. Es ging nicht nur um Gier, Gehässigkeit oder die Lust, sich über andere zu erheben. Oftmals wurde der Verrat aus Furcht begangen, aus schierer Panik. Sie schwärzten andere an, bevor diese sie ans Messer liefern konnten. Machten sich lieb Kind, bevor sie selbst in Ungnade fielen. Wer nicht mit uns ist, ist gegen uns, so lautete die Parole der Herrschenden. Die scheinbar allgegenwärtige und allwissende Gestapo jagte der Bevölkerung durch ihre pure Existenz eine Heidenangst ein – und Angst brachte die Leute dazu, Dinge zu tun, die unter normalen Umständen undenkbar schienen.

Auch Clara wirkte nervös. Ihre Finger zitterten, als sie versuchte, die Tür aufzusperren. Ihr Blick wanderte rastlos im Flur umher, bei jedem noch so kleinen Geräusch zuckte sie zusammen.

»Lass mich«, flüsterte Isaak und nahm ihr den Schlüsselbund aus der Hand.

»Ach du Schande«, murmelte Clara, als er es endlich geschafft hatte, das Schloss zu entriegeln. Mit weit aufgerissenen Augen betrachtete sie das Chaos, das sich vor ihnen ausbreitete.

Krauss' Wohnung glich einem Schlachtfeld. Es sah aus, als wäre Hannibal mit seinen Elefanten durch den Vorraum und die dahinterliegende Wohnküche getrampelt. Der Boden war bedeckt mit gesplittertem Holz, zerbrochenem Glas und zerschnittenem Stoff. Tapeten waren heruntergerissen worden, im Schlafzimmer befand sich eine aufgeschlitzte Matratze, daneben lagen Kissen, deren Füllung herausquoll.

Wahrscheinlich hatten die Nazis nicht einmal gewusst, wonach sie suchten oder ob es überhaupt etwas zu finden gab.

»Wo ist denn jetzt das Dokument?« Clara hob eine geblümte Porzellanscherbe auf und schluckte Tränen hinunter. »Hoffentlich hat die Gestapo es nicht gefunden.«

Isaak ignorierte sie und schaute sich um. »Ich muss auf die Toilette.«

»Du hast vielleicht Nerven.« Sie deutete auf eine Tür zu seiner Rechten.

Er drängte sich an ihr vorbei und sperrte ab, hoffte, dass die Seiten noch da waren. Er sah sich um. Neben der Kloschüssel ragte auf Hüfthöhe ein langer Nagel aus der Wand, darauf war ein dicker Packen Zeitungspapier aufgespießt worden. Der *Völkische Beobachter* und der *Stürmer*, akkurat zurechtgeschnitten und ihrer wahren Bestimmung zugeführt.

Isaak riss den Nagel aus der Wand, streifte das Papier ab, warf es auf den Boden und durchwühlte den Haufen. »Gott sei Dank«, murmelte er, als er ein zusammengefaltetes Blatt fand, das maschinenbeschrieben war. Ganz oben war eine 5 vermerkt. »Fünfzehn«, rief er sich ins Gedächtnis, das Dokument bestand aus fünfzehn Seiten. Er suchte sie alle heraus, ordnete sie und las das Deckblatt:

Geheime Reichssache

30 Ausfertigungen

16. Ausfertigung, Ostubaf Fritz Nosske

Besprechungsprotokoll

I. An der am 20.1.1942 in Berlin Am Großen Wannsee Nr. 56/58 stattgefundenen Besprechung über die Endlösung der Judenfrage nahmen teil:

Es folgte eine Aufzählung von Namen. *Leibbrandt, Stuckart,*

Neumann, Freisler, Eichmann, Nosske … Doch Isaak konnte sich nicht darauf konzentrieren.

Endlösung. Das Wort erzeugte ein sonderbares Gefühl in ihm. Übelkeit gepaart mit Unglaube. Das konnte, nein, das durfte es nicht bedeuten.

Er setzte sich auf den Boden, lehnte sich an die Wand und las auf der nächsten Seite weiter:

> *II. Chef der Sicherheitspolizei und des* SD, SS-*Obergruppenführer Heydrich, teilt eingangs seine Bestellung zum Beauftragten für die Vorbereitung der Endlösung der europäischen Judenfrage durch den Reichsmarschall mit und wies darauf hin, dass zu dieser Besprechung geladen wurde, um Klarheit in grundsätzlichen Fragen zu schaffen.*

»Isaak, wie lange brauchst du noch?« Clara klopfte an die Tür. »Wir müssen hier weg. Sag mir, wo das Dokument ist, und dann lass uns verschwinden.«

Er ignorierte sie nicht absichtlich. Es war nur so, dass das Besprechungsprotokoll ihn voll und ganz in seinen Bann gezogen hatte. Er konnte seine Augen nicht davon abwenden. Das, was dort stand, war so schrecklich, dass es ihn alles um sich herum vergessen ließ. Die Toilette, Clara, die ganze Welt.

Er blätterte weiter und überflog die Seiten. Ein kurzer Rückblick über den bisher geführten Kampf gegen *den Gegner*, damit waren die Juden gemeint, wurde gegeben. Das Ziel sei gewesen, *auf legale Weise den deutschen Lebensraum von Juden zu säubern.*

Und jetzt? Schneller und immer schneller wanderten seine Augen über die Zeilen.

»III. Anstelle der Auswanderung ist nunmehr als weitere Lösungsmöglichkeit nach entsprechender vorheriger Genehmigung durch den Führer die Evakuierung der Juden nach dem Osten getreten.

…

Im Zuge dieser Endlösung der europäischen Judenfrage kommen rund 11 Millionen Juden in Betracht, die sich wie folgt auf die einzelnen Länder verteilen:

…

Unter der entsprechenden Leitung sollen nun im Zuge der Endlösung die Juden in geeigneter Weise im Osten zum Arbeitseinsatz kommen. In großen Arbeitskolonnen, unter Trennung der Geschlechter, werden die arbeitsfähigen Juden straßenbauend in diese Gebiete geführt, wobei zweifellos ein Großteil durch natürliche Verminderung ausfallen wird.
Der allfällig endlich verbleibende Restbestand wird, da es sich bei diesem zweifellos um den widerstandsfähigsten Teil handelt, entsprechend behandelt werden müssen, da dieser, eine natürliche Auslese darstellend, bei Freilassung als Keimzelle eines neuen jüdischen Aufbaues anzusprechen ist. (Siehe die Erfahrung der Geschichte.)«

»Isaak!« Clara rüttelte an der Tür. »Was machst du da?«

Er wollte aufstehen, doch seine Beine gehorchten ihm nicht. Er war wie gelähmt. Die technokratische Kälte, mit der dieser Massenmord geplant wurde, die Tatsache, dass die Nazis den Tod von elf Millionen Menschen als rein logistisches Problem sahen, waren zu viel für ihn. Er beugte sich vor und entriegelte die Tür.

Clara riss sie auf und starrte ihn an. In ihren Augen loderte Wut, ihre Wangen waren gerötet. »Was ist los?«

»Sie wollen uns töten«, sagte er.

Vier Worte. Mehr brauchte es nicht, um das absolute Grauen zu beschreiben. Es würde das größte Verbrechen in der Geschichte der Menschheit sein.

Sie blickte wortlos auf ihn herunter.

»Sie wollen uns töten. Elf Millionen Juden. Sie wollen uns in den Osten verschleppen. Dort sollen wir uns zu Tode arbeiten. Wer überlebt, wird …«, er malte Gänsefüßchen in die Luft, »… entsprechend behandelt werden. Das ist es, was mich und meine Familie in Polen erwartet hätte, wenn wir mitgegangen wären. Verstehst du?«

»Nein.« Sie schüttelte den Kopf und streckte die Hand aus. Ihre Stimme war sanfter geworden, ihr Blick milder. »In der Fränkischen Freiheit bin ich nur ein kleines Rädchen. Arthur wollte mich nicht in Gefahr bringen und hat deshalb immer aufgepasst, mich nicht zu weit hineinzuziehen. Seit der Verhaftungswelle improvisiere ich, tue was ich kann, um das Unternehmen Ragnarök zu retten.« Sie ließ sich neben ihm nieder und betrachtete die Blätter in seiner Hand.

»Das Dokument soll an einen britischen Agenten übergeben werden, der es publik machen wird«, erklärte Isaak. »Die Welt soll wissen, mit wem sie es zu tun hat.«

»Mit Teufeln in Menschengestalt.«

»Elf Millionen …« Isaak dachte an die alten Damen und die Paketanhänger, die im Wind flatterten. Tränen stiegen ihm in die Augen. Er blinzelte. »Woher hat Arthur das Protokoll?«

»Ich weiß es nicht, aber ich denke, es ist echt.« Sie nahm seine Hand und legte ihren Kopf auf seine Schulter. »Manchmal schäme ich mich, Deutsche zu sein.«

»Deutsch zu sein ist keine Schande. Nazi zu sein schon.« Er sah sie an und musterte ihre Gesichtszüge. Er konnte keine Verschlagenheit ausmachen. Keine Lüge. »Hier.« Er reichte ihr das Protokoll. »Der britische Agent wartet am Dienstag um drei Uhr nachmittags in der Mitte des Henkerstegs.«

Sie nahm die Blätter, faltete sie und steckte sie in ihre Bluse. »Der Kutter steht bereit. Warte heute um ein Uhr nachmittags an der Johannisstraße, vor dem Eingang zum Friedhof. Ein Wagen wird dich abholen und nach Gernsheim bringen.«

»Und meine Familie?«

»Sie wird im Wagen sein.« Clara lächelte traurig.

Er blickte ihr in die Augen, umfasste ihr Kinn, zog sie an sich und küsste sie. Innig und lange.

»Werden wir uns jemals wiedersehen?«, fragte sie, nachdem sie sich wieder aus seiner Umarmung gelöst hatte.

»Ich werde alles in meiner Macht Stehende daransetzen, dass dem so ist.«

26

Auf dem Weg zurück ins Hotel konnte Isaak seine Bestürzung kaum verbergen. *Endlösung … Arbeitseinsatz … entsprechend behandelt …*

Er wollte die Passanten, die geschäftig ihrer Wege gingen, am liebsten anschreien, sie am Kragen packen und aufrütteln. Er wollte auf den höchsten Kirchturm steigen und es in die Welt hinausschreien: Elf Millionen! Sie wollen elf Millionen Menschen töten, weil sie jüdisch sind.

Er betrachtete die Schneeglöckchen, die in einem kleinen Vorgarten der Witterung trotzten. Ein harter Winter lag hinter ihnen, und obwohl der Frühling am Tag zuvor offiziell begonnen hatte, war davon noch nicht viel zu spüren. Doch er würde kommen. Früher oder später würde die Natur erwachen, neues Leben würde sich durchsetzen, eine neue Jahreszeit anbrechen. *O schüttle ab den schweren Traum und die lange Winterruh'*, drängten sich Fontanes Worte in seinen Geist.

Es wird vorübergehen, sagte er sich. Die Herrschaft der Nazis wird enden. Vielleicht nicht heute, vielleicht nicht morgen, aber irgendwann. Das Dokument würde dafür sorgen, und er war froh, seinen Teil dazu beigetragen zu haben.

»Da sind Sie ja endlich. Wo waren Sie denn bloß?«

Isaak zuckte zusammen und sah direkt in das Gesicht

von Rudolf Schmitt, der vor dem Hotel auf ihn gewartet hatte. Er zögerte, versuchte sich zu sammeln.

»Wo ich war?« Er schluckte sämtliche Emotionen hinunter, und obwohl seine Gefühle kurz davor waren, ihn innerlich zu zerreißen, schaffte er es, eine halbwegs neutrale Miene aufzusetzen.

»Der Herr an der Rezeption meinte, Sie hätten das Hotel eilig verlassen.«

Isaak musterte sein Gegenüber, dachte an den kurzen Ausrutscher bei ihrem letzten Gespräch. Ahnte Schmitt, dass etwas nicht stimmte? War er etwa gekommen, um ihn zu verhaften?

Der junge Mann ließ sich nicht in die Karten blicken, zeigte keinerlei Regung.

»Ich konnte nicht mehr schlafen«, erklärte Isaak. »Der Fall hat mir keine Ruhe gelassen. Deshalb bin ich rausgegangen, um einen Spaziergang zu machen. Nichts regt die Hirntätigkeit so sehr an wie Bewegung an der frischen Luft. Und Sie? Was tun Sie hier?«

Schmitts Gesicht war wie versteinert, und Isaak wusste nicht, ob er die Antwort hören wollte.

»Die Handwerker warten auf uns. Haben Sie das etwa vergessen?«

Das hatte er tatsächlich. Isaak fiel ein Stein vom Herzen. »Ach, ist es schon so spät?« Demonstrativ blickte er auf seine Uhr. »Vor lauter Grübeln habe ich wohl die Zeit aus den Augen verloren.«

Schmitt nickte stumm und deutete auf den Wagen, der neben ihnen auf dem Gehsteig stand.

Isaak stieg ein und lehnte sich zurück. *Elf Millionen …*

Er konnte Schmitt nicht ansehen, also blickte er hinaus,

wo zaghaft die ersten grünen Blätter an den Bäumen sprossen. Ein alter Mann stand an einer Straßenecke und hielt mit geschlossenen Augen sein Gesicht in die schwache Sonne. Neben ihm wartete eine Frau darauf, die Fahrbahn zu überqueren. Stolz strich sie über den silbernen Orden, der an einem blau-weißen Band um ihren Hals hing – ein Mutterkreuz der zweiten Stufe. Sie hatte sechs oder sieben Kinder geboren. Kanonenfutter für den Führer.

Der Weg schien kürzer als die beiden Male zuvor, die Burg massiver und der Himmel ferner. Als Isaak aus dem Wagen stieg, hatte er das Gefühl, die Gravitation der Erde hätte zugenommen, jede Bewegung, jeder Atemzug kostete ihn mehr Anstrengung als sonst.

»Was ist denn jetzt eigentlich mit Arthur Krauss?«, fragte Schmitt. »Welche Rolle spielt er in der ganzen Sache?«

»Ich bin mir nicht sicher. Wahrscheinlich gar keine.«

»Gar keine?« Schmitt schien verwirrt. »Aber er hat doch …«

»Solange es kein klares Geständnis gibt, müssen wir für alle Möglichkeiten offenbleiben.« Isaak deutete auf vier Männer, die im inneren Burghof warteten. Sie wirkten ungehalten über die Verspätung, sagten jedoch kein Wort. »Meine Herren, vielen Dank, dass Sie heute hier erschienen sind«, begrüßte Isaak sie.

Die Männer stellten sich als die Fliesenleger Erich Ilg und Max Wieser sowie die Maler Robert Wallner und Siegfried Nauber vor.

Isaak musterte sie. Alle vier waren gestandene Kerle mit schwieligen Händen, denen man ansehen konnte, dass sie harte körperliche Arbeit verrichteten. Sie waren von unterschiedlicher Größe und Statur. Eines hatten sie jedoch gemein: Keiner von ihnen war schmal genug, um den Geröllhaufen passieren zu können.

»Wo ist Hubert Bauer?«, fragte Schmitt. »Der Elektriker.«

»Keine Ahnung«, sagte Wallner, ein etwas kleinerer Mann mit Bierbauch. »Bis jetzt war er noch nicht hier.«

»Haben Sie persönlich mit ihm gesprochen?«, wandte Isaak sich an Schmitt.

»Nein, aber ich habe im Büro von Elektro Mayer eine schriftliche Nachricht hinterlassen.«

»Vielleicht hat er sie nicht erhalten. Immerhin ist Wochenende.«

»Möglich«, sagte Schmitt und murmelte irgendetwas schlechte Arbeitsmoral betreffend.

Isaak wandte sich an die Handwerker. »Kennen Sie diesen Hubert Bauer? Haben Sie lange mit ihm zusammengearbeitet?«

Sie schüttelten den Kopf.

»Er war neu«, sagte Wallner. »Eigentlich waren die Elektroarbeiten schon abgeschlossen. Keine Ahnung, was er noch hier wollte.«

»Interessant. Wie sieht Bauer aus? Klein und schmal?«

»Nein.« Wieser zeigte auf Schmitt. »Eher so wie er. Halt mit braunen Haaren und nicht ganz so kantig.«

»Zu groß für den Tunnel«, flüsterte Isaak. »Wie alt war er ungefähr? Besaß er irgendwelche besonderen Merkmale?«

»Er war etwa so alt wie Sie. Sah ganz normal aus.«

Isaak überlegte. »Denken Sie genau nach«, wandte er sich erneut an die Handwerker. »Wäre es möglich, dass am Donnerstag außer Ihnen und diesem Bauer noch jemand in der Burg war?«

»Nein«, sagte Wieser. »Sicher nicht.«

»Die Pförtner führen ein strenges Regiment«, erklärte Wallner. »Keiner kommt hier rein oder raus, ohne dass es notiert wird.«

»Niemand konnte sich also einschmuggeln? Oder vielleicht in der Nacht über die Außenmauer klettern?«

Die Männer überlegten und schüttelten erneut den Kopf.

»Die Festung ist uneinnehmbar. Und selbst wenn es jemand geschafft hätte, sich einzuschleichen, wo hätte er sich verstecken sollen? Überall ist gearbeitet worden«, sagte Ilg.

»Auch in der Wohnung von Obersturmbannführer Nosske?«

»Ja. Dieser Bauer war dort zugange«, erwiderte Nauber.

Isaak dachte nach. »Danke«, sagte er schließlich und schüttelte den Männern die Hand. »Halten Sie sich zu unserer Verfügung.«

»Das war's?«, fragte Wieser. »Dafür haben Sie uns am Sonntagmorgen herzitiert?«

Schmitt bedachte ihn mit einem strengen Blick, woraufhin der Fliesenleger zu Boden sah und nichts weiter sagte.

Isaak wartete, bis die Handwerker verschwunden waren. »Lassen Sie uns noch einmal alles kontrollieren«, sagte er zu Schmitt.

Gemeinsam gingen sie durch die Burg. Es war wie Baureferent Westinger und die Arbeiter gesagt hatten – in keinem der großen, leeren Räume bestand die Möglichkeit, sich zu verstecken. Auch in Nosskes Wohnung schien es so gut wie unmöglich, sich zu verbergen.

Isaaks Blick fiel auf den Kühlschrank. Er öffnete ihn, betrachtete die weiche Butter, und endlich wurde ihm bewusst, was ihn beim letzten Mal irritiert hatte.

»Wenn mich nicht alles täuscht, ist dieser Bauer gar kein Elektriker. Fühlen Sie mal.«

Schmitt hielt seine Hand in den Kühlschrank. »Warm«, sagte er und ließ seinen Blick das Kabel entlangwandern. »Die Steckdose funktioniert wohl nicht. Ein Elektriker hätte das bemerkt.«

»So ist es. Das hätte uns schon gestern auffallen können.«

»Immer schön auf die Details achten.« Schmitt nickte wissend.

»Wenn wir diesen Bauer finden«, sagte Isaak, »dann finden wir auch den Mörder von Lotte Lanner.«

Schmitts Augen begannen zu leuchten. Sein Eifer und die Euphorie waren zurückgekehrt. »Um die Burg betreten zu dürfen, braucht jeder Handwerker eine schriftliche Genehmigung von Oberregierungsrat Horst Westinger. Am besten, wir fahren gleich zu ihm.«

Isaak blickte auf die Uhr. Es war zwanzig vor elf. Wenn er jetzt mit Schmitt weiterermittelte, würde er nicht rechtzeitig zum Treffpunkt am Johannisfriedhof kommen. »Ich fürchte, Sie werden das ohne mich machen müssen. Ich bin leider verabredet.«

»Wo? Mit wem?«

Isaak erinnerte sich zum Glück an etwas. »Fräulein von Rahn hat mich zu einer Matinee in der Oper eingeladen.«

Schmitt schaute irritiert.

»Mir wäre es anders auch lieber«, seufzte Isaak. »Aber es ist kaum möglich, einer Frau wie Ursula von Rahn etwas abzuschlagen. Sie kann sehr, wie soll ich sagen … beharrlich sein.« Er fasste Schmitt an der Schulter. »Sie haben alles, was ein guter Kriminalist braucht. Ihnen steht eine große Karriere bevor. Ich vertraue deshalb voll und ganz darauf, dass Sie die Ermittlungen in meinem Sinne durchführen werden.«

Schmitt errötete. »Dann sehen wir uns nach der Oper.«

Isaak nickte und hoffte, dass dem nicht so sein würde.

27

»Beharrlich trifft es gut«, sagte Schmitt, als ihr Chauffeur den Wagen vor dem Hotel parkte. »Da wartet sie bereits.«

Tatsächlich stand Ursula von Rahn vor der Eingangstür des Deutschen Hofs, oder besser gesagt – sie lauerte. Sie war fein herausgeputzt, trug hochhackige Pumps, ein langes Seidenkleid und darüber einen Pelzmantel. Auf ihr onduliertes Haar hatte sie einen kleinen Hut gesetzt, ihre Lippen waren tiefrot geschminkt.

Isaak unterdrückte ein Ächzen. »Wenn sie sich etwas in den Kopf gesetzt hat, gibt es kein Entrinnen.«

»Sind nicht alle Frauen so?«

»Manche sind ausdauernder als andere.« Isaak verabschiedete sich und stieg aus.

Ursula von Rahn erkannte ihn und kam ihm ein paar Schritte entgegen. »Oh, da hat wohl jemand schlecht geschlafen.« Ihr war sein missmutiger Gesichtsausdruck offenbar nicht verborgen geblieben. »Dabei sind Sie doch extra früh ins Bett gegangen, oder etwa nicht?«

»Was machen Sie hier?«, zischte er.

Seine Worte klangen harscher als beabsichtigt, aber er hatte einfach nicht damit gerechnet, dass Ursula von Rahn am Hotel auftauchen würde. Und für die Oper hatte er ja überhaupt keine Zeit.

Sie musterte ihn. »Haben Sie einen Doppelgänger? Oder

sind Sie Doktor Jekyll und Mister Hyde? Manchmal der charmante Lebemann, dann wieder der strenge Feldwebel.«

»Was machen Sie hier?«, wiederholte er. Dieses Mal ein wenig sanfter.

»Ich bin gekommen, um Sie abzuholen. Zur Matinee. Gestern meinten Sie, Sie hätten sich selten so gut amüsiert – ich dachte, das würden Sie vielleicht gern wiederholen. Kommen Sie, die Oper ist gleich nebenan.«

Allein die Vorstellung, zwischen den hochrangigsten Nazis des Reichsgaus zu sitzen, ihr Lachen ertragen zu müssen, ihre selbstgefälligen Mienen, während im selben Augenblick die Ermordung Millionen unschuldiger Menschen in Planung war. Nein, das würde er nicht schaffen.

»Ich glaube, ich habe mir eine Erkältung eingefangen. Es ist besser, wenn ich nicht unter Leute gehe.«

Sie fing schallend an zu lachen. »Typisch Mann«, sagte sie. »Meidet die Oper wie der Teufel das Weihwasser. Kommen Sie. Sie werden es mögen.«

»Ich weiß nicht …«

»Jetzt zieren Sie sich nicht so.« Sie seufzte theatralisch.

Isaak fiel auf, dass der Wagen noch immer nicht weggefahren war, und Schmitt verstohlen zu ihnen herüberblickte. »Sie haben mich durchschaut, Fräulein von Rahn. Für Sie bin ich wohl ein offenes Buch.«

»So ist es. Sie können mir nichts vormachen, Herr Weissmann«, sagte sie in verschwörerischem Tonfall.

»Nun denn. Lassen Sie uns gehen.« Er bot ihr seinen Arm an. »Was wird gleich noch gegeben?«

»Wagners *Siegfried*.« Sie hakte sich bei ihm unter, blickte zu ihm hoch und lächelte zufrieden.

Gemeinsam überquerten sie die Lessingstraße, schlenderten über den Frauentorgraben und zum Richard-Wagner-Platz. Zwei Amseln zwitscherten miteinander um die Wette, eine eisige Windböe hätte Ursula von Rahn beinahe das Hütchen vom Kopf gerissen.

»Huch«, sagte sie und hielt es fest. »Wie gut, dass wir schon da sind.«

Das Nürnberger Opernhaus ließ sich mit nur einem einzigen Wort gut beschreiben: monumental. Es galt als einer der teuersten Theaterbauten Europas, errichtet aus Kalk- und Sandstein im Stil der Renaissance. Ein wahrhaftiger Musentempel.

Die Oper ist die Kirche der Nationalsozialisten, dachte Isaak. Und Wagner der Gott, den sie anbeteten.

»Wenn wir uns nicht beeilen, kommen wir zu spät«, drängte Fräulein von Rahn.

Genau das war es, worauf Isaak hoffte. Er mochte niemanden sehen. Am liebsten wollte er den Ort des Geschehens im Dunkeln betreten, während die Vorstellung bereits begonnen hatte. Und auf keinen Fall durfte er diesem Erich Gauger über den Weg laufen, der bestimmt auch da war.

Es schien, als hätte er Glück. Das Foyer war menschenleer, die Türen zum Aufführungsraum wurden gerade geschlossen.

»In letzter Minute.« Ursula von Rahn nahm Isaaks Hand und eilte mit ihm in den großen, proppenvollen Saal. »Da drüben.« Sie deutete auf zwei freie Stühle in der dritten Reihe.

Isaak sah sich um. Ursprünglich war hier alles reich verziert gewesen, doch wie im Deutschen Hof und der Nürnberger Burg hatten die Nazis jeglichen Zierrat entfernen lassen. Sie hatten die Räumlichkeiten vom, wie sie es nannten, dekadenten Jugendstilornat befreit – welch Ironie, dass nun protzsüchtige Bonzen hier um die Wette glänzten, die Männer in Galauniformen, die Frauen in opulenten Roben. Außer Isaak gab es keine Person, die nicht mit Schmuck oder Orden behangen war.

Während die halbe Menschheit darbte und starb, wurde an diesem Ort so getan, als wäre die Welt völlig in Ordnung.

Sie schlängelten sich durch die dritte Reihe zu ihren Plätzen und setzten sich gerade in dem Moment nieder, da der Dirigent die Hände hob und begann, den Taktstock zu bewegen.

Das Orchester setzte ein, spielte die Ouvertüre, der Vorhang ging auf, und bewunderndes Raunen erfüllte die Ränge.

Das Bühnenbild war wirklich atemberaubend. Es stellte einen Wald dar, in dessen Vordergrund sich eine Felsenhöhle befand. In ihr war ein großer Schmiedeofen aufgebaut, in dem Flammen züngelten. Daneben, an einem riesigen Amboss, stand ein kleiner, aber äußerst muskulöser Mann, hämmerte auf ein Schwert ein und begann zu singen.

»Zwangvolle Plage! Müh' ohne Zweck!
Das beste Schwert, das ich je geschweißt,
in der Riesen Fäuste hielte es fest;
doch dem ich's geschmiedet,
der schmähliche Knabe,
er knickt und schmeißt es entzwei,
als schüf' ich Kindergeschmeid!«

Die Nazis suhlten sich in den Klängen. Wohin Isaak auch blickte, erspähte er stolzgeschwellte Brüste, zustimmendes

Nicken und selbstherrliche Mienen. Es war ein Graus. Der Schmied auf der Bühne warf unterdessen das Schwert auf den Amboss und stemmte die Hände in die Hüften.

Isaak lehnte sich zurück und machte sich auf einen langen ersten Akt gefasst.

Knapp eineinhalb Stunden dauerte es, bis Siegfried endlich die erlösenden Worte sang.

»Zeige den Schächern nun deinen Schein!
Schlage den Falschen, fälle den Schelm!
Schau, Mime, du Schmied:
So schneidet Siegfrieds Schwert!«

Er schlug den Amboss entzwei, der Vorhang fiel, tosender Applaus erklang.

»Welch ein Held.« Ursula von Rahn blickte Isaak in die Augen. »Holen Sie uns etwas zu trinken?«

Er blickte auf die Uhr. »Bitte verzeihen Sie, aber ich muss dringend los. Ich habe noch einen wichtigen Termin.« Isaak erhob sich. »Sosehr ich Ihre Gesellschaft auch genieße – die Arbeit hat Vorrang.«

Ihre Miene versteinerte. »Einen Termin? Davon war bisher aber nicht die Rede.«

»Fräulein von Rahn.« Ein junger Mann kam auf sie zugeeilt und küsste ihre Hand. »Sie sind wie immer eine Augenweide, die schönste Frau im ganzen Saal, ach was sage ich … die schönste Frau im ganzen Reich.«

Sie warf Isaak einen vielsagenden Blick zu.

»Darf ich Ihnen etwas zu trinken bringen?«, fragte der Mann, der Isaaks Anwesenheit völlig ignorierte. »Vielleicht ein Glas Champagner?«

Isaak deutete eine Verbeugung an und nutzte die Gunst der Stunde. Er verschwand, noch bevor Ursula von Rahn überhaupt die Möglichkeit hatte, ihn zurückzuhalten.

Mit gesenktem Kopf eilte er durch den Saal ins Foyer. Dort herrschte lautes Stimmengewirr, Gläser klangen und Champagnerkorken ploppten. So nonchalant wie möglich schlängelte er sich durch die Schar der Gäste, dabei wich er sämtlichen Blicken aus, tat, als wäre er noch immer von Wagners Klängen verzaubert.

»Der Führer ist wahrhaftig zum Siegfried erwachsen«, hörte er jemanden sagen.

»Jetzt muss er es seinem Vorbild nur noch gleichtun«, entgegnete ein anderer, »und den Drachen des Weltendämons töten.«

Isaak schluckte seinen Zorn hinunter und ging weiter in Richtung Ausgang.

»Rubinstein«, hörte er da plötzlich jemanden sagen und hielt inne.

Nein, das konnte nicht sein. Sein Herz schlug ihm bis zum Hals, Adrenalin schoss durch seinen Körper.

Schnell wollte er weitergehen, endlich diesem fürchterlichen Ort entfliehen, musste jedoch stehen bleiben, weil er beinahe einen Kellner umgestoßen hätte, der mit einem Tablett voller Häppchen jonglierte.

»Schinken und Ei.« Eine vollbusige Dame stellte sich ihm in den Weg und bediente sich.

Isaak wartete ungeduldig, dass sie endlich wieder verschwand.

»Rubinstein«, hörte er erneut, und dieses Mal sah er auch, wer seinen Namen ausgesprochen hatte. Es war kein Geringerer als Obersturmbannführer Fritz Nosske, der nur wenige Meter entfernt stand und auf einen seiner Handlanger einredete. Isaak wusste, dass es riskant war, doch er musste erfahren, was Nosske sagte. Er stellte sich hinter den Kellner und ging in dessen Windschatten ein paar Schritte näher ran. »Mensch, Bade, was ist denn nun mit denen?«, hörte er Nosske fragen.

»Keine Sorge«, sagte der Mann namens Bade. »Die werden allesamt am Dienstag auf dem Weg nach Izbica sein. Darauf gebe ich Ihnen mein Wort.«

Sie waren seiner Familie auf der Spur. Isaaks Herz raste, als er hinaus auf den Richard-Wagner-Platz trat. Er blickte auf die Uhr. Es war Viertel vor eins – nur noch fünfzehn Minuten bis zum Treffen beim Johannisfriedhof.

Im Laufmarsch eilte er über den Kornmarkt und die Kappengasse bis zum Westtor und am Graben entlang. Alles, was jetzt zählte, war seine Familie. Gemeinsam würden sie von hier verschwinden. Sie würden ein neues Leben beginnen. Weit weg von Nürnberg. Weit weg von den Nazis und ihrem Terrorregime.

Mit langen, entschlossenen Schritten ging er über die Hallerwiese längs der Pegnitz und erreichte schließlich den Osteingang des Johannisfriedhofs. Der beeindruckende Anblick, der sich ihm beim Betreten des Gottesackers bot, war einzigartig, weshalb Isaak innehielt und die Szenerie kurz auf sich wirken ließ.

Hunderte von Sandsteinquadern erstreckten sich in langen Reihen über das Areal und erschufen in ihrer Gleichförmigkeit ein Bild purer Harmonie. Sie hatten exakt dieselben Maße und waren in genau denselben Abständen von Ost nach West ausgerichtet. Wie eine Armee identischer Zinnsoldaten standen sie da. Das Einzige, was sie voneinander unterschied, waren die bronzenen Epitaphien an ihrer Oberseite. Diese erzählten mit Bildern und Worten die Geschichten jener Menschen, deren letzte Ruhestätte sie markierten.

Isaak ging langsamer, passte sein Tempo der Umgebung an. So ernst und würdevoll wie möglich schritt er zwischen den vielen Rosenbüschen hindurch, die dem Ort den Beinamen »Rosenfriedhof« beschert hatten, und passierte dabei eine Vielzahl von Trauernden. Friedhöfe wurden seit Kriegsbeginn stark frequentiert, sodass seine Anwesenheit keinerlei Aufsehen erregte. Stumme Kinder und Frauen in bodenlangen schwarzen Kleidern zupften Unkraut, reinigten Inschriften oder beteten. Hier lagen sie begraben: Väter, Söhne, Ehemänner, die Hoffnungen auf ein stilles Glück im trauten Heim. Trotz des großen Schmerzes, der spürbar war, hatte die Atmosphäre etwas Unaufgeregtes. Die stoische Ruhe, die die Luft erfüllte, wurde nur hie und da von leisem Schluchzen durchbrochen.

Isaak ging an der gotischen Kirche vorbei und bog auf einen schmalen Weg zu seiner Rechten ab. »Warte heute Mittag um ein Uhr an der Johannisstraße vor dem Eingang zum Friedhof«, hatte Clara gesagt. Genau dorthin stellte er sich nun und blickte auf die Uhr. Fünf Minuten vor eins. Er hatte es geschafft. Gleich war es so weit. Gleich würden sie eintreffen.

Vorfreude mischte sich in seine trüben Gedanken. Elf Millionen. Elf Millionen minus sechs.

Tatsächlich dauerte es nicht lange, da kam ein bordeauxroter Wagen angefahren, und Isaaks Herz machte einen Hüpfer. Er trat einen Schritt nach vorn, an den Rand des Gehsteigs, und lächelte.

Der Wagen hupte, der Fahrer schüttelte den Kopf und fuhr weiter.

Falscher Alarm.

Auch das nächste Automobil blieb nicht stehen, genauso wenig wie die Wagen danach.

Sie verspäteten sich wohl.

Die Zeit verstrich. Zehn Minuten vergingen, zwanzig, vierzig, und irgendwann schlug die Kirchenglocke Viertel vor zwei.

»Wo bleibt ihr denn nur?«, murmelte er und vergewisserte sich zum gefühlt hundertsten Mal, dass er an der richtigen Stelle stand. »Ein Uhr mittags an der Johannisstraße, vor dem Eingang zum Friedhof.« Genau dort befand er sich.

Zur vollen Stunde sah Isaak ein, dass wohl niemand mehr kommen würde. Verzagtheit überkam ihn, umhüllte ihn wie ein dunkler Mückenschwarm, drohte, ihn zu erdrücken. Was um alles in der Welt sollte er jetzt nur tun?

Völlig verloren ging er zwischen den Grabsteinen hindurch, kam an den letzten Ruhestätten von Albrecht Dürer, Hans Sachs und Johann Faber vorbei, und dachte nach.

Hatten Nosskes Handlanger seine Familie etwa bereits entdeckt und verhaftet? Oder spielte Clara doch ein falsches Spiel? Was auch immer geschehen war – er musste herausfinden, wo seine Familie steckte, und einen Weg ersinnen, sie in Sicherheit zu bringen. Nur wie? Wie sollte er das anstellen?

Seine Gedanken flogen in alle Richtungen, spielten verschiedenste Szenarien durch. Ganz gleich, wie er es drehte und wendete, am Ende gelangte er immer wieder zur selben Lösung: Er musste zurück. Zurück unter Wölfe.

28

Adolf Weissmann öffnete seine Augen und blinzelte. Er lag unter einer schweren Bettdecke und trug irgendein fremdes Nachthemd. Sein Kopf schmerzte, seine Zunge fühlte sich pelzig an, und er hatte einen üblen Geschmack im Mund.

Langsam drehte er sein Gesicht zur Seite. Hinter einem dünnen weißen Vorhang zeichneten sich Silhouetten ab, durch einen Spalt im Gewebe drang Licht. Es bohrte sich unbarmherzig in seine Pupillen. Er stöhnte leise.

Einen Augenblick später erschien eine rotwangige Krankenschwester am Fußende seines Bettes. »Wen haben wir denn da?«

Er erkannte sofort ihre Stimme. Das war die Frau, die am Morgen seine Hand gehalten hatte, die Frau, die keine Distanz kannte. »Herr Oechsner, wie schön, Sie wieder bei uns zu haben. Wir haben uns schon Sorgen um Sie gemacht.«

Die Krankenschwester sprach in einem süßlichen Tonfall, gerade so, als würde sie mit einem Kleinkind reden. Sie trat an seine Seite und beugte sich über ihn.

Weissmann starrte nach oben. Die Frau war kräftig gebaut, ihre Oberarme waren so dick wie die eines Ringers.

»Wei…«, setzte er an, doch sein Mund war so trocken, dass er nichts hervorbrachte. »Wei…«, krächzte er erneut und wollte sich aufsetzen.

Die Krankenschwester legte eine Hand auf seine Brust

und drückte ihn sanft, aber bestimmt, zurück auf die Matratze. »Sie wurden schwer verwundet. Sie müssen sich erholen.«

»Wei...«

»Sch, sch, sch...« Wie eine Lehrerin, die einen Schüler tadelt, erhob sie ihren Zeigefinger. »Schön ruhig bleiben. Alles ist gut. Sie sind in Nürnberg, in Sicherheit. Ihre Familie ist informiert und macht sich bald auf den Weg hierher.«

Er räusperte sich. »Familie?«

»Ihre Eltern sind dem Aufruf von Reichsmarschall Göring gefolgt und helfen auf dem Land bei der Frühjahrsbestellung der Felder. Sie kommen her, sobald es ihnen möglich ist – Sie wissen ja, wie wichtig die Ernährungssicherung ist.« Die Krankenschwester legte ihre Hand auf die seine und drückte sanft zu. »Ich hole Ihnen ein Glas Wasser.« Sie verließ den Raum.

Erst jetzt bemerkte Weissmann, dass in seiner Armbeuge eine Nadel steckte, an der ein Schlauch befestigt war. Er ließ seinen Blick weiter nach oben wandern, wo ein Infusionsbeutel an einer langen Metallstange hing. Was zur Hölle tröpfelte da gerade in seine Vene? Er kniff die Augen zusammen und versuchte das Etikett zu entziffern.

Die Schwester kam mit einem Glas Wasser zurück. Sie führte es an seine Lippen und ließ ihn daraus trinken.

Gierig nahm er Schluck für Schluck. »Weissmann ... Adolf Weissmann«, sagte er schließlich. »Mein Name ist Adolf Weissmann.« Seine Stimme war brüchig, seine Worte klangen verwaschen.

Die Frau sah ihn mitleidig an und seufzte leise. »Aber nein, mein Lieber. Sie sind Alwin Oechsner.« Sie strich ihm über die Stirn und tätschelte seine Wange.

Weissmann zuckte zusammen und drehte sein Gesicht zur Seite. »Fassen Sie mich nicht an. Ich … ich bin ein hochrangiger Offizier, kein dummes Kind.« Er holte tief Luft. Es strengte ihn an zu sprechen.

»Sie Ärmster. Sie haben sicherlich schlimme Dinge gesehen und furchtbare Sachen erlebt. Man hört so viel Schreckliches aus Russland.«

Erneut versuchte er, sich aufzusetzen, doch sie packte seine Schultern und drückte ihn ins Kissen zurück. Weissmann konnte Desinfektionsmittel riechen, vermischt mit einem Hauch von Schweiß stieg es ihm in die Nase und ließ seinen Magen rebellieren. Er wand sich, versuchte, die Schwester von sich fortzuschieben, doch er war zu schwach.

»Holen Sie Ihren Vorgesetzten«, verlangte er.

»Der ist im OP. Sie müssen mit mir vorliebnehmen.«

»Ich bin auf einer wichtigen Mission«, schimpfte er. »Goebbels selbst hat mich geschickt.«

»Immer schön mit der Ruhe«, sagte sie in professionellem Ton. Es war offensichtlich, dass sie an solche Vorfälle gewöhnt war.

»Alles in Ordnung?« Eine andere Krankenschwester steckte ihren Kopf durch den Vorhangspalt.

»Könntest du mir kurz helfen? Herr Oechsner ist ein bisschen aufgeregt.« Die füllige Schwester trat zur Seite und ließ die Kollegin das Festhalten übernehmen. Dann holte sie eine Spritze aus der Tasche ihres Kittels und zog sie auf. »Wer kann es ihm verdenken«, sagte sie. »Die Ostfront muss die Hölle sein.« Sie trat wieder an ihn heran und injizierte ihm eine durchsichtige Flüssigkeit. Weissmann versuchte, sich die Nadel aus der Vene zu reißen, doch die Krankenschwester war schneller. Sie packte seine Hand und umschloss sie mit ihren feuchten Fingern. »Immer dasselbe«, sagte sie zu ihrer Kollegin. »Mit diesen Traumata werden die armen Männer noch jahrelang zu kämpfen haben.«

»Holen Sie Ihren Vorgesetzten«, verlangte er erneut. Eine warme Woge durchflutete seinen Körper. Müdigkeit machte sich breit. »Oder rufen Sie im Gestapohauptquartier an.« Seine Lippen wurden schlaff, seine Zunge wurde bleischwer. »Ich werde erwartet. Etwas … ist im Busch. Ich denke, es war der Wider… der Wi… der …« Er dämmerte weg.

»Keine Sorge, Herr Oechsner.« Endlich ließ die Krankenschwester ihn los. »Wenn Sie wieder aufwachen, sieht die Welt schon ganz anders aus.«

29

Als Isaak das Opernhaus erneut betrat, verklangen im Konzertsaal gerade die letzten Takte. Tosender Applaus brandete auf, der lange anhielt.

Schließlich öffneten sich die Türen, Menschen strömten in das Foyer, manche von ihnen hatten vor lauter Ergriffenheit Tränen in den Augen.

»Wagner«, schwärmte eine Frau. »Der große Magier aus Bayreuth. Welch begnadetes Genie.«

Isaak ließ seinen Blick über die Menge wandern und suchte nach einem bestimmten Gesicht. Wo war er? Wo war Fritz Nosske? Sie beide hatten dasselbe Ziel – sie wollten seine Familie finden. Wenn er es schlau anstellte, konnte er diese Tatsache vielleicht zu seinen Gunsten nutzen.

Endlich sah er ihn aus dem großen Saal kommen.

Nosske schien, im Gegensatz zu manch anderem, kein Freund der Oper zu sein. Er wirkte froh, dass die mehrstündige Aufführung endlich vorüber war. Missmutig rieb er sich die Augen und unterdrückte ein Gähnen.

Im Licht des Foyers veränderte sich sein Ausdruck dann plötzlich. Sein Körper nahm Spannung an, seine Mundwinkel zogen sich nach oben.

»Obersturmbannführer.« Isaak trat auf ihn zu und streckte seine Hand aus. »Weissmann ist mein Name. Adolf Weissmann.«

Nosske wirkte überrascht. »Sieh an.« Er schüttelte Isaaks Hand. »Ich hatte Sie schon im Hauptquartier gesehen und mich gefragt, wann wir uns endlich persönlich kennenlernen würden. Hier und heute hatte ich allerdings nicht damit gerechnet.«

»Es gibt da ein paar Dinge, die ich Sie dringend fragen möchte«, improvisierte Isaak. »Können wir ...«, setzte er an, als neben Nosske plötzlich ein Mann auftauchte.

»Scharführer Theodor Oberhausner«, stellte der Mann sich vor.

»Oberhausner war früher bei der Kriminalpolizei«, erklärte Nosske. »Er und Sturmscharführer Gerhard Bade waren die ersten Beamten am Tatort im Fall Lotte Lanner.«

»Gute Arbeit.« Isaak nickte Oberhausner anerkennend zu. »Die Akte, die mir übergeben wurde, war makellos.« Er wandte sich wieder an Nosske. »Können wir uns unterhalten?«

Nosske lächelte kalt. »Sie machen Ihrem Ruf alle Ehre.«

»Ach ja? Ich habe einen Ruf?«

»Man sagt, Sie seien arbeitswütig, unberechen- und undurchschaubar.«

Isaak zuckte mit den Schultern. »Ich wurde schon Schlimmeres genannt.« Er sah sich um. Nur wenige Meter entfernt stand Ursula von Rahn und unterhielt sich mit einem kleinen Mann, der ihm den Rücken zuwandte. Zum Glück hatte sie ihn noch nicht gesehen. »Können wir vielleicht irgendwo hingehen, wo wir ungestört sind?«

»Selbstverständlich ...«, setzte Nosske an.

»Da!«, schrillte ihnen plötzlich Ursula von Rahns Stimme entgegen. »Da ist er ja, der Banause.« Sie zeigte auf Isaak und funkelte ihn böse an.

Der Mann, mit dem sie gesprochen und der sich nun umgedrcht hatte, strahlte hingegen bis über beide Ohren. »Adolf«, rief er und kam mit ausgebreiteten Armen auf Isaak zu. »Mensch, wie lange ist es her? Fünfzehn Jahre?«

Das musste Erich Gauger sein – Isaak erkannte in ihm den Mann wieder, der am Tag zuvor nach ihm Ausschau gehalten hatte. Ihm rutschte das Herz in die Hose. Er versuchte, sein Gesicht aus dem Licht zu drehen und gab Gauger etwas steif die Hand. »Lange«, sagte er, »sehr lange.«

Gauger rückte seine Brille zurecht und musterte Isaak. »Du hast dich ganz schön verändert … und irgendwie auch wieder nicht«, bemerkte er. »Ohne Fräulein von Rahns Hilfe hätte ich dich jedenfalls nicht wiedererkannt.«

Isaak schwitzte, spürte die Blicke von Nosske und Oberhausner auf sich ruhen. »Ich gestehe, ich dich auch nicht.«

Gauger lachte und fasste an sein schütteres Haar. »Ich weiß, ich weiß«, sagte er. »Ich hab Federn gelassen, im Gegensatz zu dir. Ganz schön gut gehalten hast du dich, alter Freund.«

»Vielen Dank. Der Zeitpunkt ist leider ungünstig, ich muss schon wieder los«, sagte Isaak mit Blick auf Nosske, doch Gauger ließ sich nicht beirren.

»Kannst du dich noch an Ingeborg erinnern? Ingeborg aus dem Café Richter?« Er grinste stolz. »Ich dachte immer, sie wäre zu gut für mich, aber stell dir vor: Sie hat mich genommen, und jetzt …« Er zog sein Portemonnaie aus der Tasche, klappte es auf und hielt Isaak das Foto eines Kleinkinds unter die Nase. »Darf ich vorstellen: Erich junior.«

»Schön für dich.« Isaak nickte Nosske zu und deutete zum Ausgang. »Wir müssen wirklich los. Die Pflicht ruft. Lassen Sie uns in Ihr Büro gehen, Herr Nosske.«

»Zumindest dein Arbeitseifer ist noch immer der gleiche wie damals. Hab gehört, du hast ganz schön Karriere gemacht.« Gauger steckte das Foto weg und musterte ihn noch einmal. »Sag mal, bist du gewachsen? Du warst doch früher nicht so groß, oder?« Er runzelte die Stirn.

»Man wächst mit seinen Aufgaben«, sagte Isaak. »Vielleicht solltest du dir auch mal eine suchen.«

Gauger errötete, die umherstehenden Personen schmunzelten.

Nosske lachte trocken und verabschiedete sich von Oberhausner. »Na dann, gehen wir«, sagte er zu Isaak.

»Warte«, ließ Gauger immer noch nicht locker. »Wir müssen uns unbedingt zusammensetzen und über alte Zeiten reden. Wie lange bist du denn noch in der Stadt?«

»Bis der Fall gelöst ist, also nicht mehr lange. Nichtsdestotrotz war es schön, dich zu sehen.« Isaak reichte Gauger die Hand.

Der ergriff sie und hielt inne. Plötzlich hellte sich seine Miene auf. »Mensch, Adolf, heute Abend treff ich ein paar Freunde im hiesigen Kameradschaftshaus. Dort werden wir ein bisschen …« Er trippelte von einem Fuß auf den anderen, hob die Fäuste in die Höhe und boxte zweimal in die Luft. »Danach geh'n wir auf ein gepflegtes Bierchen. Was meinst du? Du könntest den Jungs hier zeigen, was ein echter Champion so leisten kann.« Er zwinkerte.

Isaak hatte keine Ahnung, wovon Gauger redete. »Ich muss wirklich arbeiten. Ich bin leider nicht zum Vergnügen in der Stadt.«

»Das sagt er immer, und dann geht er doch feiern.« Ursula von Rahn hatte das Gespräch interessiert verfolgt. »Sie können also mit ihm rechnen.«

»Großartig. Halb sieben im Kameradschaftshaus. Ich freu mich.« Gauger schüttelte Isaaks Hand mit mehr Kraft, als dieser ihm zugetraut hätte. »Adolf Weissmann…«, murmelte er. »Ich hätt' dich weiß Gott nicht wiedererkannt.«

Isaak und Nosske verließen das Theater, und um sie herum verschwanden die Opernbesucher in den strahlenden Sonntag. Auf dem Gehsteig wandte sich der Obersturmbannführer an ihn.

»Wie lange ist es her, dass Sie sich das letzte Mal gesehen haben?«, fragte er.

Wie aus dem Nichts kam ein Wagen angefahren und blieb vor ihnen stehen. Ein Chauffeur stieg aus und hielt ihnen die Tür auf.

»Nicht lange genug«, sagte Isaak und stieg ein.

Nosske schaute halb verdutzt, halb amüsiert.

Sie saßen nun beide auf der Rückbank, der Jäger und seine Beute, und schwiegen. Abgesehen vom monotonen Brummen des Motors, war nichts zu hören.

Isaak beobachtete Nosske aus den Augenwinkeln. Dies war also einer jener Männer, die im Januar an der Konferenz am Wannsee teilgenommen und den Tod von Millionen Menschen beschlossen hatten. In Isaak kochte unsäglicher Zorn, der nur durch die Angst um seine Familie im Zaum gehalten wurde.

Auch Nosske schien irgendwie unruhig. »Ich bin froh, dass wir endlich die Gelegenheit haben, uns auszutauschen«, durchbrach er schließlich das Schweigen. »Ich will nicht, dass diese dumme Sache einen Schatten auf meine berufliche Laufbahn wirft. Mir ist es wichtig, dass die schändliche Tat restlos aufgeklärt wird, damit nicht der Hauch eines Zweifels an meiner Person haften bleibt.«

Seine Karriere war also Nosskes größte Sorge. Isaak schnaubte. »Wenn es nach dem *Völkischen Beobachter* geht, sind Sie schon lange entlastet. Die Zeitung behauptet, es waren die Juden.«

»Gut möglich, dass die es auf mich abgesehen haben.« Nosske zuckte mit den Schultern. »Immerhin bin ich der Leiter des Judenreferats.«

Isaak schwieg. Er wusste, wer es in Wahrheit auf wen abgesehen hatte.

Der Wagen hielt vor dem Hauptquartier an, und sie betraten das Gebäude. Auch sonntags war hier einiges los. Es stimmte wohl, was man sagte: Das Böse schlief nie. Wer Millionen Menschen vernichten wollte, konnte sich keinen freien Tag erlauben.

»Hier entlang. Bitte schön.« Nosske ging voran, öffnete eine Tür und führte Isaak in sein Büro, das mindestens so groß war wie das von Merten.

Isaak bewunderte das Interieur und setzte sich.

»Cognac?« Der Obersturmbannführer holte eine Kristallkaraffe aus einem Schränkchen.

Mit Grauen erinnerte sich Isaak an den Beinaheausrutscher im Braunen Hirsch. »Ich trinke nicht im Dienst.«

Nosske betrachtete die Karaffe und stellte sie wieder zurück.

»Ich bin hier, damit Sie mir Ihre Sicht der Dinge darlegen können.« Isaak lehnte sich zurück, schlug die Beine übereinander und versuchte, so souverän wie möglich zu wirken.

»Ich hatte einen Termin bei Karl Holz, dem designierten Gauleiter«, erklärte Nosske. »Um kurz nach sechs bin ich zurück in die Wohnung gekommen. Alles schien ganz normal zu sein. Es gab keine Einbruchspuren oder sonst etwas Verdächtiges. Ich bin ins Wohnzimmer gegangen, und dort lag sie dann.«

Isaak hörte ihm gar nicht richtig zu. Er kannte Nosskes Aussage bereits aus der Akte. So unauffällig wie möglich sah er sich im Büro um, betrachtete die Landkarte, auf der die Truppenbewegungen dokumentiert worden waren, bewunderte die Bilder, den Teppich und all die anderen hübschen Details. So sah er also aus, ein Ort, an dem ein Massenmord geplant wurde. Er schauderte.

»Es war ganz sicher kein Raubmord«, erklärte Nosske gerade. »Soweit ich das beurteilen kann, hat nichts gefehlt.«

»Besitzen Sie viele Wertsachen?«

»Ein paar Antiquitäten, ein bisschen Bargeld, Uhren, Dokumente …«, begann Nosske aufzuzählen. »Das meiste liegt im Tresor. Der war unberührt.«

»Sicher?«

»Er war verschlossen. Keine Einbruchspuren.« Nosske dachte nach. »Nun, ich habe nicht alles genau kontrolliert, sondern nur kurz hineingesehen. Die Dokumentenmappen, die Orden meines Großvaters und meine eiserne Reserve in Gold – alles war noch da.«

»Ein Motiv aus Habgier können wir demnach getrost ausschließen.«

Nosske setzte sich. »Ich hätte Lotte niemals auch nur ein Haar gekrümmt. Warum hätte ich das tun sollen? Wir hatten sehr viel Spaß miteinander. Und seien wir doch mal ehrlich …« Er beugte sich vor und fuhr mit gesenkter Stimme fort: »Hätte ich vorgehabt, sie umzubringen, wäre es dumm gewesen, dies in meiner eigenen Wohnung zu tun.«

Isaak nickte. »Das sehe ich auch so.« Er sammelte sich

und konzentrierte sich wieder auf seine eigentliche Mission. Irgendwie musste er Nosskes Vertrauen gewinnen, musste ihn dazu bringen, sich ihm gegenüber zu öffnen.

»Tun Sie das?«

»Ja, ich bin eigentlich nur der Form halber hier. Es war ja wohl von Anfang an klar, dass Sie nichts mit der Sache zu tun haben. Mit Karl Holz haben Sie ein glaubwürdiges Alibi, außerdem sind Sie ein intelligenter Mann. Sie würden sich niemals selbst die Hände schmutzig machen. Nicht auf diese Art und Weise.«

Nosske lachte erleichtert auf und lehnte sich zurück. »Haben Sie schon eine Ahnung, wer es war?«

»Unterscharführer Schmitt verfolgt gerade eine heiße Spur. Wir sind der Lösung des Rätsels bereits sehr nah.«

»Gut. Sehr gut.«

»Sie müssen sich um Ihre Karriere keine Sorgen machen.« Isaak erhob sich und schlenderte durch den Raum. »Ich habe gehört, es steht die Umsiedlung der Nürnberger Juden an. Mir war es darum wichtig, Ihnen noch heute mitzuteilen, dass Sie aus dem Schneider sind. Sie sollen sich voll und ganz auf Ihre Aufgabe konzentrieren können. Es ist sicher sehr aufwendig, die Evakuierung von so vielen Menschen zu koordinieren.«

»Das ist es in der Tat.« Nosske schlug die Beine übereinander. »Es ist eine wirklich anspruchsvolle und komplexe Aufgabe. Zum Glück habe ich gute Leute wie Oberhausner und Bade.«

»Es ist also bald geschafft?« Isaak tat, als würde er einen Holzschnitt betrachten.

»Am Dienstag geht der vorletzte Transport nach Polen, danach sind nur noch die alten und kranken Juden in der

Stadt. Die werden wir im Sommer nach Theresienstadt aussiedeln. In wenigen Monaten haben wir es dann vollbracht. Nürnberg wird judenfrei sein.« Stolz schwang in Nosskes Stimme mit, er blickte Isaak erwartungsvoll an.

»Bemerkenswert. Da können sich die Kollegen in Berlin ein Scheibchen abschneiden. Was ich mitbekommen habe, läuft es bei denen nicht ganz so glatt. Andauernd tauchen Juden unter und entziehen sich den Behörden.«

Nosske nickte wissend. »Bei uns kommt so etwas zum Glück kaum vor. Wir haben alles unter Kontrolle.« Er zögerte. »Dieses Mal ist nur eine einzige Familie verschwunden, aber sie wird nicht weit kommen.«

»Natürlich nicht. Sind Sie ihr schon auf der Spur? Wissen Sie schon, wo die Ratten sind?«

Nosske lächelte, doch nur mit dem Mund, nicht mit den Augen. »Noch nicht, aber wir werden sie kriegen. Das tun wir immer. Es handelt sich um sechs Leute, darunter zwei Kinder. Glauben Sie mir – die kommen nicht weit. Am Dienstag wird der Zug abfahren. Keiner bleibt zurück. Das ist Ehrensache.«

»Das Reich braucht mehr Männer wie Sie«, brachte Isaak mit letzter Kraft hervor.

Die Gestapo hatte seine Familie also nicht. Doch wo war sie dann? Immer noch in dem Warenlager? War etwas schiefgelaufen? War sie verschwunden, und hatte Clara etwas damit zu tun? Oder war alles nur ein großes Missverständnis? Isaak verschränkte die Arme, damit Nosske nicht sehen konnte, wie sehr seine Hände zitterten, und tat, als würde er die Karte studieren.

»Es geht sicher bald weiter.«

»Wie meinen Sie?«

»Russland.« Nosske trat neben ihn und fuhr mit dem Finger über die Frontlinie. »Manche Menschen zweifeln. Doch wir dürfen uns nicht beirren lassen. Adolf Hitler ist der größte Feldherr aller Zeiten. Er wird uns zu einem glorreichen Sieg führen. Nichts und niemand kann uns mehr aufhalten.«

30

Isaak verließ Nosskes Büro und eilte durch den Flur. Ihm war bewusst, dass die Chance gering war, Clara daheim anzutreffen, doch er musste es versuchen. Alles war besser, als nichts zu tun. Er lief die Treppe hinunter, seine Gedanken überschlugen sich.

»Bitte nicht«, hörte er plötzlich jemanden flehen. Die Stimme kam ihm bekannt vor, doch woher?

Isaak blieb stehen und blickte nach unten in die Eingangshalle, wo zwei Polizisten gerade dabei waren, eine Frau durch die Eingangstür zu zerren. Sie sträubte sich, wollte das Gebäude ganz offensichtlich nicht betreten.

»Jetzt stellen Sie sich nicht so an«, schimpfte einer der beiden Männer. »Ihnen passiert schon nichts. Wenn Sie die Wahrheit sagen, haben Sie nichts zu befürchten.«

»Herrje, herrje«, zeterte die Frau.

Isaaks Blut gefror zu Eis. Die alte Herzl.

»Wir wollen doch nur Ihre Aussage.« Der Uniformierte bugsierte die zitternde Alte in Richtung Treppe.

Isaak senkte den Blick, wollte umdrehen und wieder nach oben eilen, doch es war zu spät.

Herzl hatte ihn gesehen. Sie hörte auf zu klagen, kniff die Augen zusammen und zeigte auf ihn. »He, Sie! Ich kenne Sie!«, rief sie. »Bitte helfen Sie mir. Bitte, sagen Sie denen, dass ich nichts weiß. Ich würde das Fräulein, das die Familie Rubinstein geholt hat, nicht wiedererkennen, und das Autokennzeichen habe ich auch nicht gesehen. Dafür war es viel zu dunkel. Bitte lassen Sie mich gehen. Ich will nach Hause.« Sie fing an zu schluchzen.

Der zweite Polizist wollte sie wegziehen, doch Frau Herzl weigerte sich. Sie entriss sich seinem Griff und ließ sich auf den Boden sinken. »Nicht in den Folterkeller«, flehte sie und sah zu Isaak hoch.

Er wusste nicht, was er tun sollte, und war wie erstarrt. Sein Herz zersprang in tausend Stücke beim Anblick der armen Alten, die vor lauter Angst wahnsinnig zu werden schien. Er fasste in seine Tasche, befühlte die Zyankalikapsel, die er von Clara bekommen hatte, und hoffte, dass die Situation so schnell wie möglich vorüberging. Doch wie es schien, hatte er kein Glück.

Noch immer starrte Frau Herzl ihn an. Jetzt runzelte sie die Stirn, und ihre Augen flatterten. Sie begann nach Luft zu schnappen, öffnete den Mund und schloss ihn wieder, als würde sie ein stummes Lied singen.

»Verräter!«, schrie sie mit einem Mal aus voller Kehle. »Verräter!«

Die Aufmerksamkeit aller Anwesenden richtete sich auf Isaak. Plötzlich war es so still, dass man eine Stecknadel hätte fallen hören. Damit nicht genug, betrat just in diesem Augenblick eine Schar von SS-Offizieren das Hauptquartier. Sie kamen wohl direkt aus der Oper, denn sie trugen Galauniformen und schauten zufrieden drein.

»Was ist denn hier los?«, forderte jemand zu erfahren. Theodor Oberhausner trat aus der Gruppe und musterte die auf dem Boden kauernde Frau und die beiden Polizisten.

»Der da ist ein Verräter!«, schrie Frau Herzl und deutete auf Isaak. »Ein elender Verräter. Er hat uns alle ans Messer geliefert und sich selbst aus dem Staub gemacht.«

Oberhausner sah auf die alte Frau hinunter und anschließend zu Isaak hoch. Die Polizisten wirkten genervt, die SS-Offiziere amüsiert. Nur Oberhausner schien äußerst interessiert. Er ließ seinen Bick zwischen ihm und der alten Herzl hin- und herwandern und legte den Kopf schief.

Isaak war klar, dass er handeln musste, und zwar sofort. »Was ist mit Ihnen?«, brüllte er und zeigte auf die beiden Polizisten. Seine Stimme hallte durch den Eingangsbereich. »Sehen Sie denn nicht, dass die Frau verrückt ist? Bringen Sie sie fort. Kümmern Sie sich darum, dass ihr geholfen wird. Machen Sie gefälligst Ihre Arbeit.« Er zog den Bauch ein, streckte die Brust raus und schritt so gebieterisch wie möglich die Treppe hinunter. »Dies ist eine Behörde, kein Irrenhaus«, schimpfte er. »Sorgen Sie für Ruhe. Hier verrichten schließlich Menschen ihren Dienst am Vaterland.«

Zustimmendes Gemurmel erklang.

Mit schuldbewussten Mienen packten die beiden Polizisten Frau Herzl, zogen sie hoch und schleiften sie davon.

»Ich bin nicht verrückt«, klagte sie. »Er sieht aus … sieht aus wie Rubinstein. Wie Isaak Rubinstein.«

Isaak hielt den Atem an und ging mit versteinerter Miene nach draußen. Oberhausner hatte Lunte gerochen, das hatte er in dessen Augen gesehen. Er musste Clara finden, musste es schaffen, seine Familie aufzuspüren und gemeinsam mit ihr diesen vermaledeiten Ort endlich zu verlassen – und zwar schnell.

Er eilte durch die Straßen, ignorierte die Mitglieder vom

Bund Deutscher Mädel, die Winterbekleidung und Decken für die Wehrmachtssoldaten an der Ostfront sammelten. Den Blick streng geradeaus gerichtet, kannte er nur ein Ziel. Claras Wohnung.

Dieses Mal schlich er nicht, schob den verängstigten Juden zur Seite und versuchte so gut wie möglich in der Rolle des gebieterischen Sturmbannführers aufzugehen. Mit aufrechter Haltung schritt er zur Tür und betätigte die Klingel.

Mach auf, flehte er innerlich, doch niemand öffnete. Er stieg über eine Hecke, ging durch den kleinen Vorgarten und blickte durchs Fenster.

»Kann ich Ihnen helfen?«

Isaak schnellte herum. Vor ihm stand ein älterer Herr in einem dunkelbraunen Arbeitskittel. Das musste Hausmeister Breuer sein. Er hatte ihn nie persönlich getroffen, doch Clara hatte von ihm erzählt und ihn als alten Judas beschimpft.

»Ich suche Clara Pflüger.«

Hausmeister Breuer registrierte jetzt Isaaks Haarschnitt, musterte seinen teuren Anzug. Als er den Totenkopfring an seinem Finger bemerkte, stand er stramm. »Die ist nicht hier.«

»Das habe ich selbst schon bemerkt. Wissen Sie vielleicht, wo ich sie finden kann? Es ist dringend.«

Der Alte schüttelte den Kopf. »Ich wusste, dass sie Ärger bedeutet«, sagte er. »Sie hat sich früher mit Juden herumgetrieben und wohnt ganz allein. Am Freitagnachmittag hab ich sie das letzte Mal gesehen. Seitdem ist sie spurlos verschwunden. Das ziemt sich nicht für ein anständiges deutsches Fräulein.«

Isaak präsentierte ihm seinen Ausweis. »Ich muss in ihre Wohnung«, sagte er. »Haben Sie zufällig einen Schlüssel?«

»Aber ja, aber ja.« Der Hausmeister bedeutete Isaak, ihm zu folgen. »Was hat sie denn ausgefressen?«

»Ich denke nicht, dass Sie das etwas angeht.«

»Doch«, insistierte Breuer. »Immerhin wohne ich mit ihr unter einem Dach.«

»Geheime Reichssache«, erklärte Isaak die Diskussion ein für alle Mal beendet.

Breuer murmelte etwas Unverständliches und öffnete seine Wohnungstür. Marschmusik ertönte. Er stellte den Volksempfänger leiser, zog die Schublade einer Kommode auf und holte einen Schlüsselbund daraus hervor. »Der hier müsste es sein.« Er ging zu Claras Tür und sperrte auf.

»Danke, ich komme allein zurecht«, sagte Isaak, als Breuer ihm in die Wohnung folgen wollte. Ohne ein weiteres Wort zu verlieren, machte er die Tür hinter sich zu.

Er wusste nicht, was er erwartet hatte. Wahrscheinlich Chaos und Verwüstung wie bei Arthur. Umso überraschter war er, alles genau so vorzufinden wie am Samstagmorgen. Die Gestapo war nicht da gewesen. Zumindest noch nicht.

Er blickte sich um. Wonach suchte er eigentlich? Er ging ins Wohnzimmer, wo Claras Schreibtisch stand, und durchwühlte die Schubladen, fand Einkaufslisten, Lebensmittelkarten und Rechnungen.

Es fühlte sich falsch an, in ihren privaten Dingen herumzuschnüffeln, und mit jedem Briefumschlag, in den er hineinsah, jedem Zettel, den er auseinanderfaltete, kam er sich noch mieser vor.

»Eine Adresse«, murmelte er. »Alles, was ich brauche, ist

eine Adresse oder eine Telefonnummer. Nur einen Hinweis, eine winzige Spur.«

Er ging weiter in ihr Schlafzimmer. Wo würde sie etwas aufbewahren, das niemand finden sollte? Er kontrollierte die Dielen, klopfte die Wände auf Hohlräume ab, blickte unter die Matratze. Nichts.

Gedankenverloren lief er zum Regal und fuhr mit einem Finger über die Buchrücken. Bei dem Märchenbuch *Tausendundeine Nacht* hielt er inne, nahm es in die Hand und schlug es auf, wobei etwas auf den Boden segelte. Er bückte sich, hob es auf und erkannte, dass es sich um ein Foto handelte. Ein Foto von ihnen beiden. Schüchtern lächelten sie den Betrachter an. Isaaks Augen wurden feucht. Es war das einzige Bild, das von ihm und Clara existierte, und sie hatte es aufgehoben. Er strich darüber, legte es zurück und stellte das Buch wieder an seinen Platz.

Zu guter Letzt trat er vor den Schrank, wobei ihm Claras Geruch in die Nase stieg. Erinnerungen fluteten seine Gedanken. »Clara«, murmelte er und vergrub sein Gesicht in einem grünen Kleid.

Er musste einsehen, dass er in ihrer Wohnung nicht weiterkam. Jetzt gab es nur noch einen einzigen Menschen, der ihm helfen konnte. Ein Mensch, der ausgerechnet an jenem Ort zu finden war, den Isaak nie wieder betreten wollte.

Dem Gefängnis.

31

Der Mann, der den Eingang zum Gefängnistrakt bewachte, war derselbe wie am Tag zuvor. Als er Isaak sah, sprang er auf, hob die Hand zum Gruß und schlug die Hacken zusammen.

»Heil Hitler.«

»Heil«, murmelte Isaak und streckte den Rücken durch. »Ich muss noch einmal mit dem Gefangenen Krauss sprechen.«

»Wie Sie wünschen.«

Die Prozedur ging an diesem Tag viel schneller und unkomplizierter vonstatten als am vorherigen. Ohne viele Fragen zu stellen, entriegelte der Wärter das Schloss, öffnete die schwere Eisentür und führte Isaak in denselben trostlosen Raum, der bereits beim letzten Mal als Verhörzimmer gedient hatte. Die Atmosphäre dieses Ortes war kaum zu ertragen. Angst und Pein waren so präsent, dass Isaak fürchtete, daran zu ersticken.

»Ich hole den Gefangenen, Sturmbannführer.« Der Wärter wandte sich ab.

»Warten Sie«, hielt Isaak ihn zurück. Er wollte auf Nummer sicher gehen. »Sind neue Gefangene eingeliefert worden? Untergetauchte Juden zum Beispiel?«

»Es gab tatsächlich Neuzugänge, aber Juden waren keine darunter.«

»Sicher? Es soll nämlich eine verschwundene Familie geben, die vielleicht etwas über meinen Fall weiß«, fabelte Isaak.

»An Judengesindel würde ich mich erinnern, besonders wenn es sich um eine ganze Familie handelt.«

»Und eine junge Frau namens Clara Pflüger? Ist die vielleicht hier?«

»Nicht dass ich wüsste. Aber ich sehe nach.« Der Mann verschwand nach draußen.

Isaak starrte die Wand an und versuchte, trotz seiner verzweifelten Lage, hoffnungsfroh zu bleiben – was ihm überaus schwerfiel. Seine Lieben waren zwar nicht in den Händen der Häscher, doch die Unklarheit über ihren Verbleib schien ihm fast noch unerträglicher, als sie in den Klauen der Nazis zu wissen. »Ungewissheit ist die grausamste aller Qualen«, erinnerte er sich an die Worte seines Vaters.

Die Tür wurde aufgerissen, und Isaak schreckte aus seinen Gedanken.

»Mach keinen Ärger, sonst setzt es was.« Der Wärter bugsierte Arthur Krauss unsanft auf den Stuhl, der am anderen Ende des Tisches stand. »Ich gehe davon aus, dass Sie wieder allein mit ihm sein wollen«, wandte er sich an Isaak.

Dieser nickte.

Der Wärter setzte an zu gehen, drehte sich jedoch noch einmal um. »Die Frau, nach der Sie gefragt haben, die ist übrigens nicht hier.«

Isaak nickte dankend.

Arthur Krauss sah aus, als wäre er in eine brutale Kneipenschlägerei verwickelt gewesen. Sein rechtes Auge war zugeschwollen, seine Nase ganz offensichtlich gebrochen, und auf seinem Schlüsselbein zeichnete sich ein Bluterguss ab. Am meisten erschütterte Isaak aber die Tatsache, dass das Feuer in ihm nicht mehr so wild loderte wie bei ihrem letzten Zusammentreffen. Krauss war kurz davor aufzugeben, das sah man seiner Körperhaltung an.

»Ich hätte nicht gedacht, dass wir uns noch einmal wiedersehen«, sagte er, nachdem die Tür ins Schloss gefallen war.

»Sie ist verschwunden«, kam Isaak sofort auf den Punkt.

Es dauerte einen Augenblick, bis Arthur Krauss verstand. »Clara?«, murmelte er. »Bist du sicher?«

»Sonst wäre ich wohl nicht hier. Ich hätte um eins am Johannisfriedhof abgeholt und gemeinsam mit meiner Familie fortgebracht werden sollen, doch niemand ist gekommen.«

»Glaubst du, Clara ist aufgeflogen?«

»Keine Ahnung. Ich war in ihrer Wohnung. Sie war leer und im Gegensatz zu deiner völlig unberührt. Ich weiß nicht, wo Clara steckt. Hier im Gefängnis ist sie jedenfalls nicht, genauso wenig wie meine Familie.«

»Verdammt.« Arthur Krauss legte den Kopf in den Nacken und stöhnte. »Wenn Clara nicht aufgeflogen ist …« Er ließ den schrecklichen Verdacht unausgesprochen zwischen ihnen stehen. »Du hast ihr das Protokoll gegeben«, sagte er. Es war keine Frage, sondern eine Feststellung.

Isaak nickte. »Du musst mir helfen. Du musst mir helfen, Clara zu finden. Sie und meine Familie.«

Krauss lachte trocken und hielt seine Arme in die Höhe, die mit Handschellen gefesselt waren. »Wie soll ausgerechnet ich dir helfen?«

»Was weiß ich …« Isaak überlegte fieberhaft. »Clara hat

ein ehemaliges Schwarzhändlerlager erwähnt. Gib mir die Adresse, und sag mir, wo andere potenzielle Verstecke sind. Nenn mir die Namen irgendwelcher Kontaktleute.«

Krauss dachte nach. »Nein«, sagte er schließlich.

»Nein?« Isaak glaubte, er hätte sich verhört. »Es geht um Clara, meine Familie, die Operation Ragnarök, die Ermordung von Millionen Menschen.« Er beugte sich über den Tisch. »Hier geht es um mehr als nur um dich und mich.«

»Eben. Und genau deshalb kann ich nicht zulassen, dass du noch mehr Schaden anrichtest.«

»Schaden? Ich?«

»Wegen dir ist jetzt das Protokoll verschwunden. Du hättest es Clara nicht einfach geben dürfen. Ich habe dich gewarnt.«

»Glaubst du wirklich, dass sie mit den Nazis kollaboriert? Komm schon, wir reden hier von Clara.« Erschrocken darüber, wie laut er geworden war, blickte Isaak zur Tür.

Krauss schnaubte verächtlich. »Du bist ein einfacher Antiquar. Ein wehrloser Jude. Du bist mit der ganzen Sache doch heillos überfordert.«

»Ich habe nie etwas anderes behauptet.« Isaak verschränkte die Arme vor der Brust. »Trotzdem bin ich jetzt hier, und wir müssen das Beste daraus machen. Sag mir alles, was du weißt – wenn du mir die Informationen nicht gibst, ist damit auch niemandem geholfen.«

Krauss überlegte. »Hol mich hier raus«, sagte er schließlich. »Das ist der einzige gangbare Weg. Ich werde deine Familie finden und auch alles andere regeln.«

»Und wie soll ich, der einfache Antiquar und wehrlose Jude, das bitte schön anstellen?«

»Lass dir was einfallen. Wenn man Claras Worten Glauben schenken darf, fällt dir doch immer was ein.«

»Du traust mir also zu, dich hier rauszuholen, aber nicht, mich da draußen zurechtzufinden?«

»Wegen dir wollen sie mir jetzt auch noch den Mord an Lotte Lanner anhängen«, wechselte Krauss das Thema. »Für meine Beteiligung an der Fränkischen Freiheit gibt es keine Beweise, nur deinetwegen stecke ich jetzt so richtig in der Scheiße.« Er reckte sein lädiertes Kinn in die Höhe. »Wir machen es so, wie ich sage, oder gar nicht.«

Isaak presste die Lippen aufeinander. Krauss hatte seinen wunden Punkt erwischt: seine Schuldgefühle. »Von mir aus. Ich kann's versuchen.«

»Versuchen ist nicht gut genug.«

»Versuchen ist alles, was wir haben.« Isaak stand auf, öffnete die Tür und ging hinaus zu dem Wärter. »Ich muss den Gefangenen mitnehmen«, erklärte er.

»Mitnehmen?« Der Mann sah ihn mit großen Augen an. »Jetzt?«

»Spreche ich undeutlich oder was?«

»Haben Sie eine offizielle Genehmigung?«

Isaak hielt ihm seinen Dienstausweis vor die Nase. »Offiziell genug?«

»Nicht in diesem Fall. Arthur Krauss wird beschuldigt, der Anführer der Fränkischen Freiheit zu sein. Der Kerl ist kein kleiner Fisch, er ist einer der gefährlichsten Männer im ganzen Reich.«

»Ich muss aber einen Tatort mit ihm begehen. Es ist absolut unerlässlich für meine Ermittlungen.«

»Ohne eine offizielle Erlaubnis von Brigadeführer Merten geht das nicht.«

Isaak schlug mit der Faust auf den Tisch, hinter dem der Beamte saß. »Wissen Sie, wer ich bin? Wissen Sie, mit wem Sie es zu tun haben?«

Der Mann nickte. »Sie sind Sturmbannführer Adolf Weissmann aus dem Führerhauptquartier. Aber selbst Ihnen darf ich den Gefangenen nicht ohne Mertens Erlaubnis mitgeben.«

Isaak sah ein, dass er so nicht weiterkam. »Gut, Sie können Krauss wieder in seine Zelle bringen«, sagte er. »Aber halten Sie ihn bereit. Ich bin in Kürze zurück.«

32

»Schon gelesen?« Nosske hielt den *Völkischen Beobachter* in die Höhe, sodass Oberhausner, der gerade das Büro betreten hatte, die Titelseite sehen konnte. »Franklin Roosevelt, der alte Bauernfänger, hat verkündet, dass die Amerikaner den Krieg gewinnen werden, so wie sie bisher jeden Krieg gewonnen haben. Es gehe um Ehre, Wahrheit und Anstand.« Er lachte trocken. »Ausgerechnet der redet von solchen Idealen – ein Präsident, der sich selbst als Schieber und Devisenspekulant betätigt hat und sich im Kreis von Schmarotzern am wohlsten fühlt.«

»Der Kerl ist ein erbärmlicher Sprücheklopfer«, winkte Oberhausner ab und setzte sich. »Genau wie Winston Churchill. In Wahrheit haben sie beide nichts zu melden. Diese Großmäuler sind doch nur die Marionetten der Juden.«

»Apropos.« Nosske legte die Zeitung zur Seite. »Gibt es etwas Neues von diesen Rubinsteins?«

Oberhausner nickte. »Deswegen bin ich hier. Ich habe vorhin mit Bade gesprochen. Er ist an etwas dran. Wie es aussieht, hat die Fränkische Freiheit mit ihrem Verschwinden zu tun. Bade ist zuversichtlich, dass wir das Ungeziefer bis spätestens Dienstag aufgespürt haben.«

»Gut. Sehr gut.« Nosske nickte zufrieden und widmete sich wieder dem *Völkischen Beobachter*.

Oberhausner sah auf seine Uhr und stand auf. »Ich halte Sie auf dem Laufenden.«

Als der Scharführer den Raum nicht wieder verließ, sondern gedankenverloren stehen blieb, blickte Nosske von seiner Zeitung auf. »Ist noch etwas?«, fragte er.

Oberhausner zögerte. »Gerade eben«, sagte er schließlich, »unten in der Eingangshalle …«

»Jetzt machen Sie's nicht so spannend.«

»Ach«, winkte Oberhausner ab. »Nicht so wichtig. Vergessen Sie's.«

»Jetzt spucken Sie's schon aus.«

Oberhausner kratzte sich am Kopf. »Bertha Herzl, die gemeinsam mit den Rubinsteins in dem Judenhaus in der Guntherstraße gewohnt hat, war dabei, als sich die Feiglinge aus dem Staub gemacht haben.«

Nosske legte die Zeitung auf seinen Schreibtisch, lehnte sich zurück und verschränkte die Arme hinter dem Kopf. »Ich bin ganz Ohr.«

»Ich habe die Frau herbringen lassen, damit Bade sie befragen kann.«

»Und? Hat er irgendetwas aus ihr rausbekommen? Steckt die Fränkische Freiheit hinter der Sache?«

»Keine Ahnung. Sie schwört, von nichts zu wissen. Außerdem sei es zu dunkel gewesen, um Gesichter oder ein Nummernschild zu erkennen.«

»Glauben Sie ihr?«

Oberhausner nickte. »Sie kennen doch Bade. Er sorgt immer dafür, dass die Leute früher oder später die Wahrheit sagen.« Er rieb sich das Kinn. »Es geht aber um etwas anderes.«

»Und zwar?« Nosske wurde langsam ungeduldig.

»Als Herzl hereingeführt wurde, kam zufälligerweise dieser Weissmann die Treppe herunter.«

»Ja, er war hier bei mir im Büro. Gar kein so übler Kerl. Zumindest nicht so übel, wie ich dachte.«

»Sie hätten sehen sollen, wie diese Herzl ihn angestarrt hat. Es schien, als würde sie ihn von irgendwoher kennen, und dann hat sie plötzlich begonnen, Zeter und Mordio zu schreien.«

Nosske zog eine Augenbraue hoch.

»Sie nannte ihn einen Verräter.«

»Einen Verräter? Warum denn das?«

»Erst dachte ich, sie wäre übergeschnappt. Doch später erklärten mir die Polizisten, die sie abgeholt hatten, dass sie zwar hysterisch, aber doch zurechnungsfähig gewesen war.«

»Was wissen die schon? Das sind Polizisten, keine Psychiater.« Nosske zuckte mit den Schultern. »Wir haben Wichtigeres zu tun, als uns um eine verrückte alte Jüdin zu kümmern.«

»Sie hat nicht nur wirres Zeug gebrabbelt, sondern auch klare Sätze gesagt. Sie meinte, er sehe genauso aus wie Isaak Rubinstein.«

Nosske stutzte. »Na ja, dann hat er halt Ähnlichkeit mit diesem Juden«, sagte er schließlich.

»Oder es handelt sich um ein und dieselbe Person.«

Es dauerte einen Augenblick, bis Nosske verstand. »Adolf Weissmann soll der untergetauchte Isaak Rubinstein sein?« Er riss die Augen auf, legte die Stirn in Falten und fing schließlich an zu lachen. »Das ist das Dümmste, was ich heute gehört habe«, prustete er. »Und glauben Sie mir, Oberhausner, in der Oper wurde viel Mist geredet.«

Sein Lachen ebbte ab, als er Oberhausners Gesichtsausdruck sah. »Sie glauben doch wohl nicht, dass an der Sache was dran ist?«

»Ich weiß nicht. Erinnern Sie sich daran, was Erich Gauger gesagt hat. Dass Weissmann sich sehr verändert habe und er ihn ohne von Rahns Hilfe nicht wiedererkannt hätte. Wir könnten im Führerhauptquartier anrufen«, schlug er vor. »Uns ein Foto von diesem Weissmann schicken lassen.«

»Damit würden wir uns nur unnötig lächerlich machen. Rubinstein in der Rolle von Weissmann – allein der Gedanke ist doch völlig absurd.« Nosskes Worte waren klar, sein Tonfall hingegen ließ darauf schließen, dass ihm die Sache doch nicht ganz geheuer war.

»Da haben Sie natürlich vollkommen recht«, winkte Oberhausner ab. »Ich dachte nur, Sie sollten es wissen.« Er wandte sich zum Gehen.

»Warten Sie«, hielt Nosske ihn zurück. »Sagen Sie Bade, er soll Weissmann im Auge behalten. Sicher ist sicher.«

33

Als Isaak erneut durchs Haus lief, musste er sich dazu ermahnen, halbwegs langsam zu gehen und Haltung zu bewahren. Er durfte sich nicht anmerken lassen, dass er sich wie ein Kaninchen in der Schlangengrube fühlte.

Er stieg nach oben in den ersten Stock und durchschritt die Absperrung, die die Räumlichkeiten der Gestapo vom Rest des Hauses trennte. Mit klopfendem Herzen lief er den Flur entlang zu Mertens Büro. Wie sollte er den Brigadeführer nur dazu bringen, ihm Arthur Krauss anzuvertrauen?

Vor der Tür sammelte er sich, atmete tief ein und klopfte an. Ihm stand nicht der Kopf danach, Ursula von Rahn zu begegnen, aber ihm blieb wohl nichts anderes übrig.

Nichts geschah.

Er klopfte erneut, betätigte den Türknauf, doch es war abgeschlossen. »Mist«, fluchte er und schlug sich gegen die Stirn. Es war Sonntag. Natürlich war keiner hier. Er musste sich irgendetwas anderes ausdenken, um Arthur Krauss aus dem Gefängnis zu bekommen. Aber was?

Er beschloss, ins Büro zu gehen und nachzudenken. Auf dem Weg dorthin rief er sich bekannte Fluchten aus der Geschichte und der Weltliteratur in Erinnerung, doch keine davon half ihm weiter. Der Graf von Monte Christo, Maria Stuart, Casanova, Benvenuto Cellini, Maria von Medici …

Sie alle hatten mächtige Verbündete oder zumindest jede Menge Vorbereitungszeit gehabt. Er hatte weder das eine noch das andere. Gedankenverloren betrat er den Raum.

»Da sind Sie ja endlich.«

Isaak schreckte auf. Er hatte völlig vergessen, dass Schmitt ihn erwartete.

»Sie hatten vollkommen recht, als sie sagten, der ominöse Elektriker sei der Schlüssel zur Lösung des Falls.« Der junge Mann sprang auf. Die Worte sprudelten so schnell aus ihm heraus, dass Isaak kaum etwas verstand. »Ich habe mich mit seinem Chef, Herrn Mayer, und anschließend noch einmal mit Oberregierungsrat Westinger unterhalten«, redete er weiter. »Es ist wirklich alles sehr mysteriös. Dieser Hubert Bauer … er ist ein Geist.«

»Wie? Was?« Isaak ging zum Schreibtisch und setzte sich. »Bitte langsam und von vorne.«

»Hubert Bauer ist tot.«

»Ich sagte: langsam und von vorne.«

Schmitt holte Luft. »Ich war erst bei der Firma Mayer«, fing er an zu erzählen. »Dort hat sich herausgestellt, dass sie meine Nachricht zwar erhalten haben, das Ganze aber für eine Verwechslung hielten. Bei ihnen arbeitet nämlich kein Elektriker namens Hubert Bauer.«

Isaak nickte. So etwas in der Art hatte er sich bereits gedacht.

»Ich habe deshalb noch einmal mit Westinger gesprochen …«

»… da jeder Handwerker, um die Burg zu betreten, eine schriftliche Genehmigung von ihm benötigte.«

»So ist es. Westinger schwört, keine für einen Hubert Bauer ausgestellt zu haben.«

Isaak dachte an Werner Hildebrandt, der für die Kontrolle der Genehmigungen verantwortlich gewesen war.

»Alles ergibt jetzt einen Sinn«, fuhr Schmitt fort. »Arthur Krauss war der Mörder, Werner Hildebrandt sein Komplize. Es gab nie eine Genehmigung, und sie haben sich diesen Hubert Bauer einfach nur ausgedacht.«

»Bauer, eine Fantasiefigur? Gerade eben meinten Sie noch, er sei tot. Ich kann Ihnen nicht mehr ganz folgen.«

Schmitt trat neben Isaak und legte ein Blatt Papier vor ihn auf den Schreibtisch. »Ich habe mir eine Liste aller Hubert Bauers in Nürnberg beschafft. Die anderen Handwerker meinten, der Elektriker sei ungefähr so alt wie Sie. Also Mitte, Ende dreißig. Der einzige Hubert Bauer, der dafür infrage kommt, ist der hier.« Er zeigte auf ein Geburtsdatum.

»Geboren am 15. August 1906«, las Isaak vor.

Schmitt fuhr mit dem Finger eine Spalte nach rechts, wo ein weiteres Datum vermerkt war.

»Gestorben am 3. Oktober 1941.«

»Er ist bei der Doppelschlacht von Wjasma und Brjansk gefallen.«

Erneut war Isaak von der Effizienz des jungen Mannes angetan und erschrocken zugleich. Wenn der Rest der Gestapo genauso leistungsstark war, dann gute Nacht.

»Hildebrandt und Krauss wollten von sich ablenken. Weil sie es aber mit ihrem Gewissen nicht vereinbaren konnten, jemand anderen für die Tat bezahlen zu lassen, wählten sie für ihre Täuschung die Identität eines Toten.«

Isaak wollte ihm gern sagen, dass Hildebrandt Krauss gar nicht kannte und die Theorie somit hinfällig war. Doch wie sollte er das darlegen?

»Sie haben mir noch immer nicht erzählt, was genau die beiden bei Ihrer Befragung ausgesagt haben.« Schmitt sah Isaak erwartungsvoll an.

»Nichts Konkretes«, versuchte Isaak, das Thema zu umgehen. »Hildebrandt hat im Gefängnis einiges aufgeschnappt, Krauss wollte sich wichtiger machen, als er ist. Ich habe deshalb so meine Zweifel an der Täterschaft der beiden.«

»Wirklich?« Schmitt schien skeptisch.

Isaak fasste an seinen Bauch. »Manchmal muss man auch auf den hier hören. Es geht nämlich nicht immer nur um Zahlen, Daten und Fakten. Außerdem liefert Ihre Hypothese keine Erklärung dafür, dass der vorgebliche Elektriker die Burg um eine Minute nach fünf durch den Haupteingang verlassen hat. Gemeinsam mit Lotte Lanner. Da war sie offenbar noch quietschfidel.«

»Das hat sich Hildebrandt einfach ausgedacht. Ein weiteres Ablenkungsmanöver.« Dieses Mal wirkte Schmitt jedoch nicht ganz so überzeugt.

»Und was ist mit dem Stück Stoff im Fluchttunnel?«

Darauf hatte Schmitt keine Antwort. Er zuckte mit den Schultern.

»Nehmen wir doch einfach mal an, dass Krauss und Hildebrandt nichts mit dem Mord zu tun haben«, schlug Isaak vor. »Was hat Herr Westinger gesagt? Konnte er sich den Genehmigungsschein irgendwie erklären?«

»Er schwört auf das Leben des Führers, ihn nicht ausgestellt zu haben.« Schmitt fasste an seinen Bauch. »Und der hier sagt, dass das die Wahrheit ist. Das bedeutet, es bleiben zwei Möglichkeiten: Es waren doch Krauss und Hildebrandt – sprich, es gab nie eine Genehmigung. Oder …«

»… oder sie waren es nicht, und jemand hat die Genehmigung gefälscht«, vervollständigte Isaak den Satz. »Rufen Sie Westinger noch einmal an und fragen Sie ihn, wer Zutritt zu seinem Büro hat. Wer hätte sich Briefpapier und Stempel nehmen können? Und wer hat Einblick in die Arbeitspläne? Immerhin wusste der Täter, an welchem Tag kein anderer Elektriker in der Burg war, der ihn hätte enttarnen können.«

»Längst erledigt.«

Langsam wurde Schmitt ihm wirklich unheimlich. »Und?«

»Laut Westinger kommt nur die Putzfrau infrage. Eine gewisse Irmgard Sauer.«

»Ich gehe mal davon aus, dass Sie bereits ihre Adresse eruiert haben.«

Schmitt nickte.

»Dann lassen Sie uns diese Frau Sauer befragen. Vielleicht kann sie uns weiterhelfen.«

Isaak wartete vor dem Hauptquartier, während Schmitt bei der Fahrbereitschaft einen Wagen samt Chauffeur organisierte.

Er blickte in den blassblauen Himmel und fragte sich, wie lange es noch dauern würde, bis die Flugzeuge der britischen Royal Airforce die Stadt erneut in Angst und Schrecken versetzen würden. Der letzte Angriff von oben war im Oktober erfolgt und hatte nur geringe Schäden angerichtet. Doch dabei würden es die Alliierten nicht belassen – so viel stand fest. Nürnberg war ein wichtiger Standort der Rüstungsindustrie und hatte als Austragungsort der Parteitage einen hohen Symbolcharakter. Die Gegner des Deutschen Reiches würden alles daransetzen, die Stadt so bald wie möglich zu zerstören.

Noch ehe er sich darüber klar werden konnte, ob er das nun gut oder schlecht finden sollte, kam das Auto samt Schmitt angefahren.

Isaak stieg ein, entschied, dass Luftangriffe derzeit sein geringstes Problem waren, und dachte darüber nach, mit welcher List er Merten dazu bringen konnte, ihm Arthur Krauss auszuhändigen.

Auch darauf wollte ihm nichts einfallen, und so musste er ohne Antworten das Haus betreten, in dem die Putzfrau von Baureferent Westinger lebte.

Irmgard Sauer, eine verhärmte Frau Ende fünfzig, die eine geblümte Schürze trug, machte ihrem Namen alle Ehre. »Was auch immer Sie wollen, kann das nicht warten? Ich bin gerade beschäftigt.« Mit verkniffener Miene hielt sie einen Kochlöffel in die Höhe. »Außerdem habe ich schon gespendet. Für die Kriegswinterhilfe und die Altstoffsammlung.«

»Wir sind nicht deswegen hier.« Schmitt präsentierte ihr seinen Dienstausweis, woraufhin sie ganz blass um die Nase wurde.

»Sondern?«

»Es geht um Hubert Bauer.«

»Kenne ich nicht. Sie müssen sich in der Tür geirrt haben.«

»Ich denke, wir sind hier genau richtig.« Schmitt baute sich in seiner vollen Größe vor ihr auf.

»Ich kenne wirklich keinen Hubert Bauer. Wer soll das sein?«

Sie ließ den Kochlöffel sinken, rote Flüssigkeit tropfte auf den Boden. Frau Sauer wirkte verunsichert und trotzig zugleich.

Schmitt fasste sich an seinen Bauch und schenkte Isaak einen vielsagenden Blick. »Entweder er ist von den Toten auferstanden«, erklärte er an Frau Sauer gewandt, »oder jemand hat seine Identität gestohlen, um in die Wohnung eines hochrangigen Offiziers einzudringen und dort ein Verbrechen zu begehen.« Er schob sie zur Seite und betrat die Wohnung.

»He!« Sie eilte ihm hinterher. »Sie können doch nicht einfach ungefragt hereinkommen. Hat Ihnen Ihre Mutter denn keine Manieren beigebracht?«

»Wollen wir in die Küche gehen?«, versuchte Isaak, die Situation zu entschärfen. »Nicht, dass noch was anbrennt.«

Frau Sauers Zuhause war klein, die Einrichtung alt und abgewohnt, aber blitzblank sauber. Isaak schaute sich um. Der winzige Vorraum wirkte freundlich und warm. Der Boden war mit einem bunten Flickenteppich bedeckt, die Wände wurden von Bildern geziert, die sonnige Hügel und andere ländliche Idyllen darstellten. An der Garderobe hingen ein beiger Staubmantel und ein Filzhut in derselben Farbe. Auf einem Beistelltisch lag ein Stapel Zeitschriften: *Blatt der Hausfrau*.

Er machte ein paar Schritte und erhaschte durch eine offene Tür einen Blick in das Schlafzimmer. Bei flüchtiger Beurteilung wirkte die Wohnung wie ein anständiger deutscher Haushalt, doch als Isaak genauer hinsah, fiel ihm auf, dass nirgendwo NS-Symbole zu sehen waren. Keine Hakenkreuze, keine Bilder des Führers, keine Ausgabe des *Stürmers* oder dergleichen. Stattdessen hingen über dem Bett Heiligenbilder und Rosenkränze. Dies war ein tiefgläubiger christlicher Haushalt, in dem noch immer Jesus als der Messias und Erlöser galt. Nicht Hitler.

Auch Schmitt war das nicht entgangen. Er nickte wissend.

Frau Sauer ging, gefolgt von Isaak, in die Küche. Der kleine Raum wurde fast gänzlich von einem Waschbecken und einem Herd ausgefüllt. Dazwischen blieb so wenig Platz, dass Schmitt in der Tür stehen bleiben musste.

»Riecht gut«, sagte Isaak und schaute in die beiden Töpfe, die auf dem Herd standen. In dem einen köchelte eine Tomatensuppe, im anderen eine Art Eintopf aus Wirsing, Sellerie und Kohlrüben.

Sie sah ihn böse an, drehte die Flamme kleiner und rührte in der Suppe. »Was wollen Sie?«

»Der Mann, der sich als Hubert Bauer ausgegeben hat, besaß einen gefälschten Genehmigungsschein aus dem Büro von Oberregierungsrat Westinger.«

»Na und? Was habe ich damit zu tun?«

»Westinger behauptet, dass neben ihm nur Sie Zutritt zu seinem Büro hatten.« Isaak sah ihr in die Augen. »Hat irgendjemand Sie dazu angestiftet, ihm Briefpapier, Stempel und Arbeitspläne zu beschaffen?« Er versuchte so wenig einschüchternd wie möglich zu wirken, lehnte sich gegen die Fensterbank und machte sich klein, sodass ihre Augen auf derselben Höhe waren. »Sie können es mir sagen. Wahrscheinlich haben Sie sich nichts Böses dabei gedacht.«

Frau Sauer stemmte die Hände in die Hüften. »Sie glauben wohl, ich wäre nicht ganz schlau, oder wie? Nur weil ich eine Frau bin, oder was? Sie glauben, ich wäre naiv, ließe mich mir nichts, dir nichts um den Finger wickeln oder könnte Recht nicht von Unrecht unterscheiden?«

»Das hat niemand behauptet.«

Isaak musterte sie. Sigmund Freud hatte einst gesagt,

dass kein Sterblicher ein Geheimnis verbergen könne: *Wessen Lippen schweigen, der schwätzt mit den Fingerspitzen; aus allen Poren dringt ihm der Verrat.* Genau so war es im Fall von Irmgard Sauer. Die Schuld, die unter ihrer Empörung brodelte, war nicht zu verkennen.

»Machen wir es kurz und einfach«, ging Schmitt dazwischen. »Waren Sie an der Fälschung eines Genehmigungsschreibens beteiligt? Ja oder Nein?« Als sie nicht sofort antwortete, deutete er auf das Kreuz, das über dem Türrahmen hing. »Achtes Gebot: *Du sollst nicht falsches Zeugnis ablegen wider deinen Nächsten.*«

Interessant, dachte Isaak. Schmitt kannte sich mit der Bibel aus. Der junge Mann war vielschichtiger, als er es ihm zugetraut hätte.

Frau Sauer schnaubte und wischte sich die Hände an der Schürze ab. »Fünftes Gebot: *Du sollst nicht töten*«, sagte sie mit eisiger Stimme. »Drittes Gebot: *Du sollst den Feiertag heiligen*. Erstes Gebot: *Du sollst keine anderen Götter neben mir haben.*« Sie blickte Schmitt und Isaak trotzig an. »Was halten Sie davon?«

»Da brennt gleich was an.« Isaak deutete auf die Suppe.

Sie drehte ihnen den Rücken zu und kratzte mit dem Kochlöffel über den Boden des Topfes.

»Ja oder nein?«, fragte Schmitt.

»Nein.« Das leise Zittern in ihrer Stimme verriet sie.

»Wir werden uns jetzt ein bisschen umsehen.« Schmitt trat in den Flur.

»Wenn Ihnen das recht ist«, fügte Isaak hinzu.

»Als hätte ich eine Wahl.« Noch immer hielt sie sich von ihnen abgewandt, rührte, als würde ihr Leben davon abhängen.

»Sehen Sie sich im Schlafzimmer um. Ich übernehme das Wohnzimmer.« Isaak betrat die kleine heimelige Stube. Die Mitte des Raumes wurde von einem Kanonenofen beherrscht, dahinter standen eine Eckbank und Stühle mit geblümten Sitzkissen rund um einen Esstisch, auf dem Strickzeug lag. Links davon befand sich eine Kommode, auf der ein gutes Dutzend Bücher gestapelt waren. Isaak fühlte sich magisch von ihnen angezogen. Es handelte sich um eine Bibel und ein Heiligenlexikon, Frau Sauer besaß aber auch einen Gedichtband von Christian Morgenstern und einige Werke von Lessing und Kleist. Isaak konnte nicht anders, als ein Buch zu nehmen, es zu befühlen und daran zu schnuppern. Der lederne Einband von *Nathan der Weise* fühlte sich gut an, der Buchblock roch nach altem Papier und Druckerschwärze. Es gab nichts Schöneres. Sachte schlug er es auf. *Nürnberg, 14. Februar 1905. Für I.K., für immer Dein, W.S.*, las er die Widmung und kam sich wie ein Voyeur vor.

Schnell legte er das Werk zurück und ließ seinen Blick über die silbergerahmten Fotografien wandern, die neben den Büchern standen. Er nahm das erste Bild in die Hand und betrachtete es. Es war ein Hochzeitsfoto. Die junge Frau Sauer war einmal hübsch gewesen. Keine Schönheit, die einem sofort ins Auge sprang so wie Ursula von Rahn, sondern eine subtile Grazie, deren Reize sich nach und nach offenbarten. An ihrer Seite stand ein etwas dickerer, sanft wirkender Mann. Beide blickten ernst, aber nicht unfreundlich in die Kamera.

Unwillkürlich musste Isaak an das Foto von ihm und Clara denken.

Schnell lenkte er sich ab, indem er nach dem nächsten

Rahmen griff. Das Bild darin zeigte Herrn Sauer um einige Jahre gealtert, noch immer pausbäckig und mit einem gütigen Zug um den Mund. Isaak überlegte, wo der Mann wohl gerade war. Die Frage beantwortete sich von selbst, als sein Blick auf die untere rechte Ecke des Rahmens fiel. Trauerflor. Irmgard Sauer war Witwe.

Er stellte das Bild zurück und zog die oberste Schublade der Kommode auf. Das schlechte Gewissen darüber, in fremden Dingen herumzuschnüffeln, trat in den Hintergrund, als ihm plötzlich ein interessantes Dokument ins Auge stach. Es war mit den Worten *Im Namen des Deutschen Volkes* betitelt. *In der Strafsache gegen den Reichsbahnbeamten Walther Sauer aus Nürnberg, geboren am 12. September 1885 in Augsburg, zurzeit in dieser Sache in gerichtlicher Untersuchungshaft wegen Zersetzung der Wehrkraft, Begünstigung von Juden und Vorbereitung zum Hochverrat …* Isaak schwante Schlimmes. Er überflog die bürokratischen Floskeln und die Namen der Richter. Tatsächlich war Herr Sauer eineinhalb Jahre zuvor zum Tode verurteilt worden. *Die bürgerlichen Ehrenrechte werden ihm dauernd aberkannt. Die Kosten des Verfahrens werden dem Angeklagten auferlegt*. Isaak schluckte, und ihm wurde einiges klar. Irmgard Sauer hatte jeden Grund, die Nazis zu hassen. Kein Wunder, dass sie gern dazu bereit gewesen war, an der Fälschung der Genehmigung mitzuwirken.

Was sollte er jetzt nur tun? Wie es schien, waren die Sauers gute, anständige Menschen. Er konnte die Frau doch nicht einfach ans Messer liefern. Wenn er es hingegen nicht tat, würden Arthur Krauss und Werner Hildebrandt für den Mord bezahlen.

Er schreckte zusammen, als ein Knarren die Stille im Raum zerriss.

»Haben Sie irgendetwas gefunden?«, fragte Schmitt.

Isaak legte das Urteil zurück, schob die Schublade zu und drehte sich um. »Nein«, sagte er. Er hatte einen Entschluss gefasst. Er würde nicht nur Krauss, sondern auch Hildebrandt aus dem Gefängnis schmuggeln. Sie würden zu dritt untertauchen, und Frau Sauer konnte auf freiem Fuß bleiben. »Gehen wir.«

»Gehen?« Schmitt schaute fassungslos. »Die Frau ist so schuldig, wie man es nur sein kann.«

»Wir haben keine Beweise.«

Im selben Moment, als er die Worte ausgesprochen hatte, wurde ihm bewusst, wie dumm sie waren. Die Gestapo brauchte keine Beweise, sie erschuf ihre eigene Wahrheit.

»Noch nicht«, flüsterte Schmitt. »Nehmen wir sie mit. Alles andere ist nur eine Frage der Zeit.«

Isaak dachte kurz nach. »Lassen wir sie stattdessen besser überwachen. Die Holzhammermethode ist nicht immer die zielführendste. Wiegen wir Frau Sauer in Sicherheit, dann begeht sie vielleicht einen Fehler.«

Schmitt nickte. »Eine sehr gute Idee.«

Isaak ging zurück in die Küche. »Wir gehen jetzt«, sagte er zu Frau Sauer, die noch immer am Herd stand und schweigend in ihrem Eintopf rührte. »Frau Sauer? Haben Sie mich verstanden?«

Sie drehte sich um und blickte ihm in die Augen.

»Seien Sie vorsichtig«, flüsterte er. Überwachung, formten seine Lippen.

Sie schien erst nicht zu verstehen, doch dann nickte sie stumm.

»Ich werde die Überwachung augenblicklich veranlassen«, sagte Schmitt, als sie auf die Straße traten. Er blickte auf seine Uhr.

»Machen Sie das. Ich werde zu Fuß ins Hotel gehen und dabei noch ein bisschen nachdenken. Oft ergeben viele Puzzlesteinchen erst mit etwas Abstand ein Bild.«

»Verstehe. Bis morgen«, sagte Schmitt.

»Bis morgen«, entgegnete Isaak und hoffte, dass dies tatsächlich das letzte Mal war, dass sie sich voneinander verabschiedet hatten.

34

Isaak spazierte durch den Rosenaupark, der sich westlich der Altstadt befand, in Richtung Hotel. Es war kurz vor halb sieben, und das Zwielicht der Dämmerung verlieh den Büschen und Bäumen etwas Bedrohliches. Der Wind ließ die Zweige wogen, die Blätter raschelten, als wären sie Gespenster, die ihm etwas zuflüstern wollten.

»Juden«, zischten sie.

Er beschleunigte seine Schritte und eilte weiter, wobei ihm ein Vers von Eichendorff einfiel. *»Dämmrung will die Flügel spreiten, schaurig rühren sich die Bäume …«*

Isaak versuchte, sich den Rest des Gedichts ins Gedächtnis zu rufen, als erneut das Wort »Juden« an sein Ohr drang.

Auf der Straße angelangt, erkannte er, dass es nicht die Geister des Parks gewesen waren, die gesprochen hatten, sondern eine Gruppe von Männern und Frauen, die gerade einen Lastkraftwagen entluden. Im fahlen Abendlicht zeichneten sich ihre Silhouetten dunkel gegen den Himmel ab. Sie waren Schattengestalten, die eine menschliche Kette gebildet hatten.

Er hielt sich in einer finsteren Ecke verborgen und beobachtete das Treiben. Was ging hier vor sich?

Sie schienen ihn nicht bemerkt zu haben, waren voll und ganz damit beschäftigt, Kisten, Schachteln und Truhen von der Ladefläche zu heben und in ein großes Gebäude zu befördern.

»Geschieht den Juden ganz recht«, hörte er eine junge Frau sagen.

»Finde ich auch«, stimmte ein älterer Mann zu. »Jahrelang haben sie uns auf der Tasche gelegen und versucht, das deutsche Volk auszubluten. Da ist es nur gerecht, dass wir uns wieder holen, was eigentlich uns gehört.«

Isaak schlich näher an das Geschehen und konnte endlich erkennen, was sich in den Behältnissen befand. Eine Kiste war voller Menora, siebenarmigen Leuchtern, die in keinem jüdischen Haushalt fehlen durften. Andere enthielten Wäsche, Kleider und Schuhe, Küchenutensilien und Bücher.

Ihm wurde übel, als er endlich begriff, was hier verfrachtet wurde. Dies waren die Besitztümer jener Juden, die nach Osten verschickt wurden. Sie alle hatten nicht mehr als einen Koffer mitnehmen dürfen. Es waren jene Dinge, die keinen Platz im Gepäck gefunden hatten.

Waren die Arisierungen denn nicht genug gewesen? Hatte es nicht gereicht, ihnen ihre Geschäfte, Häuser und Wohnungen zu nehmen? Mussten die Nazis sich jetzt auch noch ihre ganz persönlichen, intimen Dinge unter den Nagel reißen? Ungläubig beobachtete er die junge Frau dabei, wie sie ein Paar Seidenstrümpfe in ihrer Manteltasche verschwinden ließ. Nichts war ihnen mehr heilig.

Ein weiterer LKW kam angefahren, der mit Möbeln und Pelzmänteln beladen war. Aus der Ferne konnte er weitere Scheinwerferpaare erkennen.

Isaak ergriff die Flucht. Er konnte den Anblick dieser emsigen, raffgierigen Helferlein keine Sekunde länger ertragen. All die Schicksale, die mit jedem einzelnen Gegenstand verbunden waren … Der Gedanke, dass ihre rechtmäßigen Besitzer gerade auf dem Weg in den sicheren Tod waren, trieb ihm Tränen in die Augen. Schnell wischte er sie fort und ging mit zusammengebissenen Zähnen weiter in östlicher Richtung. Er würde schlafen, Kraft tanken. Gleich am kommenden Morgen würde er bei Merten vorsprechen. Irgendwie würde es ihm schon gelingen, Arthur Krauss und Werner Hildebrandt aus dem Gefängnis zu holen und seine Familie zu finden. Zusammen würden sie fliehen, das Grauen hinter sich lassen.

So gut es ging, hielt er den Blick auf den Boden gerichtet, wollte die Passanten nicht ansehen, sich nicht fragen müssen, woher sie ihre Mäntel, Hüte und Pelzstolas hatten.

Als er in den Frauentorgraben einbog, vernahm er plötzlich Schritte hinter sich, woraufhin er stehen blieb und sich umschaute. Da war nichts, das irgendwie verdächtig schien, also versuchte er, das ungute Gefühl abzuschütteln und lief weiter. Wenige Meter später hörte er die Schritte erneut, und wieder überkam ihn ein undefinierbares Unwohlsein. Es war etwas Archaisches, der Urinstinkt des Beutetiers.

Er wurde verfolgt.

Isaak ging langsamer, bog in die nächste Seitenstraße ein und wartete.

Tatsächlich dauerte es nicht lange, bis ein Mann mit hochgeschlagenem Mantelkragen und tief in die Stirn gezogenem Hut um die Ecke kam.

Isaak erkannte ihn sofort. Es war der Mann namens Bade, einer von Nosskes Handlangern.

Bade machte es anscheinend nichts aus, dass er gestellt

worden war. Er fasste in seine Manteltasche, steckte sich einen Zahnstocher zwischen die Lippen und kam grinsend auf Isaak zu. »Sturmbannführer Weissmann. Dachte ich mir doch, dass Sie das sind.« Er streckte den Arm aus. »Sieg Heil!«

Isaak setzte ein Lächeln auf. »Sturmscharführer Bade, wenn ich mich nicht täusche.«

»In voller Pracht.« Bades Grinsen wurde breiter. »Wie gut, dass ich Sie gesehen habe. Sie laufen nämlich in die falsche Richtung.«

Isaak schaute fragend.

»Erich Gauger meinte, Sie würden heute zum Boxen ins Kameradschaftshaus kommen. Das liegt in der anderen Richtung. Scheint, als wäre heute Ihr Glückstag – ich wollte mich gerade auf den Weg dorthin machen.« Er zeigte nach rechts. »Da drüben befindet sich ein Taxistand. Kommen Sie?«

»Ich muss leider passen.« Isaak suchte verzweifelt nach einer Ausflucht. »Ich sterbe vor Hunger.«

»Perfekt. Am besten kämpft es sich doch sowieso mit nüchternem Magen.«

»Ich komme gern ein anderes Mal. Es war ein langer Tag.«

»Das war es für uns alle. Kommen Sie«, sagte Bade in jovialem Tonfall. »Ich weiß aus Erfahrung, dass es während einer anspruchsvollen Ermittlung guttut, mal ein bisschen Dampf abzulassen. Außerdem sind alle schon sehr auf den großen Champion gespannt.«

»Erich hat furchtbar übertrieben«, winkte Isaak ab. »Ich bin nicht halb so gut, wie er behauptet.«

»Jetzt seien Sie mal nicht so bescheiden. Gauger hat von

Ihrer Schlagkraft und Beinarbeit geschwärmt. Normalerweise übertreibt er nicht.«

»Das ist Jahre her«, wand Isaak sich. »Ich bin völlig aus der Form.«

Bade trat einen Schritt zurück und musterte ihn. Demonstrativ langsam ließ er seinen Blick über Isaaks Körper wandern. »Sie sehen doch ganz gut trainiert aus.«

Isaak dachte an die harte Zwangsarbeit in der Munitionsfabrik. »Momentan bin ich zwar gut bei Kräften, meine Ausdauer lässt aber sehr zu wünschen übrig.«

»Jetzt kommen Sie schon. Nur ein, zwei Runden. Das wird ein Spaß.«

»Ich habe da eine alte Verletzung, die …«

»Ach was«, winkte Bade ab. »Ich hab Sie doch gerade eben beobachtet. Sie bewegen sich wie ein Athlet.«

Isaak suchte nach einer weiteren Ausrede, doch es wollte ihm keine mehr einfallen. Zumindest keine, die Bade nicht sofort wieder hätte entkräften können. Es schien, als hätte der SS-Offizier es zu seiner Mission erklärt, ihn ins Kameradschaftshaus zu schleifen.

Natürlich hat er das, begriff Isaak plötzlich. Aufgrund des Zwischenfalls mit Frau Herzl ahnten die Gestapoleute, dass mit ihm etwas nicht stimmte. Deshalb beschattete Bade ihn. Er hatte ihn im Visier.

»Wollen wir?«

Isaak seufzte. »Von mir aus.« Aus Mangel an Alternativen folgte er ihm schicksalsergeben. Er durfte auf keinen Fall in den Ring steigen. Dann wäre er verloren.

»Erzählen Sie doch mal von Berlin«, forderte Bade, nachdem sie in einen Wagen gestiegen waren und nach Osten, Richtung Mögeldorf, fuhren.

»Ach, wissen Sie«, winkte Isaak ab. »Ich bin ein Arbeitstier und gehe nicht viel aus. Frankfurt, Berlin, Nürnberg – für mich macht das keinen großen Unterschied.«

»Und wie war's in Warschau?«

Isaak schwieg.

»Dort haben Sie doch Ihren letzten Fall gelöst, nicht wahr?«

»Geheime Reichssache.«

Nie hatte sich eine Autofahrt länger angefühlt als diese. Bade löcherte Isaak mit Fragen, und so war er beinahe froh, als der Wagen endlich anhielt.

Sie stiegen vor einer Villa aus, die wie ein kleines Schlösschen aussah. Das Gebäude war rundherum mit Giebeln und Erkern ausgestattet, auf dem Dach wehte eine Hakenkreuzflagge.

»Welcher Kameradschaft gehören Sie eigentlich an?«, fragte Bade, während sie über eine Auffahrt zum Eingang gingen.

Isaak tat, als hätte er ihn nicht gehört und betätigte die Glocke.

»Welcher Kameradschaft …«, setzte Bade erneut an.

In diesem Moment wurde die Türe geöffnet. Erich Gauger strahlte bis über beide Ohren, und Isaak war tatsächlich froh, ihn zu sehen. Alles war besser als Bades Inquisition.

»Mensch, Adolf, du hast es tatsächlich geschafft. Ich freu mich riesig.«

»Erich, wie hätte ich mir das entgehen lassen können.« Isaak klopfte ihm auf die Schulter.

Gaugers Strahlen wurde noch breiter. »Komm herein, die anderen können es kaum erwarten, dich kennenzulernen. Dein größter Bewunderer ist übrigens auch hier.«

»Bewunderer?«

Isaak erhielt keine nähere Erklärung, denn Gauger war bereits vorausgeeilt und vor einer großen Doppelflügeltür am Ende des Flures stehen geblieben. Mit einer theatralischen Geste öffnete er sie. »Herzlich willkommen.«

Sie betraten einen riesengroßen Saal, der so ritterlich wirkte, dass er besser in die Nürnberger Burg gepasst hätte als nach Mögeldorf. Den Boden zierten dunkelbraune Holzplanken, die deckenhohen Fenster wurden von langen schweren Vorhängen aus Brokat flankiert. Erhellt wurde der Raum von zwei massiven Kristalllüstern, und natürlich durften die obligatorischen Hakenkreuzbanner nicht fehlen, genauso wenig wie ein lebensgroßes Porträt des Führers.

Was nicht zu dem Ambiente passte, war der Geruch. Es stank nach Bier, Schweiß und Testosteron.

Niemand beachtete sie. Die Aufmerksamkeit aller Gäste war auf das Zentrum des Raumes gerichtet.

»Los«, rief jemand. »Schlag endlich zu.«

»Worauf wartest du?«, stimmte ein anderer mit ein. »Zeig, was in dir steckt.«

Als gäbe es an den Fronten nicht genügend Möglichkeiten, seine Männlichkeit und seinen Heldenmut zu beweisen, dachte Isaak, während er Gauger folgte und sich durch die Anwesenden schlängelte. So sahen sie also aus, die Helden, die sich lieber im geschützten Rahmen maßen – dort, wo keine Kugeln und Panzergranaten flogen, sondern allenfalls ein paar Fäuste.

Endlich konnte er sehen, worauf die Augen aller gerichtet waren. Aus vier Stühlen und einem Seil war in der Mitte des Saales ein provisorischer Ring errichtet worden. Darin tänzelten zwei Kerle umeinander herum. Sie hatten ihre

Schuhe und ihre Oberbekleidung ausgezogen, an den Händen trugen sie Mullbandagen. Zu Isaaks Überraschung war einer davon Schmitt.

Der junge Mann stellte sich gut an. Er war wendig, seine Schläge wirkten sicher und schnell. Für kurze Zeit schaffte es sein Gegner, ihm auszuweichen, doch dann erzielte Schmitt den ersten Treffer. Blut schoss aus der Nase des anderen. Die Zuschauer raunten, und der Opponent streckte die Hände in die Höhe. Dies war wohl das Zeichen, dass er aufgab. Eine Glocke ertönte, gefolgt von verhaltenem Applaus.

Schmitt lächelte, blickte in die Runde, und als er Isaak sah, weiteten sich seine Augen. »Sie sind tatsächlich gekommen«, rief er und sprang über das Seil.

»Was machen Sie denn hier?«, fragte Isaak.

»Ich boxe regelmäßig im Nürnberger Sportklub, und hie und da darf ich auch hier beweisen, was ich kann.«

»Sie haben sich gut geschlagen. Im wahrsten Sinne des Wortes.«

Schmitt errötete wie ein Kind, das von einem strengen Lehrer gelobt worden war. »Ja? Meinen Sie wirklich?« Er wischte sich Schweiß aus dem Gesicht und begann, die Bandagen zu lösen. »Ich habe erst heute erfahren, dass Sie auch kämpfen und einmal sogar Champion waren.«

Isaak seufzte. »Das ist lange her. Viel zu lange.« Er hielt inne, da ihm eine Idee kam. »Lassen Sie uns doch von hier verschwinden. Gehen wir irgendwohin, wo es ruhiger ist und wir uns in Ruhe unterhalten können. Wir haben uns mehr zu erzählen, als ich gedacht hätte.«

Noch bevor Schmitt reagieren konnte, trat Bade neben sie beide. »Dann wollen wir doch mal sehen, was Sie so draufhaben.« Er zog sein Sakko aus und knöpfte sein Hemd auf.

Noch ehe Isaak verstand, was gerade geschah, trat Gauger in den provisorischen Ring. »Meine Herren«, rief er und läutete die Glocke. »Wenn ich kurz um Ihre Aufmerksamkeit bitten dürfte. Es ist mir eine große Ehre, als Nächstes ein ganz besonderes Duell anzukündigen.«

Die anwesenden Männer hörten auf, sich zu unterhalten, und traten näher.

»Unser Kameradschaftschampion, Sturmscharführer Gerhard Bade, wird gegen einen ganz besonderen Ehrengast antreten«, verkündete Gauger mit stolzgeschwellter Brust. »Es handelt sich um keinen Geringeren als den ehemaligen Frankfurter Meister im Halbschwergewicht, den besten Kriminalisten im Reich und persönlichen Freund von Heinrich Himmler.« Er zeigte auf Isaak. »Ich präsentiere Sturmbannführer Adolf Weissmann.«

Jubel und Applaus ertönten.

»Scheint, als müssten wir doch noch kurz bleiben«, sagte Schmitt. »Wir können uns ja nachher absetzen.«

»Worauf warten Sie?« Bade stieg über das Seil, boxte ein paarmal in die Luft und spannte seine Muskeln an. Selbstgefällig präsentierte er seinen gestählten Körper, an dem kein Gramm Fett zu viel war. Als er sich streckte, wurde auf der Innenseite seines linken Oberarms ein kleines A sichtbar – die berühmt-berüchtigte Blutgruppentätowierung der Waffen-SS.

Isaak setzte sich auf einen Stuhl und schnürte so langsam wie möglich seine Schuhe auf. Er musste Zeit schinden, einen Plan ersinnen.

»Ist er gut?« Er deutete auf Bade.

»In seiner Gewichtsklasse ist er der Beste. Zumindest hier in Franken.« Schmitt setzte sich neben Isaak und zog eine Rolle Mull aus seiner Hosentasche. »Er ist flink, leistet perfekte Beinarbeit, seine Rechte ist gefürchtet.«

»Irgendwelche Schwachstellen?«

Schmitt nickte und zeigte auf Isaaks Hände. Dieser streckte sie aus, und Schmitt legte ihm die Bandagen an. »Er wird schnell überheblich und unterschätzt seine Gegner. Sobald der Kampf gut für ihn läuft, vergisst er seine Deckung. Wiegen Sie ihn in Sicherheit, und dann schlagen Sie zu.«

»Danke.« Isaak reichte Schmitt sein Sakko und sein Hemd. Dabei war er tunlichst darauf bedacht, das Fehlen der Tätowierung nicht preiszugeben. Das Unterhemd ließ er an – im Gegensatz zu den feinen Herren im Saal hatte er in den vergangenen Monaten und Jahren kein reichhaltiges Essen genossen, sondern hart geschuftet. Sie sollten nicht sehen, wie sehr sich seine Rippen abzeichneten und wie viele blaue Flecken er hatte.

»Bereit?«, rief Gauger.

Nein, wollte Isaak sagen. Stattdessen nickte er, trat in den Ring und stellte sich Bade gegenüber.

»Es gelten die Regeln des Reichsbundes. Jeder von euch kann den Kampf durch das Hochheben beider Arme für beendet erklären.«

Isaak stöhnte innerlich. Er konnte maximal den rechten Arm in die Höhe strecken. Auf keinen Fall den linken. Einen Abbruch würde es für ihn deshalb nicht geben.

»Nun denn, meine Herren«, rief Gauger. »Schmerz ist vergänglich, Ehre unsterblich.« Mit diesen Worten läutete er die Glocke.

Augenblicklich ließ Bade seine Fäuste durch die Luft sausen. Er verpasste Isaak eine Links-rechts-Kombination mitten ins Gesicht.

Blut schoss ihm aus der Nase, besudelte sein weißes Feinrippunterhemd. In seinem Mund und seinem Rachen breitete sich ein metallischer Geschmack aus.

Noch ehe er sich wieder fangen konnte, setzte Bade zu einer erneuten Attacke an. Dieses Mal waren Isaaks Nieren und Leber Ziel seiner Schläge.

Isaak hatte keine Chance, selbst einen Treffer zu landen. Er war viel zu sehr damit beschäftigt auszuweichen, abzuwehren und einzustecken.

Wie lange dauerte eine Runde? Warum läutete denn niemand die verdammte Glocke?

Wie ein Trommelfeuer sausten Bades Fäuste auf Isaak nieder. Brust, Bauch, Hals, Oberarme – nichts blieb verschont.

Isaak versuchte standzuhalten, doch irgendwann, so als hätte man einen Schalter betätigt, wurde ihm schwarz vor Augen. Er verlor das Gleichgewicht und ging zu Boden.

Unsanft schlug er auf den harten Dielen auf. Er blinzelte und blickte hoch. Über ihm stand Bade mit einem triumphalen Grinsen im Gesicht, daneben Gauger, der Blick voller Zweifel. Er konnte hören, wie die Männer im Publikum sich Spöttisches zuraunten.

»Von wegen Champion.«

»Ich wusste gleich, dass dieses Hemd es nicht bringt.«

Er rappelte sich hoch, sein Körper ein einziger Schmerz, die Beine wie aus Wackelpudding.

»Geht's?«, fragte Gauger.

»Gleich.« Isaak wischte sich Blut aus dem Gesicht.

»Du kannst auch aufgeben.«

Nein, das konnte er nicht. Isaak dachte an Schmitts Worte. *Sobald der Kampf gut für ihn läuft, vergisst er seine Deckung.* Er holte tief Luft, ballte die Hände zu Fäusten und dachte an den Tag, an dem ihm die Nazis sein Antiquariat genommen hatten. Er rief sich den Moment in Erinnerung, als er und Clara sich ihretwegen hatten trennen müssen. Er dachte an seine Familie, dachte an das Protokoll, flatternde Paketanhänger und ein Paar Seidenstrümpfe.

Die Glocke erklang.

»Elf Millionen«, murmelte er, und noch ehe Bade wusste, wie ihm geschah, holte Isaak aus und legte all seinen Zorn in den Schlag.

Er traf seinen Gegner am Kinn. Dieser taumelte, die Überheblichkeit verschwand aus seinem Gesicht. Noch ehe er in irgendeiner Weise reagieren konnte, schlug Isaak erneut zu. Wieder und wieder. Er wollte elf Millionen Mal zuschlagen.

Bade erschlaffte, sackte in sich zusammen und blieb regungslos liegen.

Im Saal breitete sich unheimliche Stille aus.

Gauger sprang in den Ring, ging neben Bade in die Hocke und begann, ihn auszuzählen. »… fünf – sechs – sieben – acht – neun …«

Noch bevor er zehn rufen konnte, begann das Publikum zu applaudieren.

Isaak spuckte Blut auf den Boden und fing an zu lachen. Er hatte es tatsächlich geschafft. Noch ehe er wusste, wie ihm geschah, packte Gauger seine linke Hand und riss sie in die Höhe.

»Wir haben einen Sieger«, rief er.

Dann ging alles ganz schnell: Schmitt kam in den Ring gerannt, in der einen Hand einen Eisbeutel, in der anderen ein Handtuch, Gauger redete euphorisch auf Isaak ein, das Publikum unterhielt sich aufgeregt.

Doch Isaak hatte nur Augen für Bade – Bade, der blutüberströmt vor ihm auf dem Boden lag und dessen Blick jetzt auf Isaaks linken Oberarm gerichtet war. Auf jene Stelle nahe der Achsel. Dort, wo keine Blutgruppentätowierung zu sehen war.

35

Clara schlang die Arme um ihren Körper. Es war eiskalt in der Schrebergartenlaube, offenbar war das Feuer in dem kleinen Ofen schon wieder verloschen. Sie schlug die Decke zurück und stand auf, was gar nicht so einfach war. Ihr Nacken war steif, ihre Schultern waren verspannt – es fühlte sich an, als wären all ihre Glieder eingefroren.

Sie befüllte den Ofen mit Holzscheiten und zerknülltem Zeitungspapier und versuchte mit klammen Fingern, ein Streichholz anzuzünden. Fünf Anläufe brauchte sie, bis es ihr gelingen wollte.

Als die Flammen endlich zu züngeln begannen, kroch sie zurück unter die Decke, zog die Knie an die Brust und versuchte einzuschlafen. »Nicht mehr lange«, redete sie sich selbst gut zu. »Übermorgen um drei ist es vollbracht.« Sie begann gerade zu zählen, wie viele Stunden es bis zur Übergabe waren, als ein heftiges Klopfen an der Tür sie hochschrecken ließ. »Nein«, murmelte sie.

Das durfte nicht sein. Sie zog das Wannsee-Protokoll unter dem Kopfkissen hervor und sah sich um. Wenn es die Gestapo war, musste sie es irgendwo verstecken. Aber wo? Sie rollte es zusammen und schob es unter ein loses Dielenbrett.

Erneut wurde angeklopft. Dieses Mal beharrlicher.

Clara zog einen Pulli und einen Mantel an und blickte auf ihre Hände, die unkontrolliert zitterten – jetzt nicht mehr von der Kälte. Sie öffnete die Tür und hätte vor lauter Erleichterung beinahe zu weinen begonnen.

»Willi! Spinnst du? Du hast mich fast zu Tode erschreckt.« Sie fasste sich ans Herz. »Du weißt, was es normalerweise bedeutet, wenn um diese Uhrzeit jemand anklopft.«

»Was hätte ich tun sollen? Einfach die Tür auftreten?« Er schob sich an ihr vorbei.

»Was willst du hier?« Sie zog den Mantel fester zu und verschränkte die Arme vor der Brust. »Hat bei der Flucht der Rubinsteins alles geklappt? Geht es ihnen gut?«

»Ja, hat es. Ja, tut es. Sie sind auf dem Weg in die Schweiz, so wie es abgemacht war.«

»Alle sechs? Auch Isaak?«

»So wie es abgemacht war«, wiederholte Willi. »Ich habe sie persönlich nach Gernsheim gebracht und zugesehen, wie sie mit dem Kutter davongefahren sind.«

Clara war froh, gleichzeitig aber spürte sie auch einen Stich im Herzen. Isaak hatte das Land verlassen. Für immer. Sie würde ihn wohl nie mehr wiedersehen.

»Danke«, sagte sie und legte ihre Hände an den Ofen, befühlte die wohlige Wärme, die sich langsam von ihm ausbreitete, und entspannte sich. »Du hast mir noch immer nicht verraten, was du hier willst.«

»Ich wollte mich entschuldigen. Für letztes Mal.«

»Schon in Ordnung.« Sie lächelte. »Die Nerven liegen bei uns allen blank.«

»Hier, ich wusste nicht, ob du genug zu essen hast.« Willi reichte ihr einen halben Laib Brot und ein Glas Marmelade. »Hast du es geschafft? Hast du das Dokument?«

Sie nickte. Gierig brach sie ein Stück Brot ab und tunkte es in die Marmelade.

»Wo ist es? Und wann triffst du den britischen Agenten?«

Clara steckte sich das Brotstück in den Mund, wischte sich Brösel vom Kinn und sah Willi unschlüssig an. »Warum willst du das wissen?«

Er trat zu ihr und fasste sie an den Schultern. »Überleg doch mal, Clara«, sagte er in eindringlichem Tonfall. »Wenn dir irgendetwas zustoßen sollte, dann bin ich der einzige Mensch, der die Operation Ragnarök noch retten kann.«

»Ach so …« Sie brach ein weiteres Stück Brot ab. »Mir wird schon nichts passieren.«

»Das haben Arthur und die anderen auch gedacht.«

»Es dauert nicht mehr lange bis zur Übergabe. Etwas mehr als vierzig Stunden. Bis dahin schaffe ich es, in Sicherheit zu bleiben.«

Willi sah sie lange an. »Ich denke nicht«, sagte er schließlich.

»Hör auf schwarzzumalen, und hör auf, mich so anzustarren. Du machst mir Angst.«

»Zu Recht.« Wortlos zog Willi eine Pistole aus seiner Tasche und richtete sie auf Clara.

Sie ließ das Essen fallen. Mit einem leisen Klirren zerbrach das Glas, die Erdbeermarmelade ergoss sich über den Boden.

»Du?« Tränen schossen in Claras Augen. Tränen des Zorns. Zorn auf Willi, aber auch Zorn auf sich selbst. Sie hätte es ahnen müssen. »Warum?«, fragte sie und ließ ihren Blick so unauffällig wie möglich durch die kleine Hütte wandern.

»Weil die Nazis siegen werden. In wenigen Monaten gehört ihnen die ganze Welt. Ich habe keine Lust, mein Leben für einen unmöglichen Traum zu opfern.«

»Er ist nicht unmöglich. Gemeinsam können wir …«

»Lies doch mal die Zeitung. Hör doch mal Radio. Sie sind unaufhaltbar.«

»Das ist doch nur Propaganda. Und auch wenn es wahr wäre … Ist es denn nicht besser, für das Gute zu sterben, als das Böse kampflos walten zu lassen?« Ganz langsam streckte Clara ihre Hand nach dem Messer aus, das neben ihr auf dem Tisch lag.

»Denk nicht mal daran.« Willi packte ihren Arm. »Wo ist das Dokument?«

Sie spuckte ihm vor die Füße. »Es ist nicht hier.«

Er holte aus und schlug ihr ins Gesicht. »Sag mir sofort, wo es ist.«

Ihre Lippe war aufgeplatzt, Blut tropfte auf den Boden. Sein dunkles Rot vermischte sich mit dem helleren Rot der Marmelade. »Niemals.«

»Mach es uns nicht so schwer. Sieh dich doch nur mal um. Die Hütte ist nicht mal zwanzig Quadratmeter groß. Was glaubst du, wie lang ich brauche, um das Dokument zu finden?«

»Wer sagt denn, dass es hier ist? Vielleicht ist es in meiner Wohnung. Vielleicht habe ich es draußen in einem der Gemüsebeete vergraben.«

»Nein, hast du nicht. Und jetzt sag mir, wo es ist.« Erneut holte er aus, ließ seine Hand wie eine stumme Drohung in der Luft schweben.

»Eher bring ich mich um.«

»Keine Sorge, das werden andere für dich übernehmen.« Er verpasste ihr einen Schlag, der so heftig war, dass sie gegen die Wand prallte und zu Boden sank.

Sie fasste sich ins Gesicht und betrachtete anschließend ihre blutige Hand. »Was ist mit den Rubinsteins?«

Willi zuckte mit den Schultern. »Nichts.«

»Was hast du mit ihnen gemacht?«

»Sagte ich doch schon. Nichts. Ich habe die Familie am Freitag in das Versteck gebracht, abgesperrt und anschließend das getan, was man mit Juden heutzutage am besten macht. Man hält sich von ihnen fern.«

»Du kannst sie doch nicht einfach gefangen halten, sie verhungern und verdursten lassen.«

»Keine Sorge. Sobald ich das Dokument habe, werde ich der Gestapo alles sagen, was ich weiß. Über dich, über Arthur, die Fränkische Freiheit und natürlich die Rubinsteins. Für sie geht es dann nicht in die Schweiz, sondern nach Osten. Und für dich, kleines Täubchen, geht es aufs Schafott. Schade eigentlich.«

Er griff nach dem Messer, schlitzte damit die Matratze auf und begann, die Rosshaarpolsterung herauszureißen.

Clara sah ihm dabei zu. Er hatte nichts von Isaak gesagt. Wahrscheinlich hatte er auch ihn ignoriert, ihn einfach an der Johannisstraße warten lassen. Isaak, formten ihre Lippen lautlos. Isaak.

Er war der Einzige, der jetzt noch alles retten konnte.

Montag,
23. März 1942

36

Isaak hatte die halbe Nacht kein Auge zugetan. Jede Faser seines Körpers schmerzte von den Schlägen, die er während des Boxkampfes hatte einstecken müssen. Noch schlimmer war allerdings die Angst gewesen. Die Angst, dass Bade ihn tatsächlich durchschaut hatte, dass Nosskes Schergen ihn holen würden.

Doch niemand war gekommen. Nichts war geschehen. Keine quietschenden Bremsen waren erklungen, keine schweren Schritte im Hotelflur, kein unheilvolles Klopfen an der Tür.

Entweder war Bade zu benommen gewesen, um die fehlende Tätowierung zu bemerken, oder er wollte noch mehr Beweise sammeln. In diesem Fall konnte es sich nur noch um Stunden handeln, bis Isaaks Untergang besiegelt war.

Es gab für ihn nur eine einzige Chance. Er musste es so schnell wie möglich schaffen, zumindest Arthur Krauss aus dem Gefängnis zu holen und gemeinsam mit ihm unterzutauchen. Ob er auch Werner Hildebrandt würde befreien können, würde sich zeigen.

Die Fassade Adolf Weissmann bröckelte.

Die Uhr tickte.

Isaak quälte sich auf, wusch sich und betastete seine lädierte Nase und sein geschwollenes Auge. Jede Berührung tat höllisch weh.

Auf dem Weg zurück ins Schlafzimmer, fiel sein Blick auf Adolf Weissmanns Pass, der im Salon auf einem Tischchen lag. Er schlug ihn auf, betrachtete das Foto und studierte das Gesicht, das ihm so fremd und doch so vertraut erschien.

»Wo bist du?«, murmelte er.

»Sturmbannführer?«, erklang plötzlich Schmitts Stimme vor der Tür, gefolgt von einem Klopfen. »Sind Sie schon wach?«

Isaak riss die Augen auf. Was wollte er von ihm so früh am Morgen?

Er warf sich ein Hemd über und schlurfte zur Tür. »Ja«, sagte er zögerlich, öffnete und stellte erleichtert fest, dass der junge Mann allein gekommen war.

Schmitt reichte ihm eine Flasche Franzbranntwein und eine Packung Aspirin. »Gegen die Schmerzen. Sie haben gestern ja einiges einstecken müssen.« Er deutete auf Isaaks Gesicht.

»Das ist sehr nett.« Isaak lächelte, wobei seine Lippe spannte. »Kommen Sie herein.« Er trat zur Seite, doch Schmitt blieb stehen.

»Brigadeführer Merten schickt mich. Er will Sie sehen.«

Isaaks Lächeln erstarb. »Hat er gesagt, warum?«

Schmitt schüttelte den Kopf. »Er meinte nur, es sei dringend.«

Panik machte sich in Isaak breit, beschleunigte seinen Herzschlag und trieb Schweiß auf seine Stirn. Er schluckte zwei Aspirin, zog sich langsam an und überlegte. Sollte er verschwinden? Und wenn ja, wohin? Was würde dann aus Krauss, Hildebrandt und seiner Familie werden?

Ihm war nichts anderes übriggeblieben, als sich anzuziehen, Schmitt zu folgen und in den Wagen zu steigen, der vor dem Hotel auf sie gewartet hatte. Mit jedem Meter, den sie sich nun dem Hauptquartier näherten, wurde sein Unwohlsein stärker.

In der Altstadt herrschte dichter Verkehr, Autos hupten, ein Motorrad brauste dicht an ihnen vorbei und hätte um ein Haar einen einbeinigen Briefträger überfahren, der mithilfe einer Krücke über die Straße humpelte.

»Überall nur noch Witwen und Versehrte«, murmelte der Fahrer und hielt vor dem Gestapohauptquartier an.

»Ich muss noch schnell was erledigen«, erklärte Isaak, nachdem sie das Gebäude betreten hatten.

Schmitt schaute konsterniert. »Aber Brigadeführer Merten …«

»Gehen Sie schon mal vor. Ich komme gleich nach.«

»Aber wo wollen Sie denn hin?«

»Ich brauche eine letzte Aussage«, improvisierte Isaak. »Danach kann ich den Mörder von Lotte Lanner verkünden. Merten hat mich sicherlich herzitiert, weil er den Fall endlich abschließen will. Ich würde ihn nur ungern enttäuschen.«

»Soll ich mit …«

»Ich komme gleich nach«, sagte Isaak so bestimmt, dass Schmitt nickte und davonging.

Isaak wartete, bis der junge Mann verschwunden war und eilte zum Eingang des Gefängnistraktes.

Er verabscheute Gewalt, doch ihm würde nichts anderes übrigbleiben, als sie anzuwenden. So wie er Bade am Abend zuvor auf die Bretter geschickt hatte, würde er es mit dem Wärter machen. Anschließend würde er ihm die

Schlüssel und die Waffe abnehmen, Krauss und Hildebrandt holen und verschwinden.

»Heil Hitler.« Der Wärter sprang auf und stand stramm. »Tut mir leid, Sie kommen zu spät«, sagte er, noch bevor Isaak seinen Plan in die Realität umsetzen konnte.

»Zu spät?«, fragte Isaak verdattert.

»Ja, oder sind Sie gar nicht wegen Arthur Krauss hier?«

»Doch.«

»Eben. Für ihn sind Sie zu spät. Tut mir leid.«

»Warum? Was ist passiert?« Schreckliche Szenarien schossen Isaak durch den Kopf. Hatten sie ihn zu Tode gefoltert? Ihn erschossen? Ihn erschlagen?

»Sie haben ihn knapp verpasst. Er und die anderen wurden vor wenigen Minuten abgeholt.« Der Mann schaute Isaak bedauernd an.

»Von wem? Und wohin wurden sie gebracht?«

»Wissen Sie denn gar nichts davon? Ich dachte, Sie wären informiert worden.«

»Nein, Mann, sonst würde ich wohl nicht hier stehen. Beantworten Sie meine Fragen.«

»Gestern in der Nacht ist ein Informant aufgetaucht, der alle Anschuldigungen gegen die Fränkische Freiheit bestätigt hat. Die verdammte Brut ist auf dem Weg ins Gericht, wo ihnen noch heute der Prozess wegen Hoch- und Landesverrats gemacht werden wird.«

»Ein Informant? Gestern Nacht? Wie kann der Prozess dann schon heute stattfinden? Müssen sich die Anwälte denn nicht auf das Verfahren vorbereiten?«

Der Wärter sah Isaak verwundert an. »Was gibt es da groß vorzubereiten? Die Sachlage ist doch klar. Die sind allesamt schuldig. Außerdem geht es hier um eine volkshygienische Angelegenheit. Diese Leute sind Unruhestifter und Hetzer von der schlimmsten Sorte. Das sind Seuchenherde. Je schneller sie abgeurteilt werden, desto besser. Wenn Sie einen Tumor haben, wollen Sie ihn ja auch so bald wie möglich loswerden.«

Isaak entschied, nicht näher darauf einzugehen. »Was ist mit Werner Hildebrandt?«

»Wie wir dank Ihnen wissen, ist er Teil des Widerstands. Darum steht auch er heute vor Gericht.«

»Verdammt.« Isaak konnte nicht anders und schlug auf den Tisch. »Was geschieht mit den Angeklagten nach dem Prozess? Werden sie wieder hierhergebracht?«

»Das kommt ganz auf das Urteil an.« Der Mann zuckte mit den Schultern. »Ich gehe aber nicht davon aus.«

Isaak drehte sich um und wollte verschwinden. Die Verhandlungen fanden im Justizpalast in der Fürther Straße statt. Mit einem Wagen könnte er in fünf Minuten dort sein. Doch wie sollte er Krauss und Hildebrandt befreien? Die Bewachung im Gericht war mindestens so streng wie hier, wenn nicht gar strenger. Erneut dachte er an die bekanntesten Fluchten der Geschichte. Karl II., Jakob V., Heinrich IV. Keiner dieser Fälle half ihm weiter.

»Die Frau«, rief der Wachbeamte ihm nach. »Die Frau, nach der Sie mich letztes Mal gefragt haben, Clara Pflüger …«

Isaak blieb stehen, sämtliches Blut wich ihm aus dem Gesicht. Bitte sag jetzt nicht, dass sie der Maulwurf war, flehte er innerlich.

»Was ist mit ihr?«

»Sie wurde gestern Abend verhaftet. Auch ihr wird heute der Prozess gemacht.«

Ohne ein weiteres Wort zu verlieren, lief Isaak davon. Clara. Er hatte die ganze Zeit über gewusst, dass sie unschuldig war.

Die Erkenntnis war tröstlich, gleichzeitig setzte ihre Verhaftung ihn noch weiter unter Druck. Krauss, Hildebrandt, seine Familie und jetzt auch noch Clara. All diese Leben standen auf dem Spiel. Was sollte er nur tun?

Er kam nicht dazu, weiter darüber nachzudenken, da ihm in der Eingangshalle Schmitt entgegenkam.

»Die Gefangenen sind nicht mehr hier«, rief Schmitt ihm zu. »Brigadeführer Merten hat mich gerade darüber unterrichtet, dass ihnen heute der Prozess gemacht wird.«

»Das habe ich auch gerade festgestellt.«

»Niemand wusste, dass Sie noch weitere Informationen von ihnen brauchen.«

Isaak schnaubte. »So ist es nun mal bei Ermittlungen«, schimpfte er. »Die Wahrheit offenbart sich meist nicht schlagartig, sondern schichtweise. Oft muss man Verdächtige und Zeugen mehrfach befragen.«

»Kommen Sie. Wir reden mit Merten. Vielleicht kann er ja noch etwas tun.«

Isaak zögerte. »Hat er mittlerweile gesagt, was er von mir will?«

Schmitt nickte. »Wie Sie richtig angenommen hatten, geht es um den Fall Lotte Lanner.«

Isaak atmete auf. »Gut«, sagte er und folgte Schmitt zu Mertens Büro.

»Da sieh mal einer an.« Ursula von Rahn versuchte nicht einmal, ihren Unmut zu verbergen. Sie zeigte auf sein malträtiertes Gesicht und formte mit ihren tiefroten Lippen einen Schmollmund. »Sie waren also mit Herrn Gauger beim Boxen. Von wegen, Sie sind nicht zum Vergnügen in der Stadt.«

»Glauben Sie mir.« Isaak deutete auf sein geschwollenes Auge und seine angeknackste Nase. »Das war alles, aber kein Vergnügen.«

Sie murmelte etwas Unverständliches und deutete auf die Tür zu Mertens Büro. »Er erwartet Sie bereits.«

Isaak klopfte kurz an und trat mit Schmitt ein.

»Da sind Sie ja endlich.«

Merten schien ungehalten zu sein. Er war offenbar ein Mann, der es nicht gewöhnt war zu warten. Aber da war noch etwas. Schlechte Stimmung hing in der Luft.

Isaak setzte sich, als Mertens auf den Stuhl vor seinem Schreibtisch wies.

Schmitt stellte sich neben ihn.

»Sie wollten mich sprechen.« Es fiel Isaak schwer, seine Unruhe zu verbergen.

»Obersturmbannführer Nosske hat überall herumposaunt, dass er aus dem Schneider sei«, kam Merten direkt zur Sache, und Isaak kam nicht umhin, eine gewisse Frustration in seiner Stimme wahrzunehmen. »Stimmt das?«

Isaak begriff. Merten hatte gehofft, dass Nosske der Mörder war.

»Nun ja«, setzte er an und beschloss, diese neue Erkenntnis für sich zu verwenden. »So sicher ist das leider nicht mehr. Es haben sich ein paar neue Dinge ergeben, die die gesammelten Beweise in einem anderen Licht erscheinen lassen. Es sieht nicht gut aus für Nosske.« Er ignorierte Schmitts verdutzte Miene. »Deswegen wollte ich dringend noch einmal mit einigen Häftlingen sprechen. Potenziellen Zeugen. Sehr zu meinem Entsetzen musste ich aber feststellen, dass sie nicht mehr im Gefängnis sind, sondern im Justizpalast.« Er schlug die Beine übereinander und lehnte sich zurück. »Außerhalb meines Zugriffsbereichs.«

»Verstehe.« Mertens Miene hellte sich auf. »Fräulein von Rahn«, rief er.

Einen Augenblick später schritt die Sekretärin mit erhobenem Haupt in den Raum. »Was kann ich für Sie tun?« Sie lächelte Merten an und ignorierte Isaak demonstrativ.

»Seien Sie so gut, und stellen Sie eine Genehmigung für Herrn Weissmann aus, mit der er im Justizpalast einen Häftling befragen kann.«

»Drei Häftlinge«, sagte Isaak.

»Drei?«, fragte Schmitt.

»Arthur Krauss, Werner Hildebrandt und Clara Pflüger«, diktierte Isaak.

Ursula von Rahn sah ihn nicht an, ihr Blick war starr auf Merten gerichtet. Als dieser nickte, verschwand sie ins Vorzimmer.

»Clara Pflüger?«, fragte Schmitt.

»Ich erläutere Ihnen alles später. Leider drängt die Zeit.«

»Fräulein von Rahn hatte recht, als sie meinte, Sie seien kompliziert«, sagte Merten mit amüsiertem Unterton.

»Sie nennt es kompliziert, ich nenne es professionell.« Isaak stand auf und ging zu dem Bücherschrank. »So viele Raritäten. So viele Schönheiten.« Liebevoll ließ er seinen Blick über die ledernen Einbände und die goldgeprägten Buchstaben wandern. Er dachte erneut an die LKWs, die Kisten und Truhen, die Seidenstrümpfe. Wem die Bücher wohl wirklich gehörten?

Das Klacken von Stöckelschuhen auf dem Parkett holte ihn zurück ins Hier und Jetzt.

»Bitte schön«, sagte Ursula von Rahn und legte drei Blätter vor Merten auf den Tisch.

Schwungvoll unterschrieb er sie und reichte sie Isaak.

»Herzlichen Dank«, sagte er und verabschiedete sich.

»Was sind das für neue Erkenntnisse?«, fragte Schmitt, sobald sie auf den Flur getreten waren. »Was für ein anderes Licht?«

»Heute Nacht sind mir ein paar Dinge eingefallen«, begann Isaak sich rauszureden, während er auf die Genehmigungen starrte und ein Plan in seinem Kopf Form annahm.

»Seit wann sind Krauss und Hildebrandt potenzielle Zeugen? Und wer ist diese Clara Pflüger?«

»Auch eine potenzielle …«, Isaak hielt inne, als ihn ein Geistesblitz traf, »… Zeugin.«

Er dachte an die Beschreibung des Elektrikers, das grüne Kleid in Claras Schrank und die Widmung in *Nathan der Weise*. Konnte es tatsächlich sein?

»Wo wollen Sie denn hin?«

»Ich muss kurz in unser Büro, ein paar Sachen holen«, sagte Isaak wahrheitsgemäß. »Und Sie …« Er überlegte kurz. »Für Sie habe ich eine äußerst wichtige Aufgabe.«

»Könnten Sie mir bitte endlich erklären, was hier los ist?«

Isaak überging die Frage. »Fahren Sie zu Frau Sauer«, sagte er. »Fragen Sie sie, wie ihr Mädchenname lautet.« Er fasste Schmitt an den Schultern. »Vertrauen Sie mir«, sagte er mehr zu sich selbst als zu Schmitt. »In Kürze ist alles ausgestanden.«

37

Sie führten Arthur Krauss als Letzten der Gefangenen in den holzgetäfelten Sitzungssaal des Oberlandesgerichts. Der größte verfügbare Raum im Justizgebäude war über und über mit Hakenkreuzfahnen dekoriert und barst aus allen Nähten. Die Zuschauer drängten sich so dicht aneinander, dass kein Blatt Papier mehr zwischen sie gepasst hätte.

Publikum und Presse waren von den zuständigen Richtern dezidiert erwünscht – je mehr Beobachter, desto besser. Es war den Nationalsozialisten wichtig, dass die erniedrigenden Schauprozesse von so vielen Menschen wie möglich verfolgt wurden, auf dass sich die Kunde im ganzen Reich verbreitete: Wer sich gegen die Obrigkeit stellte, wer es wagte, eine eigene Meinung zu haben, und sich erlaubte, seinem persönlichen moralischen Kompass zu folgen, den erwarteten drakonische Strafen.

Arthur ging so aufrecht und würdevoll wie möglich, was gar nicht einfach war. Die Leute von der Gestapo hatten alles darangesetzt, ihn zu entwürdigen. Sie hatten ihm saubere Kleidung verwehrt und ihm den Gürtel weggenommen, sodass seine Hose ständig rutschte und er sie mit seinen gefesselten Händen festhalten musste.

Getuschel und Geraune erfüllten den Saal, während er von den Gerichtsdienern nach vorne auf die Anklagebank geführt wurde. Alle Augen waren auf ihn gerichtet. Manche der Zuschauer starrten ihn hasserfüllt an, andere belächelten ihn oder rümpften die Nase.

»Dreckschwein«, zischte eine Frau, wobei nicht klar war, ob sie auf sein Erscheinungsbild anspielte oder die Tatsache, dass er als Widerstandskämpfer und Mörder bezichtigt wurde.

»Volksverräter«, schimpfte ein alter Mann. »Aufs Schafott mit dir, du Hurensohn.« Er spuckte vor Arthur auf den Boden.

Niemand schritt ein, keiner verwies den Mann des Raumes oder verbot ihm zumindest den Mund.

Arthur verzog keine Miene. Er würde keine Emotionen zeigen, würde der sensationslüsternen Menge diese Genugtuung nicht geben. Als er jedoch endlich die Anklagebank erreichte, musste er sich eingestehen, dass er dieses Vorhaben wohl nicht durchhalten würde. Die Gesichter seiner tapferen Mitstreiter, eingefallen, grau und von Folter gezeichnet, trieben ihm Tränen in die Augen.

Jeder von ihnen wurde wie ein Schwerverbrecher von zwei Polizisten bewacht, genau wie er selbst wirkten die anderen Angeklagten schmutzig und heruntergekommen. Arthurs Blick wanderte von einem zum anderen, und dann sah er sie: Clara.

Sie wirkte, als wäre sie vor Furcht noch kleiner und zerbrechlicher geworden. Ihre Haltung war gebeugt, ein rotblauer Fleck auf ihrer linken Wange hob sich dunkel von ihrem kreidebleichen Gesicht ab. Jemand hatte sie geschlagen.

Er ballte seine Hände zu Fäusten. Diese elenden Hunde inszenierten sich als edle Krieger, als hehre Ritter ohne Furcht und Tadel – aber dann verprügelten sie Frauen.

Sein Zorn ebbte kurz ab, wurde durch Verwunderung ersetzt, als er die eingefallene Gestalt hinter Clara bemerkte. Werner Hildebrandt saß dort wie ein Häuflein Elend und starrte auf seine Hand. Was machte der denn hier?

»Setz dich gefälligst«, schrie ihm einer der Gerichtsdiener, die ihn hereingeführt hatten, ins Ohr und bugsierte ihn unsanft auf die Holzbank.

»Zeit wird's, dass dem mal jemand Manieren beibringt«, sagte eine Frau.

Zustimmendes Gemurmel erklang.

Dann wurde es plötzlich totenstill. Eine der reich geschmückten Türen an der Stirnseite des Raumes öffnete sich, und zwei Männer in blutroten Roben betraten den Saal, gefolgt von drei SS-Offizieren in Uniform. Es handelte sich um die beiden Berufs- und die drei regimetreuen Laienrichter. Sie würden an diesem Tag über Schuld und Unschuld, über Leben und Sterben entscheiden.

Die fünf Männer wandten sich dem Publikum zu, leisteten den Hitlergruß und nahmen ihre Kopfbedeckungen ab.

Arthur betrachtete sie mit unverhohlener Abscheu. Sie waren so befangen, wie man es nur sein konnte. Das Urteil über ihn und die anderen war längst gefällt worden. Alles, was in den kommenden Stunden folgen würde, war nichts anderes als eine Theatervorstellung zur Unterhaltung des Pöbels, eine groß angelegte Machtdemonstration.

»Warum sparen wir uns nicht die Zeit?«, rief er. »Warum kommen wir nicht gleich zur Verlautbarung Ihres Beschlusses? Er steht doch schon fest.«

Der Vorsitzende, Dr. Otto Rother, auch bekannt als »Scharfrichter« schlug mit der flachen Hand auf den Tisch.

»Schweigen Sie gefälligst!«, brüllte er. »Sie verdorbene Frucht. Werden Sie bloß nicht unverschämt.«

»Der Einzige, der hier unverschämt ist, sind Sie«, entgegnete Arthur. »Sie wollen gar nicht, dass wir einen fairen Prozess bekommen – so ist es doch.«

»Was erlauben Sie sich?« Rother wurde noch lauter. »Sie werden so fair behandelt, wie es Ihnen zusteht.«

Arthur sprang auf. »Hier herrscht keine Gerechtigkeit, Willkür und Hass regieren. Ich lasse mich von Ihnen nicht richten. Nur Gott kann das tun.«

Zwei Gerichtsdiener kamen angerannt, packten Arthur und zwangen ihn brutal zurück auf die Bank.

Rother schnaubte verächtlich und eröffnete das Verfahren. Theatralisch, mit auslandenden Handbewegungen und tosender Stimme rief er einen Beschuldigten nach dem anderen auf und verlas die Anklagepunkte. Anschließend stellte er ein paar Fragen, ließ aber keinen ausführlich antworten, sondern unterbrach wieder und wieder mit Beleidigungen und Vorwürfen. Dabei donnerte er so laut, dass man jede seiner Silben wohl problemlos bis Bayreuth hören konnte.

Vom Publikum erntete er dafür billigendes Nicken und gemurmelte Anerkennung. Wie ein Schauspieler, der auf Applaus aus war, inszenierte Rother sich in seiner Paraderolle. Er gab den liebenden Übervater, der zum Schutze des ihm anvertrauten deutschen Volkes bereit war, jegliche Unbill auf sich zu nehmen.

»Arthur Krauss«, wandte er sich zu guter Letzt dem Hauptangeklagten zu. »Ihnen wird vorgeworfen, der Anführer der Fränkischen Freiheit zu sein. Wie äußern Sie sich dazu?«

Arthur schluckte trocken, sah zu Clara und den anderen und reckte das Kinn. »Schuldig«, sagte er. »Ich bin der Kopf und der Körper des Widerstands. Ich allein. Die Menschen hier neben mir haben nichts verbrochen.«

»Ha!«, schrie Rother so laut, dass der halbe Saal zusammenzuckte. »Dass ich nicht lache. Sie wollen sich hier wohl wichtigmachen. Wichtiger als Sie sind, Sie elendes Großmaul.«

»Ich …«, setzte Arthur an.

Rother ließ ihn nicht ausreden. »Sie sind ein Berufsverbrecher, ein habgieriger Taugenichts, ein notorischer Lügner.« Er zog ein Blatt Papier aus der Akte, die vor ihm auf dem Tisch lag, und hielt es in die Höhe. »Wissen Sie, was das ist?«

Arthur schüttelte den Kopf.

»Das ist Ihr Vorstrafenregister.«

Arthur wurde rot. »Was ich früher einmal getan habe, tut doch hier und heute nichts zur Sache.«

»O doch, das tut es, denn es legt Zeugnis über Ihren Charakter ab.« Rother wedelte mit dem Papier in der Luft herum, als schwenkte er eine Fahne. »Sie haben den Beruf des Schlossers erlernt, doch nicht, um auf ehrliche und redliche Weise Ihren Lebensunterhalt zu bestreiten, sondern um sich Wissen darüber anzueignen, wie man Türen öffnet und Tresore knackt. Eine ganze Raubserie geht auf Ihr Konto.«

»Das war vor zwanzig Jahren«, rief Arthur. »Das waren Jugendsünden.«

»Von wegen«, tobte Rother. »Sehen Sie sich doch nur einmal an, Sie Querulant, Sie Verräter. Eine Bazille sind Sie, nichts anderes. Früher haben Sie rechtschaffene Bürger um ihr Erspartes gebracht, jetzt schädigen Sie den Volkskörper, indem Sie und Ihre Mitverschwörer Lügen über den Kriegsverlauf verbreiten, die Wehrkraft zersetzen und ruchlose Sabotageakte vorbereiten. Und damit nicht genug.« Rother hatte sich in Rage geredet. Sein Gesicht war rot angelaufen, Speicheltröpfchen segelten durch die Luft. »Wie ich höre, haben Sie auch etwas mit dem Tod von Lieselotte Lanner zu tun. Eine Gallionsfigur des Deutschen Reiches musste ihr Leben lassen, weil Sie die Moral von Volk und Führer zu untergraben trachteten. Doch Sie haben sich getäuscht.« Er reckte seine Faust. »Unser Wille wird dadurch nur gestärkt, unsere Entschlossenheit noch größer.«

Arthur sah seinen Anwalt an. Er hatte den Mann nicht selbst ausgewählt, er war ihm vom Gericht zugeteilt worden. Gemeinsam mit den Verteidigern der anderen Angeklagten saß er einige Meter von ihnen entfernt. Eine Verständigung war nicht möglich und offensichtlich nicht erwünscht. Die Advokaten taten nichts, das ihren Klienten auch nur ansatzweise geholfen hätte – im Gegenteil. Bei jeder von Rothers Beschimpfungen schüttelten sie angewidert den Kopf, als könnten sie nicht fassen, welche Monster sie hier zu vertreten hatten.

»Das sind doch alles nur Worthülsen«, rief Arthur. »Leere Floskeln. Ich habe die Schuld zwar schon auf mich genommen, aber wo sind Ihre Beweise?«

»Es gibt einen Zeugen. Einen Zeugen, der Sie alle der Fränkischen Freiheit zuordnet.«

»Damit stünde die Aussage einer Person gegen die von vielen. Und was ist mit dem Tod von Fräulein Lanner? Sie haben nichts. Gar nichts.« Arthur sprang auf. »Wenn Sie uns verurteilen wollen, brauchen Sie dafür eine Grundlage. Schlagen Sie doch mal im Gesetzbuch nach.«

»Ich habe kein Gesetzbuch bei mir, ich brauche kein Gesetzbuch, mein Herr. Hier spricht das Volk!«

Rother gab den Gerichtsdienern ein Zeichen, woraufhin diese Arthur packten und ihn niederrangen. Einer der beiden schlug ihm dabei unauffällig in die Magengrube, sodass Arthur sich zusammenkrümmte.

Rother erklärte die Beweisaufnahme für beendet, beriet sich wenige Minuten mit den anderen Richtern, dann stand er auf und musterte die Angeklagten. »Erheben Sie sich!«

Manche von ihnen standen aufrecht und erwiderten trotzig seinen Blick, andere hielten die Augen gesenkt oder weinten leise vor sich hin.

»Sie alle sind ehrlose, feige Verräter«, erklärte Rother. »Statt mannhaft dem Führer zu folgen und gegen die Feinde des deutschen Volkes zu kämpfen, haben Sie das Opfer unserer Krieger verraten. Dafür kann es nur ein Urteil geben.« Er machte eine theatralische Pause.

Jeder im Saal schien den Atem anzuhalten. Es war so still, dass man hören konnte, wie ein Insekt gegen die Fensterscheibe flog.

»Der Volkskörper muss von Schädlingen wie Ihnen befreit werden«, schwadronierte Rother schließlich weiter. »Sie sind Pestbeulen, die ausgemerzt gehören. Sie werden deshalb mit dem Tode bestraft. Ihr Vermögen fällt dem Reich zu. Die Urteile erlangen augenblickliche Rechtskraft und werden sofort vollstreckt.«

Tränen rannen über Claras Gesicht, ein weiterer Verurteilter fasste sich ans Herz und sackte zusammen, Hildebrandt starrte noch immer stumm auf seine Hand.

»Lassen Sie Gnade walten«, rief Arthur. »Nicht für mich,

aber für die anderen. Sie können nichts dafür. Es ist einzig und allein meine Schuld.«

»Das glauben Sie doch selbst nicht.« Rother sah ihn verächtlich an, während die Delinquenten aus dem Saal gebracht wurden.

»Lassen Sie uns wenigstens voneinander verabschieden«, rief Clara.

»Das ist nicht nötig. Sie sehen sich in wenigen Stunden in der Hölle wieder.«

»Wir werden dort auf Sie warten«, rief sie mit tränenerstickter Stimme. »Heute sind wir dran, doch schon bald werden Sie uns folgen.«

»Bringen Sie sie weg.« Rother schrie so laut, dass seine Worte kaum zu verstehen waren. »Schaffen Sie mir das Pack aus den Augen.«

Zwei Polizisten fassten Arthur unter den Achseln, rissen ihn hoch und schleiften ihn davon. »Begehrt auf!«, rief er den Zuschauern entgegen. »Hört auf euer Herz, und wehrt euch gegen dieses Unrecht.«

Doch nichts geschah, die Zuschauer blickten ihm nur stumm hinterher.

38

»Schade um das hübsche Täubchen«, sagte einer der Polizisten, die Clara durch einen langen, holzvertäfelten Gang in den Gefängnistrakt des Justizpalastes und von dort ins Freie führten.

»Sie hat es nicht anders gewollt«, raunte sein Kollege und stellte sie an eine Mauer, wo bereits Arthur Krauss auf sein Schicksal wartete.

»Hier?« Clara sah sich zitternd um. »Hier soll es enden? In einem dreckigen, dunklen Hinterhof? Elender Willi.«

»Verdient hättet ihr es, aber ihr habt noch zwei, drei Stündchen. Die Exekution findet in München Stadelheim statt. Dort …« Der Mann sprach nicht weiter, sondern fuhr sich mit der Handkante über die Kehle.

»Es tut mir leid, Clara«, sagte Arthur. »Ich wollte nicht, dass es so weit kommt.«

»Halt's Maul«, brüllte einer der Uniformierten und verpasste ihm einen Leberhaken.

In dem Moment fuhr ein Transportwagen vor. Clara und Arthur wurden von den Polizisten unsanft auf dessen Rückbank bugsiert.

»Wo ist der Dritte?«, fragte da plötzlich jemand mit einer ihr bekannten Stimme, und Claras Herz machte einen Sprung. Der Fahrer kurbelte das Fenster ganz hinunter und präsentierte drei Schreiben. »Ich habe klare Anweisung von

Brigadeführer Georg Merten, diese Häftlinge zu ihm zu bringen.«

Der Polizist nahm die Bescheide an sich, studierte die Stempel und die Unterschriften. »Kommt sofort«, sagte er. »Der ist schon auf dem Weg.«

»Isaak«, flüsterte Clara. Tränen der Freude und Erleichterung strömten über ihre Wangen.

»Fahr los«, zischte Arthur.

»Gleich«, sagte Isaak. »Wir warten noch auf Hildebrandt.«

»Wer ist das?«, fragte Clara.

»Ein völlig Unschuldiger. Ich habe ihn in den Schlamassel mit hineingezogen. Ich kann ihn unmöglich hierlassen.«

»Und was ist mit den anderen?«

»Ich kann nur euch drei mitnehmen.«

Arthur blickte zu der Tür, die in das Gebäude führte. Schweiß bildete sich auf seiner Stirn.

»Keine Sorge«, versuchte Isaak, ihn zu beruhigen. »Das Briefpapier, die Stempel und die Unterschriften sind echt. Ich habe nur ein paar Wörter verändert und aus einer Gesprächserlaubnis eine Transportanweisung gemacht. Mit einer Rasierklinge kann man maschinengetippte Buchstaben gut wegschaben und die Stellen anschließend überschreiben. Es muss nur die Anzahl der Zeichen gleichbleiben.« Er lächelte. »Tinte und Papier sind mein Metier. Zumindest zu einem bin ich als Antiquar gut. Sie werden nichts merken. Der Kerl im Gestapofuhrpark, bei dem ich mir den Wagen geholt habe, hat jedenfalls keine Sekunde an der Echtheit der Unterlagen gezweifelt.«

Als sich einige Minuten später noch immer nichts tat, schwand Isaaks Zuversicht. Was dauerte nur so lange? Er dachte an Schmitt, den er mit unnötigen Befragungen und

Bürokram eingedeckt hatte. War der junge Mann ihm vielleicht doch auf die Schliche gekommen?

Endlich ging die Tür auf, und Hildebrandt erschien. Er war leichenblass, stolperte immer wieder über die Kette seiner Fußfesseln und wurde mehr über den Hof gezogen, als dass er selbstständig ging.

Arthur rückte ans Fenster, Clara schloss auf, und Hildebrandt wurde auf den freien Platz neben sie gesetzt.

»Wo ist Ihr zweiter Mann?«, fragte der Polizist.

»Der hatte noch was zu erledigen«, sagte Isaak. »Er wartet vorne beim Haupteingang.«

»Verstehe.« Der Polizist reichte ihm die Schlüssel für die Handschellen und die Fußfesseln und schlug die Wagentür zu.

Isaak nickte zum Gruß und fuhr davon. »Wo ist das Schwarzhändlerlager, in dem meine Familie untergebracht ist?«, fragte er, als sie an der Fürther Straße ankamen. Er warf den Handschellenschlüssel über seine Schulter in Arthurs Schoß.

»Bieg links ab«, wies dieser ihn an, während er die Fesseln löste. Er rieb seine Handgelenke und starrte zum Fenster hinaus. »Fahr bis zur Steinbühler Straße und von dort aus immer weiter nach Süden. Ich leite dich.«

Isaak gab Gas und brauste davon.

Es war still im Wagen. Keiner schien so richtig zu verstehen und zu glauben, was an diesem Tag geschehen war. Zu schnell war alles gegangen. Erst zum Tode verurteilt und jetzt auf dem Weg in die Freiheit.

»Ich hätte nicht gedacht, dass ich noch einmal die Sonne sehe.« Clara lächelte.

Auch Werner Hildebrandt erwachte langsam aus seiner

Schockstarre. »Danke«, flüsterte er an Isaak gewandt. »Wer auch immer Sie in Wahrheit sind – ich danke Ihnen.«

»Gibt es irgendeinen Ort, an dem Sie fürs Erste untertauchen können?«, fragte Isaak.

Hildebrandt überlegte. »Bei meinem ehemaligen Kommandanten. Er wurde schwer verwundet, genau wie ich, und lebt seither zurückgezogen in Gaulnhofen.«

»Das liegt auf dem Weg«, sagte Arthur.

»Und dieser Kommandant ist bereit, alles zu riskieren, um Sie zu verstecken?«

»Ich denke schon. Er hat viel erlebt in Polen, hat schlimme Dinge in der Ukraine gesehen. Nachdem er aus dem Lazarett entlassen wurde, habe ich ihn ein paarmal besucht. Er hat viele kryptische Andeutungen gemacht, und einmal ist ihm betrunken etwas rausgerutscht.«

»Was hat er gesagt?«

»Früher hatten wir einen Kaiser von Gottes Gnaden, heute haben wir ein Arschloch aus Berchtesgaden«, erklärte Hildebrandt. »Ich denke, er …«

»Bieg links ab«, unterbrach Arthur ihn plötzlich.

»Nach Osten? Du meintest doch vorhin …«

»Ich weiß. Tu einfach, was ich sage.« Arthur drehte sich um und starrte aus dem Rückfenster.

Clara tat es ihm gleich. »Werden wir verfolgt?«

Isaak änderte die Fahrtrichtung. »Und?«

»Bieg noch einmal ab«, wies Arthur an und wartete, bis Isaak die Anweisung befolgt hatte. »Falscher Alarm«, sagte er schließlich und atmete laut hörbar auf.

»Wir haben es geschafft«, flüsterte Clara und legte ihre Hände auf Isaaks Schultern. »Dank dir haben wir es geschafft.«

39

»Fahren Sie geradeaus weiter«, wies Bade den Chauffeur an. Zorn schwang in seiner Stimme mit.

»Aber Sie sagten, ich solle dem Wagen folgen.«

»Ich sagte, Sie sollen dem Wagen unauffällig folgen«, schimpfte er. »Un-auf-fällig. Ein Wort, das Ihnen wohl nicht geläufig ist, Sie Stümper. Sie sind denen so nah aufgefahren, dass sie uns bemerkt haben.«

Der Chauffeur starrte mit zusammengepressten Lippen nach vorn. »Wie Sie meinen«, sagte er.

»Bringen Sie mich ins Hauptquartier«, befahl Bade.

Er lehnte sich zurück, steckte einen Zahnstocher zwischen die Zähne und kaute darauf herum. War es möglich, dass an Oberhausners abstruser Theorie tatsächlich etwas dran war? Spielte Adolf Weissmann ein falsches Spiel? Hatte er etwas mit dem Verschwinden von diesen Rubinsteins zu tun? War er möglicherweise sogar einer von ihnen?

Er schnaubte abfällig und fasste an den Bluterguss auf seiner Wange. Ein erbärmlicher Jude hätte ihn nie im Leben niederstrecken können – oder etwa doch? Er erinnerte sich an den Moment, in dem Gauger Weissmann zum Sieger erklärt und dessen Arm hochgerissen hatte. Erst hatte er geglaubt, er hätte sich geirrt, wäre so benommen von dem Schlag gewesen, dass er Dinge sah, wo keine waren – beziehungsweise umgekehrt. Doch je mehr er darüber nachdachte, desto überzeugter wurde er: Weissmann hatte keine Blutgruppentätowierung.

»Na warte«, murmelte er. »Was auch immer nicht mit dir stimmt, ich werde es herausfinden.«

40

Wolken wurden vom Wind über den Himmel getrieben, sie durchliefen eine Metamorphose nach der anderen. Verwandelten sich von samtweichen grauen Katzen in hohe Türme und wurden anschließend zu wilden Drachen, die sich gegenseitig bis zum Horizont jagten.

Die Stimmung im Wagen hatte sich entspannt, die drei Passagiere im Fond hingen ihren Gedanken nach, versuchten, das Erlebte irgendwie zu verarbeiten. Man sprang dem Tod nicht jeden Tag von der Schippe.

Einzig Isaak war noch immer von einer brennenden Unruhe erfüllt. Er konnte nicht aufhören, in den Rückspiegel zu starren und Arthur, Clara und Hildebrandt zu beobachten.

»Haben wir uns schon mal gesehen?«, wandte sich Hildebrandt da plötzlich an Arthur. »Sie kommen mir so bekannt vor.«

»Ich denke nicht«, sagte dieser in ruppigem Tonfall und wandte sich ab.

Isaak wunderte sich über die Unfreundlichkeit. Was war nur los mit Arthur? Er tat alles, um Hildebrandts Blick auszuweichen und hielt sich, so gut es ging, hinter Clara verborgen. Verabscheute er Hildebrandt, weil er sich hatte brechen lassen? Nein, es war etwas anderes. Hildebrandts Anwesenheit war ihm unangenehm. Es war keine Antipathie, die Isaak erspürte – es war Scham. Arthur fühlte sich Werner Hildebrandt gegenüber schuldig.

Er dachte weiter nach, während sie aus der Stadt hinausfuhren. Die Häuser wurden kleiner, die Gärten und Wiesen immer weiter. Bald erstrahlte die Umgebung in allen Nuancen von Grün und wurde nur noch vereinzelt von grauen Sprenkeln durchzogen.

Isaak kurbelte das Fenster ein Stück hinunter. Die frische, kalte Luft, die hereinströmte, roch würzig nach Erde, Harz und Dung. Sein Geist wurde ruhiger, und auf einmal machte es Klick. Die Burg, die Ein- und Ausgangsliste, der Elektriker, das grüne Stück Stoff, Clara, das Protokoll, die Widmung in Irmgard Sauers Buch, Krauss' kriminelle Vergangenheit, über die er im Gerichtssaal gehört hatte ... Es war tatsächlich so, wie Sherlock Holmes in irgendeinem seiner Fälle einmal gesagt hatte: *Wenn man das Unmögliche ausgeschlossen hat, muss das, was übrig bleibt, die Wahrheit sein, so unwahrscheinlich sie auch klingen mag.*

»Halten Sie bitte an«, sagte Hildebrandt plötzlich und deutete auf einen schmalen Weg, der rechts von ihnen von der Landstraße abzweigte und sich durch ein Mischwäldchen schlängelte. »Mein ehemaliger Kommandant lebt in einem kleinen Haus am Ende des Pfades. Am besten, Sie lassen mich hier aussteigen.« Er sah sich um, stellte sicher, dass niemand in der Nähe war, und öffnete die Tür. »Danke für alles.« Er stieg aus, schloss die Augen und atmete tief ein, sog die Freiheit und das Leben in seine Lunge.

Währenddessen schien Arthur auf der Rückbank wie befreit durchzuatmen. »Worauf wartest du?«, fragte er und tippte Isaak von hinten auf die Schulter. »Fahr weiter. Wir sind noch lange nicht in Sicherheit.«

»Einen kleinen Moment.« Isaak stieg ebenfalls aus.

»Wo zur Hölle willst du hin?«, rief Arthur ihm hinterher.

Isaak bedeutete ihm, still zu sein, und folgte Hildebrandt in den Wald. »Warten Sie.«

Hildebrandt blieb stehen und drehte sich um. »Ja?«

»Es tut zwar jetzt nicht mehr viel zur Sache, trotzdem muss ich es wissen.«

»Was?«

»Gehen Sie bitte in Gedanken noch einmal zurück zu dem Tag des Mordes. Es ist wichtig. Denken Sie genau nach.«

»Ich habe seit meiner Verhaftung nichts anderes getan.«

»Versuchen Sie es ein letztes Mal. Mir zuliebe. Schließen Sie die Augen, und entspannen Sie sich.«

Hildebrandt kam der Aufforderung nach.

Vögel zwitscherten, Zweige und Farne raschelten im Wind. Kleine Staubkörnchen tanzten in einem Lichtstrahl, der durch die Blätterkronen der Bäume fiel.

»Sie haben Fräulein Lanner zweimal in Ihre Eingangsliste eingetragen«, sagte Isaak.

Hildebrandt nickte. »Einmal um 16:25 Uhr. Einmal um 17:38 Uhr.«

»Was hatte sie an? Beide Male dasselbe?«

Hildebrandt überlegte. »Nein, sie hatte sich umgezogen.«

»Lassen Sie mich raten – sie trug beim zweiten Mal ein grünes Kleid.«

»Ja, genau. Nur denselben Hut und dieselbe Sonnenbrille wie beim ersten Mal.«

»Haben Sie mit ihr gesprochen?«

Hildebrandt schüttelte den Kopf. »Nein, ich war zu scheu, ich wusste ja, wer sie war.« Er lächelte. »Bei ihrem zweiten Eintreffen hat sie mir zugewinkt.«

»Dazwischen, um 17:01 Uhr, als sie gegangen ist. Was genau ist da geschehen?«

»Der Elektriker …«

»Die beiden gingen gleichzeitig.«

»Komm endlich«, rief Arthur aus dem Wagen. »Wir müssen von hier verschwinden.«

»Sie werden sich über meine nächste Frage wundern«, ließ Isaak sich nicht von ihm beirren. »Trotzdem ist es wichtig, dass Sie sie ernst nehmen.«

Hildebrandt nickte.

»Haben Sie Fräulein Lanner wirklich hinausgehen gesehen?«

»Aber ja, natürlich.«

»Denken Sie noch einmal darüber nach«, bat Isaak. Seine Worte waren eindringlich. »Tucholsky hat mal gesagt, dass jeder nur das sieht, was er sehen will. Oft ist es aber auch so, dass wir das sehen, was andere uns sehen machen wollen.« Er dachte an die antisemitische Propaganda der Nazis, daran, wie viele Menschen die dreisten Lügen über die Juden plötzlich für bare Münze nahmen. »Manche Dinge wirken so logisch, so plausibel. Ganz besonders, wenn alle um einen herum sie scheinbar auch wahrnehmen.«

Hildebrandt runzelte die Stirn und konzentrierte sich. »Mein Gott«, sagte er plötzlich. »Sie haben recht. Hubert Bauer, der Elektriker – er hat mich über Russland ausgefragt, über die Schlacht von Kiew und meine Verwundung. Dabei stand er direkt vor mir und hat mir die Sicht versperrt.«

»Sie haben Lotte Lanner also nicht mit Ihren eigenen Augen fortgehen gesehen.«

Fassungslos schüttelte Hildebrandt den Kopf. »Das habe

ich tatsächlich nicht. Bauer hat ihr nachgerufen. ›Servus, Fräulein Lanner‹, hat er gerufen und ihr hinterhergewunken. Dann hat er irgendetwas gesagt in der Richtung, dass sie in natura noch viel schöner sei als auf der Leinwand. Und ich hab ihm voll und ganz beigepflichtet.« Er sah Isaak an. »Was hat das zu bedeuten?«

»Das erkläre ich Ihnen ein anderes Mal. Vielleicht ist der Krieg bald zu Ende. Vielleicht hören dieser Hass und dieses Unrecht bald auf, dann werde ich Sie finden und Ihnen alles erzählen. Jetzt muss ich aber los. Auf Wiedersehen und alles Gute.« Er ließ Hildebrandt stehen und eilte zum Wagen.

»Was sollte denn das?« Arthur hatte sich in der Zwischenzeit hinters Steuer gesetzt. Nachdem Isaak auf dem Beifahrersitz Platz genommen hatte, drückte er das Gaspedal durch und fuhr davon. »Erst kannst du nicht schnell genug zu deiner Familie gelangen, und dann veranstaltest du ein Pläuschchen mit diesem Hildebrandt.«

»Von wegen Pläuschchen.« Isaaks Stimme bebte. »Er drehte sich zu Clara um, schaute ihr in die Augen und wandte seinen Blick zurück zu Arthur Krauss. »Ihr wart es. Ihr habt Lotte Lanner ermordet.«

Clara senkte ihren Kopf.

Arthur schaute starr geradeaus. »Wie kommst du denn auf so was?«

»Ich bin Adolf Weissmann, der beste Ermittler des Reiches. Schon vergessen?« Isaaks Worte trieften vor Sarkasmus. »Ich hätte es längst erkennen müssen. Nosskes Protokoll, der Durchgang im Fluchttunnel, der gerade mal groß genug für eine sehr zierliche Frau ist, der Stofffetzen im selben Grün wie das Kleid in Claras Schrank …«

»Der Mord war nicht geplant. Es war ein Unfall«, sagte Arthur, während er unbeirrt weiterfuhr. »Clara kann nichts dafür. Sie war nicht einmal dabei, als die Lanner gestorben ist. Es war einzig und allein meine Schuld.«

Schweigend passierten sie weitläufige Felder, auf denen gerade die Frühjahrssaat ausgebracht wurde. Mais, Kartoffeln und Sommergetreide. Dort draußen wurde Leben gepflanzt, während im Inneren des Wagens der Tod verhandelt wurde.

»Vom Berliner Widerstand haben wir erfahren, dass Nosske im Januar an einer geheimen Zusammenkunft teilgenommen hat«, fing Arthur endlich an weiterzureden. »Wir wussten, dass ein Gesprächsprotokoll existierte. Und dass es aller Wahrscheinlichkeit nach in Nosskes Tresor lag. Sein Umzug in die Burg war der perfekte Zeitpunkt, es unbemerkt zu entwenden.«

»Irmgard Sauer.« Isaak erinnerte sich an die Widmung in dem Buch. *Für I. K., für immer Dein, W.S.* »I. K. Irmgard Krauss, verheiratete Sauer. Ihr seid verwandt.«

Arthur nickte. »Sie ist meine Tante und hat mir alle Informationen beschafft, die ich brauchte, um unauffällig in die Burg zu gelangen. Mein Plan war sehr simpel. Ich wollte als Elektriker verkleidet das Protokoll beschaffen. Nosske hätte sein Fehlen sicherlich erst gar nicht bemerkt, es waren schließlich nur fünfzehn Blätter Papier. Ich habe dann den Tresor ohne Probleme und vor allem ohne Spuren zu hinterlassen geöffnet. Er war angefüllt mit Gold, Orden, Schmuck und Banknoten. Darunter lagen mehrere Dokumentenmappen voller Besitzurkunden, Arisierungslisten, Kaufverträgen und anderen Schreiben. Das Verschwinden dieser scheinbar unwichtigen Seiten wäre niemals aufgefallen – zumindest lange nicht. Zur Sicherheit habe ich die Identität eines gefallenen Freundes angenommen, Hubert Bauer. Nichts hätte jemals auf meine Tante oder die Fränkische Freiheit gedeutet.«

»Doch dann kam Lotte Lanner«, sagte Isaak. »Sie wollte Nosske zu einem Stelldichein treffen und hat dich auf frischer Tat ertappt.«

Arthur nickte. »Schlechter hätte der Zeitpunkt ihres Erscheinens gar nicht sein können. Als sie die Wohnung betrat, stand ich gerade vor dem offenen Tresor. Sie hat angefangen zu schreien, war nicht zu beruhigen.«

»Also hast du sie zum Schweigen gebracht, indem du ihr die Kehle durchgeschnitten hast.«

»Versetz dich doch mal in meine Lage. Die gesamte Mission war plötzlich in Gefahr, das Unternehmen Ragnarök. Verstehst du das? Wir wollten das Protokoll an die Öffentlichkeit bringen und dadurch all die Menschen aufrütteln, die bisher nur stumm zugesehen hatten. All die Mitläufer, die Opportunisten und Konformisten – wir wollten ihnen die Wahrheit über die neuen Herrscher vor Augen führen. Wenn das einfache Volk sich endlich erheben würde, dann hätten die Nazischweine keine Chance. Dann wäre diese Schreckensherrschaft aus und vorbei. Das große Sterben und Morden würde endlich beendet werden.« Arthur pausierte, holte tief Luft. »Ich habe einen Menschen geopfert, um Millionen zu retten.«

Isaak schüttelte den Kopf. »Du hast ein Menschenleben in Relation gesetzt, es dadurch abgewertet. In dem Moment warst du keinen Deut besser als die Nazis.«

Arthur schnaubte. »Hör auf, über mich zu urteilen. Für dich und deine Familie war der Vorfall das Beste, was passieren konnte. Ohne Lanners Tod kein Adolf Weissmann. Ohne Weissmann wärt ihr jetzt alle auf dem Weg nach Polen.«

»Und ihr beide wärt auf dem Weg zum Schafott.«

Arthur bog ab und lenkte den Wagen durch eine kleine Siedlung. »Jedenfalls war sie tot, und ich hatte ein Problem. Ich musste meine Tante und die Fränkische Freiheit schützen, deshalb habe ich aus Nosskes Wohnung Clara angerufen. Sie und die Lanner haben eine ähnliche Statur und dieselbe Haarfarbe. Ich habe gesagt, sie solle …«

»Ich kann für mich allein sprechen«, unterbrach Clara. »Er hat gesagt, ich solle mich elegant anziehen, roten Lippenstift auftragen und beim Albrecht-Dürer-Haus auf ihn warten.«

»Dann hat er Lanners Hut, ihre Handtasche und ihre Sonnenbrille eingesteckt und bei Hildebrandt ihren Abgang vorgetäuscht …«, überlegte Isaak laut.

»Ich bin kurz darauf in ihren Sachen hinauf zur Burg gestöckelt, habe mich im Schatten gehalten, dem Pförtner zugewinkt und schnell das Gebäude betreten. Durch den Fluchttunnel habe ich mich dann bis in die Felsengänge durchgeschlagen und bin im Keller einer alten Brauerei wieder rausgekommen. Damit war der Elektriker offiziell aus dem Schneider.«

»Laut Hildebrandts Liste wäre somit nur noch Nosske als Täter infrage gekommen«, erklärte Arthur. »Ich hielt es für gut und gerecht, dass dieser elende Schlächter zumindest für einen Mord drankommt. Doch natürlich hat er sich aus allem rausgeredet und es Hildebrandt in die Schuhe geschoben.«

»Deshalb die Flugblätter«, sagte Isaak. »Ich hatte mich

schon gewundert, wie es möglich war, dass sie so schnell aufgetaucht sind.«

»Mit ihnen hat die Fränkische Freiheit versucht, Hildebrandt zu retten«, erklärte Clara. »Doch wer einmal im Gestapogefängnis sitzt, ist für immer verloren. Unschuldig oder nicht.«

Schweigend setzten sie die Fahrt fort, bis Arthur endlich vor einem unscheinbaren einstöckigen Haus am Ende der Siedlung stehen blieb. In dessen Garten streckten windschiefe Bäume ihre knorrigen Äste nach dem Himmel, ein Eichhörnchen huschte hinter einen Holzstapel, als es die Ankömmlinge bemerkte.

»Hier ist es.«

»Ich hoffe, deine Familie ist noch da«, flüsterte Clara.

Lotte Lanner, Werner Hildebrandt und das Protokoll traten in den Hintergrund von Isaaks Bewusstsein. Seine ganze Welt schrumpfte zusammen, fokussierte sich auf einen einzigen Gedanken: den an seine Familie. Er stieg aus und wollte losrennen.

»Stopp!« Arthur hielt ihn zurück. »Wir wissen nicht, was uns da drinnen erwartet. Ich traue Willi alles zu.«

»Willi?«, fragte Isaak. »Wer ist das?«

»Das elende Schwein, das uns verraten hat.« Arthur öffnete den Kofferraum und holte einen Wagenheber daraus hervor. Damit bewaffnet, ging er um das Haus herum, zerbrach eine Fensterscheibe, schlüpfte durch das Loch und entriegelte die Hintertür.

Isaak stürmte ins Haus. »Rebekka«, rief er. »Mutter. Vater. Wo seid ihr?«

Alles, was ihm entgegenschlug, war Stille.

Arthur und Clara folgten ihm, bewaffnet mit dem Wagenheber und einem Holzscheit. Gemeinsam betraten sie das Wohnzimmer.

»Verdammt«, murmelte Arthur und betrachtete das Chaos. Ein Tisch war umgestürzt, Stühle waren zertrümmert, auf dem Boden lag zerbrochenes Glas.

Isaak starrte auf einen Fleck auf dem Teppich. Er wurde blass, ging in die Hocke und schluckte. »Das ist Blut.«

Clara kniete sich neben ihn, strich darüber und rieb die Fingerspitzen. »Es ist noch frisch.«

»Hier hat ein Kampf stattgefunden«, sprach Arthur das Offensichtliche aus.

Isaak stand auf, machte ein paar Schritte und bückte sich. »Das darf nicht sein«, murmelte er mit tränenerstickter Stimme. »Nein, das darf einfach nicht sein.« Er hielt ein Büschel Haare in der Hand. Es war dunkelbraun und gelockt. »Die sind von Rebekka. Sie hat sich gewehrt«, sagte er. »Sie ist nicht widerstandslos mitgegangen.«

»Was auch immer hier geschehen ist, es ist noch nicht lange her.« Clara war neben ihn getreten.

»Jetzt gilt es, schnell zu sein«, sagte Arthur. »Wir müssen deine Leute finden, bevor die Nazis sie umbringen oder in den Zug nach Osten setzen.«

»Aber wo sollen wir suchen? Wo können sie sein?«

Arthur legte einen Arm um Isaaks Schultern. »Es gibt eine relativ einfache Möglichkeit, das herauszufinden.«

Clara riss die Augen auf und sah ihn zornig an. »Nein«, sagte sie. »Auf keinen Fall. Er hat bereits genug durchgestanden.«

»Wovon redet ihr?«, fragte Isaak.

»Du musst noch ein letztes Mal zurück«, sagte Arthur. »Du musst irgendwie in Nosskes Büro gelangen. Dort findest du sicherlich Informationen über den Aufenthaltsort deiner Familie. Und …«

»Und was?«

»Das Protokoll. Wenn Willi es der Gestapo übergeben hat, dann ist es sicher wieder bei Nosske.«

»Du musst das nicht tun.« Clara nahm Isaaks Hand und blickte ihm tief in die Augen. »Niemand hat etwas davon, wenn sie dich auch noch drankriegen. Uns fällt sicher etwas anderes ein.«

»Was denn?«, widersprach Arthur. »Wir müssen jetzt handeln. Sobald die Familie in Polen ist und Nosske das Protokoll wer weiß wo hinbringt, ist es zu spät.«

Isaak überlegte. »Arthur hat recht«, sagte er schließlich. »Ich werde ein letztes Mal ins Hauptquartier gehen. Selbst wenn das mein Ende bedeutet.«

41

»Er hat was?« Nosske riss die Augen auf und starrte Bade und Oberhausner ungläubig an.

»Er hat Arthur Krauss, Werner Hildebrandt und eine gewisse Clara Pflüger aus dem Gericht geholt, nachdem sie dort zum Tode verurteilt worden waren. Und dann hat er sie in einen Wagen gesetzt und ist mit ihnen davongefahren«, erklärte Bade.

»Wie um alles in der Welt hat er das angestellt?«

»Er hatte Dokumente dabei. Echte Dokumente. Ausgestellt von keinem Geringeren als Brigadeführer Merten höchstpersönlich.«

»Merten? Das wird ja immer besser.« Nosske lehnte sich zurück und ließ die neuen Informationen sacken. »Und wohin sind sie gefahren?«

»Jedenfalls nicht nach München, wo die Exekution hätte stattfinden sollen.« Bade rollte mit den Augen. »Mein Chauffeur hat sich ungeschickt angestellt. Sie haben uns bemerkt, und ich musste die Verfolgung abbrechen.«

»Warum haben Sie nicht eingegriffen? Sie gestellt und verhaftet?«

»Ich habe alle Alternativen abgewogen und entschieden, diesen Weissmann vorerst in Sicherheit zu wiegen. So haben wir bessere Chancen herauszufinden, was genau hier gespielt wird.«

»Verstehe.« Nosske nickte ernst.

Oberhausner zeigte auf die Deportationsliste, die vor Nosske auf dem Schreibtisch lag. »Sie haben es schon erfahren? Das mit den Rubinsteins?«

»Ja. Sie sind gefunden worden. Alle bis auf einen. Alle bis auf den Sohn.«

»Das spricht für die Theorie, dass Adolf Weissmann in Wahrheit Isaak Rubinstein ist«, sagte Bade.

»Aber was ist dann mit dem echten Weissmann geschehen?«, überlegte Nosske laut. »Und was will dieser Rubinstein hier? Was verspricht er sich von der Scharade?«

»Ich habe da so eine Ahnung.« Oberhausner zog einen Umschlag aus der Innentasche seiner Jacke und legte ihn vor Nosske auf den Tisch. »Ich hatte ein langes Gespräch mit Willi Raubichler, dem Mann, der die Fränkische Freiheit verraten hat. Er hat mir ein paar interessante Dinge erzählt. So war es zum Beispiel Clara Pflüger, die die Familie versteckt hat. Die Rubinsteins, der Widerstand und das hier …«, er deutete auf das Kuvert, »… stehen in einem Zusammenhang.«

»Was ist das?«

»Ich denke, das gehört Ihnen.«

»Mir?« Nosske runzelte die Stirn, öffnete den Umschlag und holte ein paar maschinenbeschriebene Seiten daraus hervor. *»Geheime Reichssache«*, las er. *»30 Ausfertigungen, 16. Ausfertigung.«* Er wurde blass. »Tatsächlich. Das ist mein Protokoll. Aber wie …? Woher …?«

»Die Fränkische Freiheit hat Lotte Lanner getötet. Wahrscheinlich weil sie eines der Mitglieder bei dem Einbruch ertappt hat. Wie es scheint, war sie einfach nur zur falschen Zeit am falschen Ort.«

»Der Tresor war nicht aufgebrochen worden, und weil das Geld und alle Wertgegenstände unangetastet waren, habe ich einen Raub voreilig ausgeschlossen. Das war ein Fehler.« Nosske starrte auf das Dokument. »Warum hat die Fränkische Freiheit ausgerechnet das mitgenommen?«

»Ich denke, dass sie es an die Öffentlichkeit bringen wollte«, spekulierte Oberhausner.

»Wozu?«, fragte Bade.

»Um einen Skandal zu verursachen.«

»Einen Skandal?« Nosske schien ehrlich überrascht. »*So wenig ich einer Tuberkelbazille einen Vorwurf machen kann einer Tätigkeit wegen, die für den Menschen Zerstörung bedeutet, für sie aber Leben heißt*«, zitierte er den Führer, »*so sehr bin ich aber auch gezwungen, den Kampf gegen sie zu führen. Der Jude ist die Rassetuberkulose der Völker. Ihn bekämpfen heißt, ihn entfernen.*« Er öffnete eine Schreibtischschublade und legte das Protokoll hinein. »Wir sind so etwas wie Mediziner. Ärzte, die versuchen, das Deutsche Reich zu retten. Was soll daran unerhört sein?«

»Sie sind Ihrer Zeit voraus. Ein Schicksal, das Sie mit vielen großen Männern teilen.« Oberhausner schenkte ihm einen Blick, den man beinahe als liebevoll hätte bezeichnen können. »Sie sind, genau wie der Führer und alle anderen Konferenzteilnehmer, ein Sehender, ein Visionär. Haben Sie Nachsicht und Geduld mit dem einfachen Volk. Es ist noch nicht so weit, solche Maßnahmen, wie Sie sie beschlossen haben, gutzuheißen. Die Juden haben ihnen jahrhundertelang vorgegaukelt, harmlose Mitbürger zu sein. Nur wenige haben es geschafft, hinter die Fassaden dieser Täuscher zu blicken. Erst nach und nach gehen den Menschen die Augen auf.«

Nosske rieb sich das Kinn. »Da haben Sie wohl recht.«

»Sie werden sehen«, legte Oberhausner nach. »In ein, zwei Jahren werden Sie als Held gefeiert werden. Bis es so weit ist, darf dieses Protokoll nicht in falsche Hände geraten. Rubinstein und Krauss sind gerissener, als wir angenommen haben.«

»Zum Glück nicht gerissen genug.« Nosske blickte auf. Seine Augen waren voller Hass.

»Ein Gutes hat die Angelegenheit aber.« Bade grinste.

Nosske zog eine Augenbraue hoch. Mit einem Mal umspielte ein Lächeln seine Lippen. »Merten«, sagte er. »Merten hat diesem falschen Weissmann Tür und Tor geöffnet, hat ihm sogar die Genehmigung erteilt, seine Freunde aus dem Widerstand vor dem Schafott zu retten.« Er lachte trocken. »Wenn wir es richtig anstellen, wird ihn das seine Position kosten. Und dann werde ich endlich aufsteigen.«

»So ist es«, stimmte Oberhausner zu. »Wir können aber erst handeln, wenn wir ganz sicher sind. Wir brauchen stichhaltige Beweise. Dann gehen wir damit direkt zu Himmler.«

»Ein ausgezeichneter Plan. Sie wissen, was Sie zu tun haben?«

Die beiden nickten, schlugen die Hacken zusammen und verschwanden.

42

Es war bereits später Nachmittag, als Isaak in der Nähe des Hauptquartiers aus dem Wagen stieg. Die Sonne stand tief, das Licht wurde dämmrig. Eisiger Wind blies ihm entgegen und kroch in seine Kleidung, doch alles, was er spürte, war bloße Angst.

»Hast du einen Plan?«, fragte Arthur.

»So etwas in der Art.«

»Pass auf dich auf«, flüsterte Clara. Ihr Gesicht war von Sorge gezeichnet. »Wir warten hier auf dich.«

Isaak nickte stumm und ging davon. Sein Magen hatte sich zu einem harten Klumpen verkrampft, in seiner Kehle steckte ein bitterer Kloß. Schon wieder musste er das elende Gebäude betreten. Ein letztes Mal. Wie oft hatte er das nun schon gedacht?

Sein Herz schlug bis zum Hals, während er durch die Eingangshalle und zur Treppe ging. Bei jedem Schritt rechnete er damit, dass jemand seinen Namen schreien, eine Waffe auf ihn richten und allem ein Ende bereiten würde. Doch nichts geschah. Er betrat den Trakt der Gestapo, ging durch den Flur und blieb vor Mertens Büro stehen. Dort richtete er seinen Kragen, kontrollierte seinen Atem und schlüpfte, ohne anzuklopfen, durch die Tür.

»Fräulein von Rahn«, sagte er. »Wie gut, dass Sie noch hier sind.«

Mit sauertöpfischer Miene starrte sie ihn an. »Er ist nicht da. Er hat einen Termin und kommt erst morgen wieder.«

»Das macht nichts. Ich bin Ihretwegen hier.«

»Meinetwegen?« Ihre Gesichtszüge wurden weicher.

Isaak quälte ein Lächeln auf seine Lippen. »Mein Verhalten gestern war unverzeihlich. Ich schulde Ihnen eine Erklärung.«

»Jetzt bin ich aber mal gespannt«, sagte sie schnippisch und verschränkte die Arme vor der Brust.

Er trat an ihren Schreibtisch und beugte sich so nah wie möglich zu ihr hinunter. Sie roch nach edlem Parfum und teurer Seife.

»Ich darf eigentlich nicht darüber sprechen«, sagte er. »Geheime Reichssache. Sie wissen schon …«

»Aber?«, fragte sie.

»Aber die Vorstellung, dass Sie mich für einen ungehobelten Rüpel halten, ist mir einfach unerträglich.«

Ihre Augen begannen zu leuchten, ein Hauch von Zufriedenheit umspielte ihren kirschroten Mund.

»Kann ich Ihnen vertrauen?«

»Aber natürlich«, hauchte sie und lehnte sich nach vorn.

Isaak tat, als würde er mit sich hadern, strich sich eine Haarsträhne aus der Stirn und seufzte. »Es geht um Fritz Nosske«, flüsterte er. »Wie es aussieht, hat er Lotte Lanner umgebracht.«

»Nosske.« Ursula von Rahn konnte ihre Genugtuung nicht verbergen. »Ich wusste schon immer, dass der Kerl ein mieses Schwein ist.«

»Er ist ein Mann mit Macht und Einfluss«, flüsterte Isaak weiter. »Ein Mann ohne Skrupel. Wenn er herausfindet, dass ich ihm auf den Fersen bin, dann bin ich in großer

Gefahr, und jeder, der mir nahesteht, ist es ebenso. Ich musste Sie, zu Ihrem eigenen Schutz, auf Distanz halten, auch wenn es mir unendlich schwergefallen ist. Bitte verzeihen Sie mir.«

»Aber natürlich.« Ursula von Rahn lächelte, stand auf und nahm seine Hand. »Wie nah sind Sie an ihm dran?«

»Sehr nah. Ich brauche nur noch einen handfesten Beweis, dann kann ich Maßnahmen gegen ihn ergreifen.«

»Falls ich Ihnen dabei irgendwie helfen kann – auf mich können Sie zählen, zu jeder Tages- und Nachtzeit.«

Isaak senkte seinen Kopf, bis seine Lippen beinahe die ihren berührten. »Solch ein Risiko will ich nicht eingehen. Wenn Ihnen etwas zustoßen würde, könnte ich mir das niemals verzeihen.«

»Ich bin mutiger und geschickter, als Sie vielleicht denken.«

Isaak tat, als würde er innerlich mit sich ringen. »Es gibt da tatsächlich etwas …«

Ursula von Rahn strahlte. »Was immer Sie brauchen.«

»Dann …« Er erklärte ihr seinen Plan.

»Sie sind ein schlauer Fuchs, Herr Weissmann«, sagte sie und zwinkerte. Vor lauter Aufregung hatte sie ganz rote Wangen bekommen.

»Sicher, dass Merten heute nicht mehr zurückkommt?«

»Aber ja«, flüsterte sie. »Er ist bei einer Angelobung mit anschließendem Festakt im Rathaus.« Sie spähte hinaus auf den Flur. »Verstecken Sie sich unter meinem Schreibtisch.« Sie huschte nach draußen und klopfte an Nosskes Bürotür.

»Ja?«, drang Nosskes gedämpfte Stimme durch das Holz.

Ursula von Rahn öffnete. »Brigadeführer Merten möchte Sie dringend sehen«, sagte sie mit eisiger Stimme.

»Worum geht es?«

»Hat er nicht gesagt, aber es eilt.«

Er kam heraus, zögerte kurz. »Ich hoffe, es ist wichtig. Meine Zeit ist knapp bemessen.«

»Seine auch.« Sie führte Nosske durch das Vorzimmer in Mertens Büro.

Nosske sah sich um. »Wo ist er?«

»Kommt gleich.«

»Ursula«, sagte Nosske in ungehaltenem Tonfall. »Wenn das eine deiner Finten ist, um mit mir allein zu sein, jetzt da Lotte …«

»Keine Sorge, Fritz«, zischte sie. »Mein Interesse an dir könnte nicht geringer sein. Brigadeführer Merten hat vorhin angerufen. Er ist auf dem Weg und müsste jeden Augenblick hier eintreffen. Setz dich.« Sie schloss die Tür und gab Isaak ein Zeichen.

Schnell kroch er aus seinem Versteck, huschte über den Flur und betrat Nosskes Büro.

Er hatte nicht viel Zeit. Eilig überflog er den Schreibtisch und ließ seinen Blick über die Deportationslisten wandern, die dort lagen. So viele Menschen waren darauf vermerkt, und jeder von ihnen war mit einer fortlaufenden Nummer versehen, die jemand von Hand abgehakt hatte.

Er blätterte weiter und weiter, bis er sie endlich fand: Ignaz, Ruth, Isaak, Rebekka, Esther und Elias Rubinstein. Hinter jedem ihrer Namen war ein Häkchen – nur nicht neben seinem.

Er nahm sich das hinterste Blatt vor, betrachtete die letzte Nummer. Eintausend. Eintausend Todgeweihte. Neunhundertneunundneunzig Häkchen.

»Wo seid ihr?«, murmelte er.

Nosske hatte gesagt, der Zug führe am Dienstag ab. Sie hatten die Leute nach und nach eingesammelt und sie dann irgendwo untergebracht. Aber wo?

Endlich fand er die Antwort auf einem Schreiben der Deutschen Reichsbahn. Man hatte die Juden in ein Sammellager nach Langwasser gebracht. Es befand sich südlich von dem Gelände, auf dem früher die Reichsparteitage stattgefunden hatten. Ein Sonderzug mit der Transportnummer Da36 würde am Dienstag gegen Mittag vom Bahnhof Märzfeld, der nur einen guten Kilometer entfernt lag, abfahren.

Isaak blickte auf die Uhr. Noch achtzehn Stunden.

Jetzt musste er nur noch das Protokoll finden. Hoffentlich ist es hier, betete er im Stillen. Ursula von Rahn konnte Nosske nicht ewig hinhalten. Er musste sich beeilen.

»Wo bleibt er denn jetzt?« Nosske kam in das Vorzimmer, wo Ursula von Rahn gerade einen Bescheid abtippte.

»Ich sagte doch – er ist auf dem Weg hierher.«

»Kannst du mich nicht einfach holen, sobald er kommt? Warum soll ich hier warten?«

»Er wollte es so.« Sie zuckte mit den Schultern. »Keine Ahnung, warum. Ich habe das nicht hinterfragt. Ihr Männer habt oft komische Wünsche.«

»Das ist reine Schikane. Merten sucht doch seit Monaten nach einem Grund, mich loszuwerden«, zischte er. »Jetzt, wo ich aus der Lanner-Sache fein raus bin, will er dafür sorgen, dass ich bei der Arbeit versage.«

Ursula von Rahn zuckte mit den Schultern. »Was weiß ich? Ich bin doch nur eine kleine, dumme Sekretärin.« Sie grinste ihm mit unverhohlener Abscheu ins Gesicht.

Nosske schnaubte und rümpfte die Nase. »Eine kleine, dumme, nachtragende Sekretärin.«

Sie funkelte ihn böse an.

»Zorn steht dir gut«, sagte er und ging zurück in Mertens Büro. »Das war schon immer so.«

Endlich. Da war es, das Protokoll. Arthur hatte recht gehabt – es hatte seinen Weg zurück zu Nosske gefunden.

Isaak faltete es zusammen und steckte es ein. Anschließend prägte er sich Nosskes Unterschrift ein und suchte nach Briefpapier und Stempeln. Dingen, die irgendwie offiziell aussahen und ihm dabei helfen konnten, seine Familie aus dem Sammellager zu holen.

Als er endlich alles beisammen hatte, was er brauchte, versuchte er die Dinge auf Nosskes Schreibtisch wieder so zu arrangieren, wie er sie vorgefunden hatte. Nosske durfte auf gar keinen Fall merken, dass jemand hier gewesen war.

Nosske kam erneut ins Vorzimmer. »Verdammt noch mal, wo bleibt Merten?« Demonstrativ zeigte er auf seine Uhr. »Die tausend Juden, die gerade in Langwasser sitzen, deportieren sich nicht von allein.«

»Oberhausner, Bade und der Rest deiner Leute werden es schon richten«, antwortete sie schnippisch. »Das tun sie doch immer.«

Er stützte sich auf den Schreibtisch und beugte sich zu ihr hinunter. »Sag Merten Bescheid, dass er mich in meinem Büro findet. Ich habe keine Lust mehr zu warten.« Er drehte sich um und trat auf den Flur.

»Warte«, rief Ursula von Rahn, doch Nosske ließ sich nicht beirren.

Sie sprang auf und stöckelte ihm hinterher. »Warte«, wiederholte sie.

»Was?«, blaffte er sie an.

»Es ist …«

Nosske riss die Tür seines Büros auf.

Ursula von Rahn blickte an ihm vorbei in den Raum. Er war leer. »Ach nichts«, sagte sie. »Ich werd's ihm ausrichten.«

»Hast du das Protokoll?« Arthur startete den Wagen und fuhr los, noch ehe Isaak die Tür geschlossen hatte.

Isaak nickte und reichte es ihm. »Ich weiß auch, wo meine Familie ist. Sie und die anderen Juden sind in Langwasser. Die Nazis haben dort ein Sammellager errichtet. In achtzehn Stunden fährt der Zug nach Izbica los.«

Arthur bog in den Frauentorgraben ein. »Ich nehme mal an, dass du eine Idee hast, wie wir sie da rausholen können.«

Isaak nickte. »Ich brauche ein paar Stunden, um Papiere zu fälschen. Gleich morgen früh holen wir sie.«

Dienstag,
24. März 1942

43

Lautes Schluchzen drang durch den dichten Nebel, der Adolf Weissmanns Bewusstsein umfing. »Das ist er nicht«, sagte eine Frau. »Das ist nicht unser Alwin.«

»Sind Sie da ganz sicher, Frau Oechsner? Wie lange haben Sie ihn denn schon nicht mehr gesehen?«

Zorn mischte sich in die Stimme der verzweifelten Frau. »Ich werde ja wohl meinen eigenen Sohn erkennen. Sag's ihr, Karl.«

Eine traurige Männerstimme bestätigte in kurzen Worten die Aussage der Frau.

Weissmann schlug die Augen auf. »Ich …« Sein Mund war trocken, seine Stimme schwach. Er schenkte der Krankenschwester, die ihn völlig entgeistert anstarrte, einen vielsagenden Blick. »Ich habe es Ihnen doch gesagt. Mein Name ist Adolf Weissmann.« Er setzte sich vorsichtig auf. Sein Kopf schmerzte höllisch. »Wie spät ist es?«, wandte er sich an den gebeugten Mann, der neben seinem Bett stand und die Hand der weinenden Frau hielt.

»Acht Uhr«, sagte der etwas ratlos.

Weissmann rieb sich die Augen. »Welcher Tag ist heute?«

»Es ist Dienstag. Dienstag, der 24. März.«

»Verdammt. Was haben Sie mir nur verpasst?« Er sah die Krankenschwester wütend an, riss die Nadel aus seiner

Vene und blickte unter die Bettdecke. Er trug nicht mehr als ein dünnes Nachthemd. »Wo sind meine Sachen?«

»Beruhigen Sie sich.« Die Krankenschwester versuchte, das alte Ehepaar zur Seite zu schieben und Weissmann zu packen.

»Verschwinden Sie«, forderte er. »Bleiben Sie mir vom Leib.« Er schwang seine Beine aus dem Bett, stand auf und machte ein paar unsichere Schritte. Ihm war schwindlig.

»Sie können nicht einfach fortgehen«, rief sie ihm hinterher. »Sie müssen Bettruhe halten.«

»Gar nichts muss ich«, murmelte er und torkelte los.

Der geflieste Boden fühlte sich kalt an unter seinen nackten Füßen. Eisig zog es unter sein Nachthemd.

»Wo wollen Sie denn hin?« Die Krankenschwester eilte ihm nach.

Obwohl er sich sehr unsicher auf den Beinen fühlte, baute er sich zu seiner vollen Größe auf. »Ich brauche etwas Anständiges zum Anziehen und ein Telefon.« Sein Tonfall war militärisch harsch, sein Blick starr. »Worauf warten Sie?«

Die Krankenschwester schluckte. »Wie Sie wünschen«, sagte sie nach einem langen Augenblick und eilte davon.

Eine gute Viertelstunde später saß Adolf Weissmann allein im Büro des dienstleitenden Arztes und wählte die Nummer des Gestapohauptquartiers. »Verbinden Sie mich mit Brigadeführer Merten«, verlangte er.

»Einen kleinen Augenblick bitte.« Es knackte in der Leitung.

Weissmann wartete und blickte an sich selbst hinunter. Er war offenbar in einem Nachthemd eingeliefert worden.

Was hatten die Schweine aus dem Lazarettzug mit seiner Kleidung angestellt? Die lästige Krankenschwester hatte jedenfalls in irgendeiner Kammer einen alten Anzug gefunden, den er jetzt trug. Der billige Dreiteiler roch nach Mottenkugeln und Schweiß, war ihm eine Nummer zu groß und an den Ellenbogen durchgescheuert. Er sah aus wie ein alter Vagabund, statt wie der stramme Offizier, der er eigentlich war. Er brauchte so schnell wie möglich etwas Neues zum Anziehen.

»Sind Sie noch dran?« Erneut war es das Fräulein aus der Vermittlung. »Brigadeführer Merten ist leider nicht in seinem Büro«, erklärte sie.

»Dann verbinden Sie mich mit dem ranghöchsten Offizier, der sich im Haus befindet«, schimpfte Weissmann.

»Das wäre dann Herr Mertens Stellvertreter, Obersturmbannführer Nosske.«

»Worauf warten Sie?«

Erneut erklang ein leises Knacken. »Nosske«, meldete sich schließlich eine sonore Männerstimme.

»Guten Tag, mein Name ist Weissmann. Adolf Weissmann. Ich wurde vom Führerhauptquartier nach Nürnberg geschickt, um …«

»Adolf Weissmann? Der echte …« Es folgte ein längeres Schweigen. »Wo sind Sie? Wo haben Sie die vergangenen drei Tage bloß gesteckt?«

»Ich wurde im Zug niedergeschlagen und bin im Krankenhaus wieder zu mir gekommen. Hören Sie.« Weissmann blickte zur Tür. Als er sicher war, dass niemand mithörte, sprach er weiter. »Etwas ist im Busch. Ich denke, der Widerstand plant eine größere Aktion.«

»Damit haben Sie vollkommen recht. Die Fränkische

Freiheit hat jemanden unter Ihrem Namen eingeschleust. Sie wollten ein Dokument …«

Weissmann hörte, wie eine Schublade aufgezogen wurde. Papier raschelte.

»Verdammt«, fluchte Nosske.

»Was ist passiert?«

»Diese elenden Schweine.«

»Halten Sie sich bereit. Ich komme, so schnell ich kann. Haben Sie verstanden?«

Doch Nosske hatte schon aufgelegt.

44

Nosske starrte in die Schublade, wühlte noch einmal darin herum, kontrollierte die Papiere auf seinem Schreibtisch. »Verdammt!«, brüllte er. »Verdammt! Verdammt! Verdammt!« Er holte Luft. »Oberhausner!«

Wenige Augenblicke später steckte der Scharführer seinen Kopf in das Zimmer. »Sie haben nach mir gerufen?«

»Es ist weg.«

»Wer? Wer ist weg?«

»Nicht wer. Was! Das Wannsee-Protokoll. Es ist verschwunden.«

Oberhausner trat neben ihn. »Wie ist das möglich?«

»Es muss dieser Weiss… dieser Rubinstein gewesen sein.« Fassungslos griff er sich an den Kopf. »Gestern Abend gab es einen seltsamen Vorfall mit Ursula von Rahn. Wie es scheint, steckt sie auch mit drin.«

»Die von Rahn?«

»Sei's, wie's sei. Wir müssen Isaak Rubinstein aufspüren. Ihn und das Protokoll.«

Oberhausner nickte. »Ich glaube, ich weiß, wo wir ihn finden können.«

45

»Wo bleibt Arthur nur?« Isaak schaute auf die Uhr. »Meine Familie hat nicht mehr viel Zeit.«

Arthur hatte ihn und Clara für die Nacht im Haus eines verhafteten Mitstreiters einquartiert. »Fürs Erste sollte es sicher sein«, hatte er gesagt und war mit den Worten »Bin bald wieder da« schließlich davongefahren. »Ich weiß es nicht.« Clara stellte sich ans Fenster und blickte zum Himmel, der vom Morgenrot in zartes Rosa getaucht wurde. Ihre Haare waren zerzaust, ihr Gesicht war vom Schlaf verquollen. »Aber er wird kommen, keine Sorge. Er lässt dich nicht hängen.«

Isaak beugte sich wieder über die Rückstellungsbescheide und kniff die Augen zusammen. Claras Anwesenheit machte es ihm schwer, sich auf die letzten Details der Dokumente zu konzentrieren. Ständig schweifte seine Aufmerksamkeit ab. Er musste daran denken, wie sie sich in Arthurs Wohnung geküsst hatten, und er konnte sehen, dass es ihr genauso erging. All die Jahre, all die Geschehnisse hatten nichts an seinen Gefühlen für sie verändert. Es war wohl, wie Goethe einst geschrieben hatte: *Das ist die wahre Liebe, die immer und immer sich gleich bleibt, wenn man ihr alles gewährt, wenn man ihr alles versagt.*

Clara kochte Tee und setzte sich zu ihm an den Tisch. Sie umfasste die Tasse mit beiden Händen und sah ihn an.

Er erwiderte ihren Blick.

Eine Weile wechselten sie kein Wort, doch das mussten sie auch nicht.

»Es tut mir alles so leid«, durchbrach sie plötzlich das Schweigen. »Isaak, ich habe nie …«

»Schon gut«, sagte er. »Ich auch nicht.« Sie schreckten hoch, als draußen Schritte erklangen und kurz darauf jemand die Tür öffnete. Arthur war endlich zurückgekommen.

»Störe ich?«, fragte er.

»Nein, natürlich nicht«, murmelte Isaak. Er legte ein leeres Blatt Papier vor sich und begann, Nosskes Unterschrift zu proben. *Ostubaf Fritz Nosske* schrieb er mit großen, ausladenden, leicht nach rechts geneigten Buchstaben. Wieder und wieder.

»Wo bist du gewesen?«, fragte Clara.

Anstatt zu antworten, legte Arthur einen Jutesack auf den Tisch und öffnete ihn. Er holte frische Kleidung daraus hervor, ein langes Messer und zwei Pistolen. »Hier …« Er reichte Isaak eine davon.

Isaak winkte ab. »Lieber nicht. Ich bin bisher auch ohne klargekommen.«

»Bisher bist du aber auch nicht in ein schwer bewachtes Sammellager eingedrungen. Nimm sie. Sicher ist sicher.«

Zögerlich schloss Isaak seine Finger um die Waffe. Das Metall fühlte sich kalt und schwer an und strahlte eine enorme Präsenz aus.

»Sie zu bedienen ist einfach«, erklärte Arthur. »Ich habe sie bereits geladen. Du musst sie nur noch entsichern, zielen und abdrücken.«

Isaak nickte und steckte sie vorsichtig in seine Sakkotasche.

»Wie weit bist du mit den Bescheiden?«

»Gleich fertig.« Isaak nahm den Füllfederhalter und konzentrierte sich. Dann unterzeichnete er die Dokumente in einem Schwung und wartete darauf, dass die Tinte trocknete.

Arthur blickte ihm über die Schulter und nickte anerkennend. »Sieht gut aus. Damit könnte es gelingen.« Er zog den Anzug an, den er mitgebracht hatte, und steckte die zweite Pistole und das Kampfmesser ein. »Bereit?«

»Bereit.« Clara stand auf.

»Du bleibst hier«, sagte Arthur.

Sie riss den Mund auf, wollte etwas sagen.

»Kein Aber«, kam Arthur ihr zuvor. Er fasste sie an den Schultern und sah ihr in die Augen. »Ich habe mit den Kameraden in Berlin telefoniert und ihnen diese Adresse genannt. Sie sind bereits auf dem Weg hierher. Du musst sie in Empfang nehmen. Was aber noch viel wichtiger ist: Wenn uns etwas zustößt, musst du das Protokoll an den britischen Agenten übergeben. Das Unternehmen Ragnarök hat noch immer oberste Priorität.«

Clara sah ein, dass er recht hatte. Sie nickte, umarmte erst Arthur und anschließend Isaak. »Ich warte hier auf euch. Passt auf euch auf.«

Die beiden Männer gingen hinaus und stiegen in den Wagen. Das Haus, in dem sie übernachtet hatten, befand sich außerhalb der Stadt, am Rand einer kleinen Vorortsiedlung. Weit und breit war keine Menschenseele zu sehen, trotzdem senkten sie die Blicke und versuchten, sich so unauffällig wie möglich zu verhalten. »Warum hilfst du mir?«, fragte Isaak. »Warum nimmst du das Risiko auf dich?«

»Ich tue das nicht für dich.« Arthur startete den Motor

und fuhr los. »Ich tue es für Clara. Wenn ich dich und deine Familie hängen lasse, wird sie mich auf ewig hassen.« Er zog eine Schachtel Zigaretten aus seiner Jacke, steckte sich eine an und hielt Isaak die Packung vor die Nase.

Isaak lehnte dankend ab. Er öffnete das Fenster einen Spaltbreit und ließ sich kühle Morgenluft ins Gesicht wehen.

Langwasser im Südosten der Stadt war früher mit dichten Wäldern bewachsen gewesen, die während des letzten Krieges verheerenden Bränden zum Opfer gefallen waren. Das mittlerweile gerodete Areal war nun der Standort eines Kriegsgefangenenlagers. Nicht weit davon entfernt wurde offenbar der Abtransport der Juden vorbereitet.

Sie fuhren eine lange, gerade Straße entlang, die von Wiesen und Feldern gesäumt wurde. Tau glitzerte auf dem Gras, erste Frühlingsboten streckten ihre Köpfe aus der kalten Erde. Schönheit und Schrecken lagen oft sehr nah beieinander.

Als vor ihnen plötzlich eine Sperre auftauchte, drosselte Arthur das Tempo und hielt schließlich vor einer Schranke an. Zwei mit Maschinenpistolen bewaffnete Wachposten traten an das Auto. Er kurbelte das Fenster hinunter, reichte ihnen den Weissmann-Ausweis und die gefälschten Rückstellungsbescheide.

Der Wachmann studierte die Dokumente und glich Isaaks Gesicht mit dem Ausweisfoto ab. »Wofür brauchen Sie die Juden?«, fragte er schließlich.

»Geheime Reichssache«, sagte Isaak.

Nach ein paar Sekunden, die sich wie eine Ewigkeit anfühlten, gab der Wachmann Arthur die Papiere zurück, trat zur Seite und nickte seinem Kollegen zu. Der öffnete den Schlagbaum, und sie fuhren mehrere Kilometer weiter über die Straße, die für die Öffentlichkeit gesperrt war. Es gab Dinge, die das Volk nicht sehen sollte.

»Was tun wir, wenn wir es geschafft haben?«, durchbrach Isaak die angespannte Stille, die die ganze Zeit zwischen ihnen geherrscht hatte.

»Die Kameraden aus Berlin werden dich und deine Familie mit in die Hauptstadt nehmen und dort in Sicherheit bringen«, erklärte Arthur. »Danach sehen wir weiter.«

Isaak wollte etwas sagen, doch die Worte blieben ihm im Hals stecken, als sie an einem hohen Stacheldrahtzaun ankamen, hinter dem sich fünf riesige Holzbaracken befanden. Vor einem breiten Tor stand eine lange Schlange von Menschen, die von bewaffneten SS-Männern bewacht wurden.

»Verdammt, sind das viele«, murmelte Arthur.

»Insgesamt werden tausend Juden aus ganz Franken verschickt«, sagte Isaak.

»Neunhundertvierundneunzig«, korrigierte Arthur.

»Wie auch immer – ich hoffe, wir finden meine Familie schnell.«

Sie parkten den Wagen, stiegen aus und gingen betont aufrecht an den Wartenden vorbei. Es handelte sich um Männer, Frauen und Kinder jeden Alters. Manche von ihnen waren elegant gekleidet, andere von Armut und Krankheit gezeichnet. Manche ertrugen ihr Schicksal mit erhobenen Häuptern, andere litten gebeugt und mit Tränen in den Augen leise vor sich hin. Ein kleines Mädchen, das eine bunte Schleife im Haar trug, schenkte Isaak ein schüchternes Lächeln.

Er konnte die Geste nicht erwidern. Zu groß war seine Bestürzung. Diese Menschen waren Lämmer. Todgeweihte. Es war eine Sache, Zahlen und Daten in einem Protokoll zu lesen, eine andere, den Opfern tatsächlich ins Gesicht zu sehen.

Arthur schien ähnlich zu empfinden. Seine Unterlippe bebte, die Adern an seinem Hals traten hervor.

Endlich kamen sie ans Ende der Schlange und sahen, was dort auf die Juden wartete: Bürokratie. An langen Tischen saßen Finanzbeamte, die die Vermögenserklärungen kontrollierten, die jeder der zu Verschickenden hatte mitbringen müssen.

»Laut der elften Verordnung zum Reichsbürgergesetz vom 25. November 1941 verlieren Sie mit der Verlegung Ihres Wohnortes ins Ausland die deutsche Staatsangehörigkeit«, belehrte einer der Beamten den vor ihm stehenden Mann. Er leierte den Satz auswendig und völlig emotionslos herunter. Wahrscheinlich hatte er ihn bereits Hunderte Male gesagt. »Ihr Vermögen fällt bei Überschreiten der Grenze an den deutschen Staat.«

»Aber … aber …«, stammelte der Mann. »Das können Sie nicht machen. Ich gehe doch nicht freiwillig.«

»Aber Sie gehen«, sagte der Staatsdiener ohne die Spur einer Regung.

»Sie können doch nicht einfach alles, was ich mein ganzes Leben lang aufgebaut habe …«

»Der Nächste«, rief der Beamte. Er gab einem Wachmann ein Zeichen, woraufhin dieser den fassungslosen Juden zur Seite zerrte. »Laut der elften Verordnung zum Reichsbürgergesetz vom 25. November 1941 …«, verständigte der Beamte die nachfolgende Person.

»Unfassbar«, zischte Arthur.

»Das musst du mir nicht sagen«, entgegnete Isaak.

Sie präsentierten die Papiere und gingen unbehelligt

weiter zur nächsten Station, wo Leibesvisitationen und Gepäckkontrollen stattfanden. Seife, Schmuck, sämtliche Gegenstände aus Edelmetall und alle Schriftstücke wurden den Menschen hier abgenommen.

»Das ist ein Erbstück«, klagte eine kleine alte Dame und deutete auf eine silberne Brosche. Tränen rannen über die Furchen in ihrem Gesicht.

»Da, wo Sie hinfahren, brauchen Sie keinen Schmuck«, erklärte ihr ein Beamter. »Und jetzt ab mit Ihnen«, scheuchte er sie davon. »Sie halten hier alles auf.«

Arthur und Isaak blickten sich betreten an.

Hinter ihnen ertönte ein Brummen, gefolgt von Stimmengewirr, als ein weiterer LKW herbeifuhr und noch mehr Menschen herankarrte – noch mehr Juden, denen erst ihre Staatsbürgerschaft und ihr Vermögen genommen werden würden, anschließend ihre privaten Dinge, ihre Würde und am Ende der Reise ihr Leben.

»Das ist die letzte Fuhre«, brüllte ein SS-Mann. »Sobald die abgefertigt ist, kann's losgehen.«

Isaak konnte die Situation kaum mehr ertragen. Er war einer von ihnen, ein Jude. Er fühlte sich wie ein Verräter, der all diese Menschen einfach ihrem Schicksal überließ, sie in den Tod sandte, ohne etwas zu sagen, ohne etwas zu tun. Sein Herz pochte, und die Welt begann sich zu drehen, schneller und schneller. Die Gesichter der Deportierten rasten um ihn herum, brannten sich in seine Netzhaut, fraßen sich in sein Gedächtnis. Sie würden für immer dort bleiben, ihn anklagen, nach dem Warum fragen.

»Wir suchen nach einer Familie Rubinstein«, sprach Arthur neben ihm einen Wachbeamten an. »Ignaz, Ruth, Rebekka, Elias und Esther.«

Der Mann zuckte mit den Schultern. »Sie werden herumfragen müssen.«

Sie betraten das abgesperrte Gelände und schritten zwischen den Baracken hindurch. Menschen standen in Gruppen beieinander und unterhielten sich. Trotz der tragischen Lage war die Stimmung gefasst, die Anwesenden bewahrten Haltung und stützten sich gegenseitig. Sobald jemand zu weinen begann, eilten sofort Umstehende herbei, redeten ihm gut zu und spendeten Trost.

»Familie Rubinstein? Haben Sie die Familie Rubinstein gesehen?«, sprach Isaak einen nach dem anderen an.

»Abmarsch«, schrie da plötzlich ein SS-Mann. »Stellen Sie sich in Zehnerreihen auf und warten Sie auf meine Anweisungen.«

Menschen strömten aus den Baracken, taten wie ihnen geheißen und warteten. Die Stimmung war beängstigend. Jedes Haar an Isaaks Körper richtete sich auf, während er zwischen den Menschen hindurchging. »Kennen Sie eine Familie Rubinstein?«, fragte er wahllos. »Ein älteres Ehepaar, eine Mutter mit zwei kleinen Kindern.« Er erntete Kopfschütteln, Schulterzucken und Schweigen, bis endlich jemand die erlösenden Worte aussprach.

»Ja, die waren vorhin da hinten. In der vorletzten Baracke.«

Isaak beschleunigte seine Schritte.

»Langsam«, zischte Arthur. »Dies ist kein Ort für Hektik. Reiß dich zusammen. Oder willst du, dass wir auffliegen?«

Isaak sah ein, dass Arthur recht hatte, doch seine Beine entwickelten ein Eigenleben, sie rannten ganz von allein in das windschiefe Gebäude.

Dort war es kalt und düster. Die Fenster waren schmal

und schmutzig, der kleine Ofen in der Mitte des Raumes schien nicht zu funktionieren. Es dauerte einen Augenblick, bis sich seine Augen an die Dunkelheit gewöhnt hatten, dann erkannte er lange Reihen grob gezimmerter Stockbetten, auf denen schmutzige Laken lagen. Keine Menschenseele war zu sehen.

»Ist hier jemand?«, rief er und erkannte, dass sich ganz hinten in einer finsteren Ecke etwas bewegte. Eine Silhouette zeichnete sich ab. Sie hatte einen Lockenkopf. »Rebekka.«

»Lauf!«, rief sie.

Noch ehe Isaak verstand, was geschah, sah er Stahl blitzen. Ein Pistolenlauf bohrte sich in die Schläfe seiner Schwester.

»Wen haben wir denn da? Adolf Weissmann? Oder sollte ich besser Isaak Rubinstein sagen?«

Bade trat grinsend aus der Düsternis. Hinter ihm erschienen zwei SS-Männer in Uniform, die seine Eltern im Schlepptau hatten, Esther und Elias kauerten leise weinend in einer Ecke.

Aus der Ferne hörten sie neue gebrüllte Kommandos der Wachmänner.

»Lassen Sie sie gehen«, flehte Isaak.

»Gehen? Aber ja, natürlich. Sie werden alle gehen. So oder so. Heute oder in ein paar Tagen. Hier oder in Izbica. Die große Frage lautet: Was soll ich mit dir machen? Soll ich dich an Ort und Stelle umbringen? Oder dich mitsamt deiner Familie nach Polen schicken? Soll ich dich mit zu Obersturmbannführer Nosske nehmen? Oder wollen wir ein Spiel spielen?« Bade wandte sich an die beiden SS-Männer. »Was meint ihr?«

»Ein Spiel«, sagte einer von ihnen.

»Nun denn. Eins, zwei, drei, vier …«, Bade richtete den Lauf seiner Pistole auf Isaak, »… fünf«, sagte er, ließ seine Hand wandern und zielte auf Rebekka. »Sechs …« Er bewegte den Lauf in Richtung der Kinder. »Sieben.« Sichtlich amüsiert führte er das perverse Spiel fort. »Eine alte Frau kocht Rüben …« Sein Grinsen wurde breiter.

»Nehmen Sie mich«, schrie ihr Vater.

Bade ließ sich davon nicht beirren, er richtete den Lauf auf Isaaks Mutter. »Eine alte Frau kocht Speck …«

»Hören Sie auf damit!« Isaak hob die Hände in die Höhe und kniete sich nieder. »Tun Sie mit mir, was auch immer Sie wollen. Aber hören Sie auf.«

Bade zielte wieder auf Rebekka. »Und du bist weg.«

Isaak zuckte zusammen, doch kein Schuss erklang. Stattdessen ertönte ein leises Röcheln, Blut spritzte auf Bades Wange, einer der beiden SS-Männer sackte zusammen.

»Was zur Hölle?«

Bade schnellte herum und musste völlig überrumpelt mitansehen, wie auch der zweite SS-Mann sich an die Kehle fasste. Dunkles Blut drang zwischen dessen Fingern hervor, ergoss sich über seinen Hals und seine Brust.

Arthur stand hinter ihm, in einer Hand sein Messer, das jetzt blutverschmiert war, in der anderen die Pistole.

Isaak sprang auf, riss Rebekka, die sich in einer Schockstarre befand, aus Bades Griff und warf sie zu Boden.

Bades Arm schnellte hoch, ein Schuss ertönte. Für einen kurzen Moment starrten sich Arthur und Bade hasserfüllt in die Augen, dann sackte Bade zusammen.

»Lasst uns verschwinden.« Arthur wischte sein Messer an Bades Jacke ab, eilte zum Ausgang und spähte hinaus.

Isaaks Eltern packten die völlig verstörten Kinder, gemeinsam huschten sie zurück ins Freie, wo sich die Menschen mittlerweile in Bewegung gesetzt hatten, und langsam in Richtung Bahnhof marschierten.

»Verdammt«, fluchte Arthur. »Die Wachleute haben den Schuss gehört.« Er zeigte auf zwei bewaffnete Männer, die auf sie zugerannt kamen. »Schnell«, rief er und scheuchte die Familie in Richtung Lagerausgang.

»Halt!«, brüllte einer der Schergen. »Sofort stehen bleiben.«

Als sie nicht gehorchten, ertönte ein Schuss.

Die Richtung Bahnhof marschierenden Menschen warfen sich auf den Boden oder liefen hinter die Baracken und versteckten sich dort.

»Bleiben Sie sofort stehen!« Die Stimme war jetzt nah. Zu nah.

»Wir werden es nicht schaffen.« Arthur packte Isaak am Arm. »Pass auf Clara auf«, stieß er hervor.

Er drückte Isaak den Autoschlüssel in die Hand, seine Augen begannen feucht zu glänzen.

»Was hast du vor? Ich verstehe nicht …«

»Sei der Mann, den sie immer in dir gesehen hat. Der, den sie immer wollte.« Er hob die Waffen und drehte sich um.

»Hör auf, komm schon.« Isaak versuchte, Arthur fortzuziehen, doch der stieß ihn von sich.

»Lauf!«, brüllte er und rannte auf die SS-Leute zu. »Verdammt noch mal, lauf! Oder willst du, dass alles umsonst gewesen ist?«

»Isaak«, rief Rebekka. »Wo müssen wir hin?«

»Ich werde dir das nie vergessen, Arthur«, rief Isaak ihm hinterher.

Dann leitete er seine Familie so schnell es ging an den Ort, an dem zuvor die Kofferkontrollen stattgefunden hatten.

»Was ist da drüben los?« Ein Uniformierter stellte sich ihnen in den Weg. »Wer hat geschossen?«

»Es gab einen Aufstand«, sagte Isaak. »Es ist aber bereits alles unter Kontrolle.«

»Ich kann Sie trotzdem nicht durchlassen.«

Isaak hielt ihm die Rückstellungsbescheide und Adolf Weissmanns Dienstausweis vor die Nase. »Was fällt Ihnen ein, mich zu behindern«, rief er. »Wissen Sie nicht, wer ich bin?«

Entgeistert trat der Mann zur Seite.

Isaak schob seine Familie zum Wagen und bugsierte sie hinein. In dem Moment, als er den Motor anließ, ertönten erneut Schüsse.

Willst du, dass alles umsonst gewesen ist?, hallten Arthurs Worte in seinen Ohren wider, während er das Gaspedal durchtrat und mit tränenverschleierten Augen davonfuhr.

46

»Gott sei Dank, da seid ihr ja endlich.« Clara riss die Tür auf, als der Wagen vorfuhr. Sie führte die Familie ins Wohnzimmer, versorgte sie mit heißem Tee und Decken. Fragend blickte sie Isaak an. »Wo ist Arthur?«

Isaak schüttelte traurig den Kopf.

Tränen stiegen in Claras Augen, und sie fiel ihm in die Arme. Schweigend standen sie da und weinten leise. »Er ist nicht kampflos gegangen, oder?«, fragte sie, nachdem sie sich wieder halbwegs gefangen hatte.

Isaak erzählte, was geschehen war. »Arthur hat uns gerettet«, sagte er. »Ohne ihn wären wir jetzt tot oder in dem Zug, was auf dasselbe rauskommt.«

Erst jetzt bemerkte er die beiden Männer, die mit grimmigen Mienen am Fenster standen und immer wieder nervös nach draußen starrten. An einen davon, einen kleinen Glatzkopf, konnte er sich erinnern – es war der Mann, mit dem Clara ein paar Tage zuvor am Bahnhof gesprochen hatte. Es kam ihm vor, als wären seit jenem Moment Jahre vergangen.

»Am besten, wir fahren sofort los«, sagte der Glatzkopf. »Wir müssen verschwinden, bevor sie eine große Suchaktion starten können.« Er bedeutete den Rubinsteins, ihm zu folgen.

»Was ist mit dir, Clara?«, fragte Isaak.

»Ich werde die Übergabe vornehmen und komme nach.«

»Ihr nehmt unseren Wagen, wir euren.« Der zweite Mann, ein grobschlächtiger blatternarbiger Kerl, stellte sich neben Clara. »Ich begleite sie zum Henkersteg und passe auf, dass alles gut über die Bühne geht. Anschließend folgen wir euch.«

Isaak ging mit ihnen nach draußen und sah seiner Familie dabei zu, wie sie in den Berliner Wagen stieg.

»Was ist mit dir? Worauf wartest du?«, fragte der Glatzkopf vom Fahrersitz aus.

Isaak ging auf die Beifahrerseite, öffnete die Tür und hielt inne. Das Gesicht des kleinen Mädchens, das ihm zugelächelt hatte, erschien vor seinem geistigen Auge, die Frau mit den Furchen, der verzweifelte Mann. Er dachte an die eleganten Damen, die wehenden Paketanhänger und das Paar Seidenstrümpfe. An das Opfer, das Arthur gebracht hatte. Sein Herz wurde schwer, und so sehr er auch einsteigen wollte, er konnte es nicht

»Es tut mir leid.« Er beugte sich in den Fond des Wagens und küsste seine Mutter auf die Wange. Dasselbe tat er mit seinem Vater, Rebekka und den Kindern. »Ich liebe euch über alles«, sagte er. »Bitte denkt immer daran, bis wir uns eines Tages wiedersehen.«

»Eines Tages? Ich verstehe nicht.« Clara, die neben ihm stand, runzelte die Stirn.

»Was ist?«, fragte Rebekka.

»Ich würde nichts lieber tun, als mit euch nach Berlin zu gehen. Aber …« Isaak hielt inne, Tränen strömten über seine Wangen. »Ich kann nicht. Wenn ich nichts tue, werden sie uns jagen wie Tiere, bis ans Ende der Welt.« Er schluckte. »Außerdem könnte ich mir selbst nie wieder in die Augen sehen. In dem Sammellager heute waren Hunderte von Menschen – und sie sind nicht die Einzigen. Im ganzen Reich werden Juden zusammengetrieben, entrechtet, entwürdigt, ermordet. Ich kann nicht feig in einem Versteck ausharren, während das alles geschieht.«

»Das musst du auch nicht.« Clara nahm seine Hand. »Du kannst dich in Berlin dem Widerstand anschließen.«

»Ich denke, ich kann hier mehr bewirken.«

»Was willst du groß bewirken?«, fragte Rebekka. »Soweit ich das mitbekommen habe, wurde die Fränkische Freiheit ausgelöscht, und du bist nur ein Antiquar.«

»Das bin ich nicht. Nicht mehr.« Isaak holte seinen Ausweis hervor. »Ich bin Sturmbannführer Adolf Weissmann, der beste Ermittler des Reiches und enger Freund von Heinrich Himmler. Wenn ich es richtig anstelle, kann ich mehr erreichen als alle existierenden Widerstandsgruppen zusammen.«

»Was willst du tun?«, fragte der Glatzkopf.

»Ich werde zurückgehen. Zurück unter die Wölfe.«

»Nein.« Clara krallte ihre Finger in seinen Arm. »Das lasse ich nicht zu. Auf gar keinen Fall.« Sie fing an zu schluchzen. »Das ist eine Selbstmordmission«, stieß sie hervor. »Ich will dich nicht verlieren. Nicht schon wieder.«

»Du verlierst mich nicht«, sagte er, drückte sie an sich und küsste sie auf den Scheitel. Er fasste sich ans Herz. »Egal wo ich bin. Hier oder in Berlin. Im Dies- oder Jenseits. Du bist immer bei mir.«

»Nein«, schluchzte sie. »Nein.«

»Du hast es selbst gesagt. Wenn die Guten nicht kämpfen, siegen die Schlechten. Ich muss tun, was ich tun kann. Arthur und die Menschen aus dem Lager, sie würden mich sonst heimsuchen bis ans Ende meiner Tage.«

»Hast du einen Plan?«, fragte der Glatzkopf.

Isaak nickte und sah ihnen zu, wie sie davonfuhren. Dann wischte er sich die Tränen vom Gesicht und machte sich auf den Weg.

47

Adolf Weissmann ließ sich von einem der Ärzte bis zum Plärrer fahren, stieg dort aus und ging die letzten Meter bis zur Ludwigstraße zu Fuß. Die kühle frische Luft und die Bewegung taten ihm gut, mit jedem Schritt fühlte er, wie seine alte Kraft allmählich zurückkehrte. Er würde die Schweine, die ihn niedergeschlagen hatten, finden und sie zur Rechenschaft ziehen.

Er beobachtete eine Gruppe von Kindern, die in einem Hauseingang zusammenstand.

»Führer, mein Führer, von Gott mir gegeben«, übten sie ein Gedicht, *»beschütz und erhalte noch lange mein Leben.«*

Er nickte zufrieden und lief weiter. Zumindest um die Jugend brauchte man sich keine Sorgen zu machen. Was die Mitarbeiter der Gestapo Nürnberg anbelangte, war er sich nicht ganz so sicher. Die Vorfälle der vergangenen Tage, dieses Versagen auf allen Ebenen, würden Konsequenzen haben. Köpfe würden rollen.

Er betrat das Polizeigebäude. »Weissmann«, stellte er sich vor.

Der Portier ließ seinen Blick über den abgetragenen Anzug wandern, starrte auf den Bluterguss auf seiner Stirn und rümpfte die Nase. »Können Sie sich ausweisen?«

Weissmann verfluchte die Kerle aus dem Zug, die Krankenschwester und seinen erbärmlichen Aufzug. »Leider nein«, sagte er ungehalten. »All meine Dokumente wurden gestohlen, aber Obersturmbannführer Nosske weiß Bescheid.«

»Einen kleinen Moment bitte.« Der Mann griff zum Telefon und kündigte ihn an. »Ich werde es ausrichten.« Er legte auf. »Erster Stock. Der Obersturmbannführer erwartet Sie.«

»Wie schön, Sie kennenzulernen.« Fritz Nosske führte ihn in sein Büro. »Sie sind also der echte Adolf Weissmann.«

»So ist es.« Weissmann setzte sich, sah sich um und schlug die Beine übereinander. »Was ist mit dem Hochstapler? Wissen Sie, wo er ist?«

»Wir haben da so eine Vermutung. Einer meiner besten Männer ist an ihm dran. Apropos …« Nosske wandte sich an Oberhausner. »Wo bleibt Bade eigentlich?«

»Das weiß ich leider auch nicht.«

»Fahren Sie doch raus nach Langwasser, und sehen Sie nach dem Rechten.«

»Wie Sie wünschen.« Oberhausner eilte davon.

Nosske setzte sich Weissmann gegenüber an den Schreibtisch. »Ich muss schon sagen, es besteht tatsächlich eine gewisse Ähnlichkeit zwischen Ihnen und diesem Rubinstein«, sagte er.

»Ich bin schon sehr gespannt auf diesen Kerl«, sagte Weissmann. »Kann es kaum erwarten, ihn in die Finger zu bekommen. Wenn ich mit ihm fertig bin, wird er darum betteln, sterben zu dürfen. Das können Sie mir glauben.«

48

Isaak lief durchs Hauptquartier und versuchte, seine Nervosität unter Kontrolle zu bekommen. Jetzt hieß es: alles oder nichts, leben oder untergehen. Er richtete Kragen und Krawatte, strich das Sakko glatt, dachte an die Judenvernichtung und klopfte an die Tür von Nosskes Büro.

»Ja?«

Isaak öffnete die Tür und starrte in zwei Gesichter, von denen er eines nicht kannte. Er entschied, den heruntergekommenen Fremden mit dem Bluterguss auf der Stirn einfach zu ignorieren. »Sturmbannführer Nosske«, sagte er in strengem Tonfall. »Ich …«

Nosske riss die Augen auf und starrte ihn ungläubig an. »Das ist er«, sagte er zu dem Unbekannten. »Das ist der Kerl, der sich für Sie ausgibt.«

Jetzt war es an Isaak, überrumpelt zu sein. … *der sich für Sie ausgibt …* Der Kerl, der wie ein Landstreicher aussah, musste der echte Adolf Weissmann sein. Er hatte mit allem gerechnet, aber nicht damit. Völlig entgeistert, blieb er in der offenen Tür stehen.

Keiner sagte etwas. Alle drei starrten einander an.

Es war Weissmann, der als Erster seine Selbstbeherrschung wiedererlangte. Er griff nach Nosskes Waffe, die auf dem Schreibtisch lag, und richtete sie auf Isaak.

Einem spontanen Reflex folgend, fasste der blitzschnell

in sein Sakko und zückte die Pistole, die er am Morgen von Arthur bekommen hatte.

Pattstellung.

Eine Sekretärin, die gerade vorbeikam, ließ vor lauter Schreck die Akten fallen, die sie in der Hand gehalten hatte. »Hilfe!«, rief sie und rannte davon. »Hilfe!«

Das monotone Klacken von Schreibmaschinen und sämtliche Gespräche verstummten. Die umliegenden Türen wurden geöffnet, Vorzimmerdamen und Gestapobeamte sahen aus ihren Zimmern.

»Sturmbannführer?« Schmitt war aus dem Büro getreten. Er bemerkte die Waffe in Isaaks Hand und blickte schreckerfüllt. »Was ist hier los?«

»Es gibt ein Problem«, sagte Isaak. Auf die Schnelle wollte ihm nichts Besseres einfallen.

Schmitt zog seine Pistole und schaute in das Zimmer, sah, auf wen Isaak zielte. »Wer ist das?«

»Dieser Mann gibt sich für mich aus.«

Weissmann schnaubte. »Es ist genau umgekehrt.«

Schmitt ließ seinen Blick leicht verwirrt zwischen ihnen hin- und herwandern.

»Der Mann ist ein Jude namens Isaak Rubinstein«, sagte Nosske.

»Dass ich nicht lache.« Isaak wandte sich an Schmitt. »Unterscharführer, wir haben in den vergangenen Tagen sehr viel Zeit miteinander verbracht. Sie kennen mich.«

»Aber ja, das tue ich.« Schmitt hob den Arm und zielte auf Weissmann.

»Junge, sind Sie verrückt geworden, oder was?« Weissmann lief rot an. »Nehmen Sie sofort die Waffe runter.«

»Tun Sie das nicht. Dieser Mann dort ist Teil einer Verschwörung. Es geht um den Mord an Lotte Lanner«, improvisierte Isaak.

»Glauben Sie ihm kein Wort.« Weissmanns Stimme schwoll an. »Der da ist ein Hochstapler.«

»Er ist ein Jude«, mischte sich nun auch Nosske ein. »Eine verdammte Ratte.«

Ungläubiges Raunen drang durch den Flur.

»Noch lächerlicher geht es ja wohl nicht«, sagte Isaak. »Ein Jude? Sehe ich so aus?« Erneut wandte er sich an Schmitt. »Denken Sie an unsere gemeinsame Ermittlung, an die Lektionen, die ich Ihnen beigebracht habe. Erinnern Sie sich an den Boxkampf, an Erich Gauger … Und sehen Sie sich diesen Mann hier an. Sieht so etwa ein anständiger deutscher Offizier aus?«

»Was soll dieses Gebrüll? Seien Sie ruhig. Brigadeführer Merten führt ein wichtiges Telefo…« Ursula von Rahn starrte mit offenem Mund in die Runde. »Herr Weissmann?«

»Sie kommen genau zur rechten Zeit«, sagte Isaak. »Sagen Sie denen, wer ich bin.«

»Was ist das für eine dumme Frage?« Sie runzelte die Stirn und legte den Kopf schief. »Sie sind natürlich Adolf Weissmann.«

»Das ist er nicht«, brüllte Nosske.

Schmitt sah Ursula von Rahn hilflos an. »Wem soll ich glauben?«

»Auf keinen Fall Nosske«, zischte sie. »Er ist ein Lügner, ein Betrüger und Mörder.«

»Sind denn alle wahnsinnig geworden?«, bellte Weissmann. Seine Stimme bebte vor Zorn. »Was ist das hier für ein verdammtes Irrenhaus?« Er spannte den Hahn seiner Pistole, deren Lauf noch immer auf Isaak gerichtet war.

Ein Knall ertönte.

Ursula von Rahn gab einen spitzen Schrei von sich, zuckte zusammen und hielt sich die Hände über den Kopf.

Isaak fasste sich an die Brust.

»Was zur Hölle ist hier los?« Merten kam auf den Flur gestürmt.

Er bekam keine Antwort. Alle Augen waren auf Nosskes Büro gerichtet.

»Ist er tot?«, fragte Ursula von Rahn. Zitternd lehnte sie sich an Isaak.

»Ich denke schon.« Er zog sie an sich, drückte ihr Gesicht an seine Brust. »Sie sollten das nicht sehen«, flüsterte er in ihr Ohr.

Schmitt ließ seine Waffe sinken.

Isaak legte seine freie Hand auf die Schulter des Unterscharführers. »Danke, mein Freund«, sagte er. »Sie haben mir das Leben gerettet.«

Nosske starrte auf den toten Weissmann, der vor ihm auf dem Boden lag. Eine Blutlache breitete sich um ihn herum aus. »Haben Sie den Verstand verloren?«, schrie er und bückte sich nach der Waffe.

»Ruhe, verdammt.« Merten stürmte in den Raum und riss Nosske die Pistole aus der Hand. »Ich will sofort erfahren, was hier los ist.«

»Obersturmbannführer Nosske hat Lotte Lanner ermordet«, kam Isaak auf seinen ursprünglichen Plan zurück.

»Ich? Was fällt Ihnen …«

»Seien Sie still!«, unterbrach Merten ihn. Er bedeutete Isaak weiterzusprechen.

»Es war kein geplanter Mord, sondern ein Verbrechen aus Leidenschaft. Liebe, Eifersucht – völliges Chaos, verstehen Sie? Die einzige Möglichkeit, die Nosske blieb, um von sich abzulenken, war jene, die ganze Sache Werner Hildebrandt in die Schuhe zu schieben.«

»Und wer ist *er?*« Merten zeigte auf Weissmann.

»Als Nosske bemerkt hat, dass ich ihm auf die Schliche kam, hat er vor lauter Panik eine abstruse Verschwörungstheorie zusammengesponnen. Diesen Mann hat er engagiert, um mich und meine Kompetenz infrage zu stellen.«

»Blödsinn«, rief Nosske. »Sie sind Isaak Rubinstein. Sie haben Arthur Krauss, Werner Hildebrandt und Clara Pflüger aus dem Gefängnis geholt. Wie wollen Sie das erklären?«

»Hildebrandt ist unschuldig, und die beiden anderen sind meine Hauptzeugen gegen Sie.«

Nosskes Kinnlade klappte nach unten.

»Jetzt bin ich aber gespannt«, sagte Merten.

»Die beiden sind nicht, wie ihnen vorgeworfen wurde, Mitglieder der Fränkischen Freiheit. Sie waren ordinäre Einbrecher, die es auf den Inhalt von Obersturmbannführer Nosskes Tresors abgesehen hatten.«

»Mir wurde gesagt, dass Krauss vor Gericht gestanden hat, der Anführer der Fränkischen Freiheit zu sein«, rief Nosske.

»Ein heroischer Akt der Selbstaufopferung, um seine Verlobte vor dem Schafott zu retten.«

»Erzählen Sie weiter«, forderte Merten.

»Arthur Krauss hat sich einen gefälschten Genehmigungsschein besorgt und damit die Burg betreten, wo er den Tresor geöffnet hat«, fuhr Isaak fort. »Da die Handwerker beim Verlassen der Burg immer wieder stichprobenmäßig kontrolliert wurden, traute er sich jedoch nicht, auf diesem Wege etwas mitzunehmen.«

»Hier kommt Clara Pflüger ins Spiel«, dachte Schmitt laut nach.

»So ist es. Nachdem Krauss die Burg verlassen hat, ist das zierliche Fräulein Pflüger durch einen alten, sehr engen Fluchttunnel eingestiegen. Auf demselben Weg wollte sie Geld und Schmuck fortschaffen. Doch sie kam nicht dazu, den Tresor auszuräumen. Als sie sich in die Wohnung schlich, beobachtete sie, wie Nosske Fräulein Lanner ermordete. Zu Tode erschrocken, hat sie kehrtgemacht und ist wieder verschwunden.« Isaak wandte sich an Schmitt. »Daher der grüne Stofffetzen in dem Durchgang. Daher die Verbindung zu Frau Sauer. Ihr Mädchenname war doch Irmgard Krauss, richtig?«

Schmitt nickte.

»Wo sind Ihre Zeugen jetzt?«, fragte Merten.

Isaak schnaubte. »Die hätte ich Ihnen gerne präsentiert, aber es ist etwas dazwischengekommen. Es ist nämlich so: Arthur Krauss hat jüdische Verwandte«, log er weiter.

»Gar nichts hat der«, rief Nosske.

»Da sieht man wieder mal, wie nachlässig du deine Arbeit machst«, murmelte Ursula von Rahn.

»Arthur Krauss und Fräulein Pflüger hatten große Angst vor Obersturmbannführer Nosske und seiner Macht, doch ich konnte sie zu einem Handel bewegen«, redete Isaak weiter. »Ich habe ihnen versprochen, dass sie ihre Lieben noch einmal sehen dürfen, bevor sie nach Polen verschickt werden. Dafür wollten sie aussagen. Doch er …«, er zeigte auf Nosske, »… hat mir einen seiner Bluthunde auf den Hals gehetzt. Sein Handlanger, Gerhard Bade, hat versucht, mich und die Zeugen auszuschalten. Bade und Krauss sind dabei ums Leben gekommen, Clara Pflüger konnte fliehen und ist wohl untergetaucht.«

»Und Hildebrandt?«, fragte Schmitt. »Woher wusste er von Arthur Krauss' Verbindung zu dem Fall?«

»Ganz simpel: Er hat im Gefängnis etwas aufgeschnappt. Die einfachste Antwort ist meist die richtige. Diese Theorie nennt sich ›Ockhams Rasiermesser‹.«

Stille herrschte im Raum.

»Verhaften Sie ihn«, wies Merten die bewaffneten Wachleute an, die mittlerweile im Flur standen und auf Befehle warteten.

»Ja genau«, sagte Nosske. »Verhaften Sie die Ratte.«

Die Männer traten auf Isaak zu und packten ihn.

»Nicht ihn«, rief Merten und zeigte auf Nosske. »Ihn.«

Isaak hoffte, dass Ursula von Rahn, die sich noch immer an seine Brust schmiegte, nicht gemerkt hatte, wie erleichtert er war. Er musste erneut an Tucholsky denken, daran, dass die Menschen das sahen, was sie sehen wollten, und wandte sich an Schmitt.

»Lassen Sie uns später in den Braunen Hirsch gehen und etwas essen. Dann erzähle ich Ihnen alles über Ockham und seine Hypothese.«

»Lügen«, schrie Nosske, während die Wachleute ihn fortbrachten. »Elende Lügen. Ich habe Lotte nicht ermordet!«

»Was für eine Schande«, murmelte Ursula von Rahn, löste sich von ihm und strich ihren Rock glatt.

Merten nickte Isaak zu. »Beeindruckend. Sie machen Ihrem Ruf alle Ehre. Sollten Sie bis zu Ihrem nächsten Auftrag noch ein bisschen Zeit haben – bleiben Sie, solange Sie wollen. Seien Sie mein Gast.« Er wirkte äußerst zufrieden, als er das Büro verließ.

»Ja, bleiben Sie noch ein bisschen in Nürnberg«, hauchte Ursula von Rahn und folgte ihrem Chef.

»Dem schließe ich mich an«, sagte Schmitt.

»Was für ein freundliches Angebot.« Isaak betrachtete den toten Weissmann. »Ich sehe, was sich machen lässt.«

Samstag,
4. April 1942

49

Die Stelle an seinem linken Oberarm, wo er sich ein kleines A hatte tätowieren lassen, juckte ganz erbärmlich, und es fiel ihm schwer, sich nicht zu kratzen.

Bisher war alles gut gelaufen. Clara hatte das Protokoll dem britischen Agenten übergeben, und die Berliner hatten den Verräter, Willi Raubichler, beseitigt. Merten hatte sich voll und ganz auf seine Seite geschlagen, Nosske saß im Gefängnis, und Oberhausner stellte ihn und seine Autorität nicht weiter infrage – er hatte gelernt, dass man sich mit Adolf Weissmann besser nicht anlegte.

Er blickte auf seine Uhr. Er musste sich beeilen. In einer Viertelstunde war er mit Ursula von Rahn verabredet. Sie hatte darauf bestanden, ihm ihren Vater vorzustellen, Otto von Rahn, den Großindustriellen und engen Freund von Hermann Göring. Er zog sein Sakko an, brachte sein Haar mit Pomade in Form und blickte aus dem Fenster. Irgendwo da draußen waren sie. Clara, seine Familie und all die anderen Juden. Und er würde nicht eher ruhen, bis sie in Sicherheit und die Nazis zur Rechenschaft gezogen waren.

Es klopfte an der Tür. »Herr Weissmann?«, rief der Hotelpage. »Ihr Wagen ist hier. Sind Sie bereit?«

Er warf einen letzten Blick in den Spiegel und lächelte. »Ja, das bin ich.«

Nachwort

Die Geschichte von Isaak Rubinstein ist frei erfunden, so wie die handelnden Personen es sind. Der Hintergrund, vor dem die Ereignisse spielen, ist es jedoch nicht. Ich habe versucht, das Geschehen von *Unter Wölfen* so gut wie möglich in die echten örtlichen und zeitlichen Gegebenheiten einzubetten. Sollte mir trotz intensiver Recherche die eine oder andere Unstimmigkeit unterlaufen sein, so bitte ich Sie, mir diese zu verzeihen.

Antisemitismus hat eine lange Tradition, die bis in die Antike zurückreicht. Immer wieder kam es im Laufe der Geschichte zur Ächtung von Juden und zu gewaltsamen Ausschreitungen gegen sie. Nach dem Ersten Weltkrieg entflammte der schwelende Hass erneut, und es folgte eine schrittweise Eskalation (Ausgrenzung → Entrechtung und Enteignung → erzwungene Auswanderung → physische Verfolgung), die in der Ermordung von rund sechs Millionen Menschen enden sollte.

Die Nürnberger Juden traf es ganz besonders schlimm. Der fränkische Gauleiter Julius Streicher war als glühender Antisemit bekannt. Mit seinem Hetzblatt *Der Stürmer* verbreitete er Lügen und Anschuldigungen und wiegelte die Bevölkerung gegen die jüdischen Mitbürger auf.

Bernhard Kolb, der Sekretär der Israelitischen Kultusgemeinde Nürnberg, schreibt in seinem Manuskript *»Die*

Juden in Nürnberg. Tausendjährige Geschichte einer Judengemeinde von ihren Anfängen bis zum Einmarsch der amerikanischen Truppen am 20. April 1945 (http://www.rijo.homepage.t-online.de/pdf/DE_NU_JU_kolb_text.pdf): *In Nürnberg wohnten im Jahre 1929 20.200 Juden, im Jahr 1938 waren es noch 8.000. Von 1935 ab, noch bevor die ärgsten Ausschreitungen gegen Juden in ganz Deutschland vorkamen, wanderten viele Juden von Nürnberg nach München, Stuttgart und anderen Orten ab, weil unter der Herrschaft Streichers Nürnberg und Franken als die Hölle auf Erden betrachtet wurden.«*

Nach 1938 verschlimmerte sich die Situation zunehmend. Wer es nicht geschafft hatte, ins Ausland zu fliehen, wurde zur Zwangsarbeit genötigt, mit einer Vielzahl von antijüdischen Gesetzen und Verordnungen schikaniert und zum Umzug in sogenannte Judenhäuser gezwungen. Dort mussten die Menschen auf engstem Raum unter oft unerträglichen Bedingungen leben.

Die Deportation der Nürnberger Juden begann am 29. November 1941 mit einem Transport nach Riga. Am 24. März 1942 folgte die zweite Welle, die auch in diesem Buch thematisiert wird. Der Sonderzug mit der Bezeichnung »Da 36« führte in das Ghetto Izbica (bei Lublin). Wie in *Unter Wölfen* beschrieben, wurden die eintausend zu deportierenden Juden aus ganz Franken erst in einem Barackenlager am Reichsparteitagsgelände gesammelt und von dort aus zum Bahnhof Märzfeld gebracht. Keiner von ihnen überlebte.

Listen mit den Namen der deportierten Juden finden sich hier: https://www.statistik-des-holocaust.de

Die Geheime Staatspolizei (Gestapo) war ein Behördenapparat, der aus der traditionellen Polizeistruktur herausgelöst worden war und im rechtsfreien Raum agierte.

Aufgabe der Gestapo war das systematische Aufspüren, Verfolgen und Bekämpfen von sogenannten Staatsfeinden. Dazu zählten politische Gegner (v.a. Kommunisten und Sozialdemokraten), aber auch gesellschaftliche Minderheiten (z.B. Zeugen Jehovas, Sinti, Roma, Homosexuelle … und besonders Juden). Zu den Methoden der Gestapo zählten u.a. Folter und Erpressung. Ihre Effektivität beruhte auf einem ausgedehnten Netzwerk von Spitzeln und Denunzianten. Die Gestapostelle Nürnberg befand sich in der ehemaligen Deutschhauskaserne in der Ludwigstraße 36. Sie wurde während eines Bombenangriffs stark beschädigt und nach 1945 abgerissen. Im neu errichteten Gebäude befindet sich heute das Polizeipräsidium Nürnberg.

Auch andere in dem Buch beschriebene Orte und Begebenheiten beruhen auf Tatsachen.

So bauten die Nazis tatsächlich unter der Leitung von Rudolf Esterer die Nürnberger Burg um – sie wollten einen repräsentativen Festbau daraus machen, der hohe Staatsgäste beherbergen sollte –, hier habe ich mir die künstlerische Freiheit genommen, die Bewohner dauerhaft einzuquartieren. In der Fachzeitschrift *Der Baumeister* (33. Jahrgang, Juni 1935, Heft 6) lässt sich lesen: »*Wenn wir heute die Nürnberger Burg besuchen, empfängt uns nicht mehr ein falscher Theaterzauber, der uns innerlich nichts zu sagen hat, sondern wir erleben wieder auf Schritt und Tritt die alte hehre Kaiserburg, die uns mit einer auf ihrer schlichten Formgebung beruhenden kraftvollen Größe und herben Schönheit als ein Werk wiedergefundener alter, gediegener deutscher Handwerkskunst bezwingend in ihren Bann schlägt. Diese ursprüngliche Größe zu neuem Leben erweckt zu haben ist das unbestreitbare Verdienst der Männer, die hier am Werk gewesen sind.*«

Der Deutsche Hof war das Lieblingshotel des Führers. Es befand sich am Frauentorgraben und beherbergte im Laufe der Jahre eine Vielzahl hochrangiger Parteifunktionäre und anderer wichtiger Leute. Gegen Ende des Kriegs wurde es bei Luftangriffen schwer beschädigt und brannte aus. 1946 wurde mit dem Wiederaufbau begonnen.

Auch den Johannis- bzw. Rosenfriedhof, das Opernhaus und die Lazarettzüge gab es wirklich, genauso wie den Justizpalast in der Fürther Straße. In Letzterem fanden die Prozesse vor dem Volksgerichtshof statt. Der Justizpalast war eigentlich gegründet worden, um Hoch- und Landesverrat zu verurteilen, kümmerte sich aber bald auch um Delikte wie Sabotage und Wehrdienstentziehung, selbst Witze über den Führer konnten geahndet werden. Die Schauprozesse, wie in *Unter Wölfen* beschrieben, wurden von zwei Berufs- und drei Laienrichtern (fast immer NSDAP-Mitgliedern) durchgeführt und endeten meistens mit Todesurteilen. Urteile wurden sofort rechtskräftig, es gab keine Möglichkeit, in Berufung zu gehen. Den Verteidiger konnte man nicht frei wählen. Agierte ein Verteidiger nicht im Sinne der Anklage, lief er Gefahr, selbst ins Fadenkreuz der Richter zu gelangen.

Viele mutige Frauen und Männer widersetzten sich dem Terrorregime der Nazis und formten Widerstandsgruppen. Einige davon, wie z. B. die Weiße Rose oder die Rote Kapelle sind sehr bekannt. Die »Fränkische Freiheit« entspringt meiner Fantasie.

Zwei Dokumente spielen in diesem Buch eine wichtige Rolle. Alles beginnt mit dem Evakuierungsbescheid, den die Familie Rubinstein erhält (um grausame Taten zu verschleiern, benutzten die Nazis gerne Euphemismen, weshalb Deportationen gemeinhin als Evakuierungen, Verschickungen oder Umsiedlungen bezeichnet wurden). Das zweite Dokument ist das Wannsee-Protokoll. Am 20. Januar 1942 lud Reinhard Heydrich dreizehn Staatssekretäre sowie hohe Partei- und SS-Funktionäre zu einer »Besprechung mit anschließendem Frühstück« in die Berliner Villa Am Großen Wannsee 56–58 ein. Der Zweck dieser Zusammenkunft war die Erläuterung der »Endlösung der Judenfrage« und die Koordinierung aller beteiligten Dienststellen. Bei beiden Dokumenten habe ich versucht, den Originaltext so genau wie möglich wiederzugeben, und zur besseren Verständlichkeit nur kleine Änderungen vorgenommen.

Ich hätte dieses Buch ohne die Berichte und Beschreibungen von Zeitzeugen nicht verfassen können. Auch Einrichtungen wie LeMO Lebendiges Museum Online (www.dhm.de/lemo/) und das Zeitzeugenportal (www.zeitzeugenportal.de) waren eine große Hilfe. Danke!